Artifices

DE LA MÊME AUTEURE

Mikado, *Léo Scheer*, 2011

L'Orchestre vide, *Léo Scheer*, 2012

La Lutte des classes. Pourquoi j'ai démissionné de l'Éducation nationale, *Léo Scheer*, 2012

Enfants perdus. Enquête à la brigade des mineurs, *Plein Jour*, 2014

Bellevue, *Stock*, 2016

Diabolo Latex (*nouvelle*), *Louison éditions*, 2017

Gabriële, *avec Anne Berest*, *Stock*, 2017

Une dernière sueur (*nouvelle pour l'Opéra de Paris*), 2018

Rien n'est noir, *Stock*, 2019, *Grand Prix des lectrices ELLE 2019*

Claire Berest

Artifices

roman

Stock

Dessin de couverture : Aline Zalko
Graphisme : Julia Bourdet

ISBN : 978-2-234-08998-3

à Emilie, Laura,
Virginie et Anaïs,
qui ont eu dix-huit ans en l'an 2000.

Nos cœurs battants.

« La fantaisie résiste. »

Voyage au bout de la nuit,
Louis-Ferdinand Céline

« Ne peut avoir été peint que par un fou ! »

Edvard Munch,
Inscription cachée
dans son tableau *Le Cri*

Abel

1

Un Renard jeune encor,

Abel est tétanisé, il ne peut que voir tomber au sol les gens, les uns après les autres, irréels pantins mis à mort, hommes, femmes, sans hiérarchie, il cherche le visage d'Éric, et Éric se tourne alors vers lui, avec le même regard aux yeux absentés qu'il a toujours affiché au milieu du visage, comme on décide de se mettre une bonne fois pour toutes une fleur à la boutonnière en guise de signature ou de porter un blazer noir, toujours le même, pour régler toute cette merde d'endosser son identité. Éric vise tranquillement la tête de la femme qui bouge encore au sol, affolée, comme seule l'imminence de la mort affole, et il tire sans méchanceté, au milieu du front de cette femme, pour finir ce qu'il a commencé. La femme meurt, Abel se réveille.

Abel se réveille, agité, le corps compressé par la vivacité du cauchemar, cherchant une respiration comme après avoir bu la tasse, redressé dans le noir de sa chambre, il se met à compter à rebours, quatre-vingt-treize, quatre-vingt-douze, quatre-vingt-onze... Faisant défiler les chiffres à toute allure comme ceux d'une horloge détraquée, puis lentement, pour tenter de calmer l'étau familier du rêve. On peut faire le même cauchemar pendant vingt ans, la terreur reste identique, jeune, cette terreur conserve, au fil du temps, la même fraîcheur. Abel continue de compter... cinquante-sept, cinquante-six, cinquante-cinq... quand il entend du bruit.

Abel entend du bruit : des grattements contre le bois, des grelots de bracelets qui s'entrechoquent, un son sourd, chute ruisselante d'objets, des pas chancelants. C'est quoi ce bordel ? Abel Bac, yeux comme des lunes dans la pénombre, écoute attentif le remue-ménage indiscret derrière sa porte d'entrée. Ça a l'air de bricoler dans la serrure, il se lève. Enfile un jean. Il gagne le salon, cinq pas, l'entrée, trois pas, ouvre la porte, d'un large geste brutal et colérique, une fille lui tombe dessus.

La fille lui tombe dessus. Blonde aux mèches emmêlées, trop de bijoux, yeux liquoreux, odeur de gin, il reconnaît la voisine du dessus. Celle qui est venue il y a quelques jours lui farcir la tête pour des histoires vaporeuses de tri collectif. « Je fais le tri », lui avait-il répété d'un ton calme, sans parvenir à faire cesser son caquetage nerveux. Alors il s'était tu le temps qu'elle termine. Bien qu'elle eût semblé le vouloir, il ne l'avait pas invitée à entrer dans son deux-pièces pour approfondir la conversation sur la nécessité du tri collectif. Il l'avait congédiée.

Là, la fille est cuite, il regarde sa montre, 2 h 27 du matin. Il la rattrape quand elle bascule vers l'arrière. Elle ne tient pas droit, à peine debout. Elle marmonne que sa clef ne marche pas. « Clef… Marche pas, clef… » Il la toise de toute la hauteur de son corps glacé. Il la redresse à nouveau et l'appuie contre le chambranle, comme il le ferait d'un meuble bancal en attente de réparation ; Abel ramasse le bazar agaçant échappé du sac à main, éparpillé à présent sur le pas de sa porte, et le fourre prestement dans ledit sac, ouvert et trempé. « Votre sac est plein d'eau, dit-il.

– Clef marche pas, ahane-t-elle encore, plus fort.

– J'ai compris. Vous n'êtes pas au bon étage. » Il passe un bras sous son aisselle et la saisit fermement par l'épaule.

« On monte, madame.

– Madame ?! Madame ?! bafouille-t-elle, prise d'une hilarité alcoolique. Je suis une madame ! » Elle n'en peut plus de rire. Elle se pisse littéralement dessus, ce qui redouble le comique de la situation, d'après elle. « Je fais pipi ! » Abel se demande sur quel enfer il a trébuché.

Ils entreprennent l'ascension des seize marches qui mènent au dernier étage de l'immeuble, où se trouve une enfilade de chambres de bonnes, cellulettes de poupées. « C'est lequel, votre studio ? » Elle ne répond pas. Trois portes. Il mise sur celle du fond, où est suspendue une gentille guirlande de fleurs japonaises en papier kraft. « Faut que je vomisse », prévient-elle. « Ce n'est pas mon problème », souffle-t-il. Abel cherche le trousseau de clefs qui grattait dans sa porte. Putain. Il n'est plus là. De plus en plus agacé, il repose son paquet féminin contre le mur. « Je reviens. » Il redescend les seize marches. Scrute le sol, repère le trousseau brillant dans une encoignure du couloir, s'en saisit et remonte en sautant les marches quatre à quatre. « Ça va bien maintenant », grogne-t-il.

Il trouve la jeune femme affaissée en position fœtale sur un paillasson floqué *Bienvenue !* Comme un enfant, pense-t-il. Un vilain enfant ivre. Troisième porte, guirlande, la clef s'introduit, bingo, il ouvre enfin, une bouffée de jasmin surgit comme une haleine fantomatique. Il agrippe la fille, prend son sac et décharge le tout sur le lit resté défait.

Trop de jasmin dans dix-sept mètres carrés. Abel étouffe.

Il regarde son dépôt. Il se demande s'il devrait faire quelque chose pour son pantalon qu'elle a trempé. Il pèse les options. Mais l'idée fugace de devoir s'approcher des zones intimes de cette femme le retient de toute initiative. Il lui tourne la tête sur le côté. Éviter qu'elle se vomisse dans la bouche. C'est conforme. Ciao.

2 h 38, il va chercher un seau chez lui, l'emplit de trois pastilles de Javel, deux bouchons de vinaigre blanc, eau tiède, agrippe le balai-serpillière. Il s'attelle à lessiver les marches de l'immeuble pleines de

pisse. Dans sa tête il compte ses nombres à l'envers. Pour se détendre.

2 h 53. Abel recouché, allongé dans son lit, drap blanc tiré, yeux grands ouverts. Il le sait, il ne pourra plus se rendormir. Il passe un tee-shirt, un pull. Propres. Pas ceux de la veille. Quelle veille déjà ? Il mélange ses insomnies car les cauchemars l'empêchent de découper la ligne du temps avec netteté. Il sort dans la nuit nivéenne des boulevards de Paris. Il s'en va se promener. Comme à son habitude.

Abel Bac part se promener, il a l'impression d'avoir des poux, des poux sur la tête. Une colonie de vermine pour le rappeler à son corps, pour ne lui laisser aucune paix. Une démangeaison subreptice mais urgente. Il gratte, un peu ; le geste ouvre les vannes du besoin de gratter tout, de labourer de ses ongles trop courts le cuir chevelu à vif. Alors il griffe franchement, s'égratignant, créant sans retenue des sillons rougis sous les cheveux, invisibles. Cette jouissance de gratter, comme on se réjouit des douleurs calmantes, le mal pour l'oubli. Peut-être sont-ce des poux réels, existants sur son chef ? Des poux chopés lors des rapprochements corporels inévitables, risques de son métier. Ou bien sont-ils littéralement *dans* sa tête ? Factices. Des poux émotionnels.

Abel Bac s'arrête à la pharmacie de la place Clichy ouverte toute la nuit, croix néon verte, chant de sirène des zonards du dix-huitième arrondissement, il ne fait pas la queue, le pharmacien l'a reconnu.

Il est un bon client.

« Je voudrais une lotion anti-poux.

– C'est la troisième ce mois-ci, ça va finir par vous attaquer la peau du crâne.

– Et du Doliprane.

– Oui, comme d'habitude.

– C'est pour les fleurs. Pas pour moi.

– Je sais. »

La file de trognes ébréchées en quête de Subutex ou de n'importe quel antidouleur le regarde par en dessous, appréciant moyennement qu'il fasse l'économie de la queue. Mais personne ne pipe. Abel fait peur. Ce n'est pas son visage, mais ce qui ne se voit pas. Ce n'est pas cette paire d'yeux lavables en haute mer, ce n'est pas son menton resté juvénile qui envoie la bouche frapper son trop-plein à l'avenant, ni les pommettes frottées au rasoir d'eau amère, qui font peur. Non, c'est une tension infinitésimale de ses muscles, qui palpite comme une alerte.

Il range la lotion et le Doliprane dans son sac à dos, il se réajuste, se sent vaguement coupable d'avoir cédé à une pulsion, époussette d'un geste sa culpabilité et ressort. Il s'en retourne se promener.

Il commence la transe, pas après pas, trouver le rythme, que son corps déroule sa course autonome, point trop rapide d'abord, il a besoin de goûter le paysage qui défile, laisser son cerveau enregistrer des détails, une vitrine, un visage, capter un bris de conversation, bribes de sons, de paroles, musique transpirant des portes mi-closes des bars, trouver un point d'équilibre dans ce tournis.

Mais une transse point trop lente non plus, que le tambour de ses jambes frappe le trottoir, que ses pieds se délassent du fourmillement, que les détails glanés alentour deviennent des taches, des accrocs, qu'il puisse les oublier avant de les avoir pleinement saisis, que le balancement de ses bras s'accorde à la célérité de ses pas, que la vitesse lui fasse couler un peu de sueur dans le cou, échauffement du corps. Et, enfin, réussir à se perdre. Ce qui est si difficile. Et de plus en plus rare.

Il sait toujours où il est, il connaît trop bien la ville, ses sens sont aiguisés et ne le laissent pas s'égarer. Une plaque de rue à la volée, le contour familier d'un square, un salon de massage suréclairé, un visage à l'air contrarié, tout le renseigne. Sans parler des odeurs. Il devine avant même de voir, restaurant, sous-sol de boulangerie, coin à pisse de clodos. Tout sent. Tout suinte. Il y parvient parfois. À se perdre. Après une heure de marche ou deux, au rythme mécanique de ses jambes émancipées, sa tête anesthésiée, d'un coup il le sent, qu'il s'est perdu. Alors la joie débarque. Ne plus savoir où il en est. Ne même plus être sûr du quartier dans lequel il se trouve. Regarder autour, sereinement, ces vitrines inconnues, ces immeubles étrangers endormis, et les rares passants aux visages sans message. Tout se fixe en lui. La jubilation en valait la peine. Ce moment volé où il ne se savait plus.

Alors, il peut s'ébrouer, retrouver en conscience sa localisation et prendre le chemin du retour, heureux et éreinté, comme les soiffards finissent toujours par rentrer au bercail quand s'arrime au ciel le point bleu du jour.

Il a fixé son quota de marche à quatre nuits par semaine. Il s'oblige au repos le reste du temps, sinon le manque de sommeil le fait dérailler. Quand il dort, il rêve d'Éric, et il ne peut se permettre de trop s'égarer par là-bas. Ce soir, il n'avait pas prévu la promenade. Il avait escompté dormir. Mais la voisine torchée a bousculé son agenda. Elle l'a forcé à se lever, il considère donc que cet incident ne relève pas d'un manquement de sa volonté.

Ce soir, il ne s'est pas perdu.

Il sait tout le chemin parcouru. Il est descendu par la rue d'Amsterdam, a bifurqué rue de Liège, puis rue Moncey, il a reconnu le caviste qui fait des promotions de vin naturel, puis Blanche, les fleurs mortes rue La Rochefoucauld, musée Gustave Moreau, descendu jusqu'à Haussmann, ce n'est pas possible toutes ces cartes dans sa tête, ces plans, ces droites, ses raccourcis, ses repères, comment nettoyer ça…

… il a tracé rue Tiquetonne avant de remonter Sébasto, il s'est grisé un instant, un doute, mais il a reconnu la vitrine bordeaux de ce restaurant rue des Vertus, la suspension grise d'un éclairage, la plaque d'égout. Il a abandonné.

Revenu à son port, place Clichy, comme un bœuf à sa mangeoire, dont chaque passage lui est connu, chaque jardin qui chancelle, le jour est haut maintenant, car le métro a ouvert, le kiosquier s'ébroue, les premiers levés s'accordent un croissant au bistro à tremper dans leur tassette. Abel grimpe chez lui pour changer de tee-shirt avant d'aller prendre un café au Carolus. En attaquant l'ascension des quatre étages, il se rappelle que c'est jeudi aujourd'hui, jour du lavomatic ; arrivé à son palier, il constate qu'un journal est déposé sur son paillasson, une erreur probablement, il n'y touche pas et entre dans son appartement. Il lui semble que l'air confiné de la nuit s'évade d'un coup. D'un seul geste, il ôte et balance dans le panier à linge son tee-shirt, qui rejoint une dizaine de tee-shirts blancs identiques. Changé, il ne s'attarde pas, referme la porte, retombe sur le journal plié sur son paillasson, c'est *Le Parisien*, reconnaissable à sa manchette bleu clair, il l'ignore et descend au Carolus.

Au comptoir, Ahmed, le patron, le sert d'office quand il arrive, café serré, double, et lance en cuisine : « Tartines ! » Ce client-là se coule dans ses routines matutinales : sortir les tables, changer les sacs-poubelle, allumer les machines, déposer les journaux, vérifier l'approximative propreté des sols et des tables, allumer la télévision sur une chaîne d'infos continues.

Et servir le double café pour le flic, donc.

2

quoique des plus madrés,

« Tu sors du boulot ou tu y vas, chef ?
– J'en sors.
– Voilà tes tartines.
– Merci. »

Demi-baguette coupée dans le sens de la longueur, deux palmes de pain enduites de margarine. Abel se délasse, la fatigue de son corps est aiguë, il engouffre le beurre.

« Encore plus de beurre.
– Ça arrive. »

La faune du matin s'immisce, s'accrochant au comptoir, il n'y a presque que des hommes, cols bleus, éboueurs, papis du quartier qui grattent déjà des tickets de jeu, wesh-wesh entre deux âges, le bruit s'intensifie à mesure que les hommes se saluent et se parlotent, Abel peut se reposer dans leurs palabres, s'oublier dans l'agitation qui se déploie, il n'est plus seul. Il apprécie le bruit régulier du bras du percolateur qu'Ahmed frappe sur un tiroir en bois pour vider le marc du café. Marteau. Métronome. C'est un son plus droit que les lambeaux de conversations qui essaiment. Ça sent encore vaguement la clope, Abel sait qu'une fois le rideau fermé, Ahmed fait des afters de blédards où ça joue aux cartes, et les cendriers d'antan sont ressortis des tiroirs.

« T'as vu ça, mon gars ? Ils savent plus quoi inventer, les artistes. »

Ahmed lui tend un journal – il sait entretenir un babillage avec tous ses clients en même temps, il retient leur profession, leurs rituels, leurs goûts, Ahmed prononce *ââârtiste* pour dire artiste, il se lave souvent les mains, toutes les dix minutes, en fait.

Abel regarde la une du *Parisien* déjà froissée, objet de la récrimination du patron du Carolus. Sur la photo granuleuse du journal on voit un cheval blanc tenu à l'encolure par deux gendarmes devant Beaubourg.

« Ils ont foutu un canasson dans le musée ! Un canasson vivant comme une œuvre d'art, commente Ahmed, content d'avoir capté l'attention de son client. Pauvre bête. » Et il part se laver les mains.

Abel se concentre sur la photo. Il fait mentalement le contour de ce cheval plusieurs fois. Il cherche pourquoi ce cheval lui rappelle quelque chose. C'est là, mais trop à la lisière. Il s'en désintéresse, il hoche la tête pour ponctuer la phrase d'Ahmed, mais celui-ci est déjà en train d'aligner d'autres cafés sur le zinc; ribambelle de soucoupes blanches, Abel pose cinq balles sur le comptoir et se dirige vers la sortie, il hésite un instant. Il revient et embarque *Le Parisien*.

Ahmed, qui l'a vu faire, ne dit rien.

Abel, en arrivant sur son palier au quatrième, repère une boucle d'oreille coincée dans la rainure du plancher devant sa porte: un petit cygne doré monté sur un anneau. Trace de la voisine éméchée. Il l'empoche. *Le Parisien* frais sous blister est encore sur son paillasson, il l'ouvre, c'est le même que celui fauché à Ahmed, avec le cheval blanc en une. Il se retourne pour interroger les autres portes du palier, deviner à qui est adressé ce journal. Un nom est bien imprimé sur le papier blister de mauvaise qualité qu'il a déchiré, et l'encre a bavé, floutant en partie le nom du destinataire. Il regarde de plus près, il déchiffre *Abel Bac*. Il ne s'est jamais abonné au *Parisien*.

Il entre chez lui, il prépare le Doliprane acheté pendant la nuit à la pharmacie, cinq cachets qu'il délaie dans une grande bouteille d'eau minérale. Il entreprend ensuite d'en verser un peu à chacune, en évitant de le faire par le dessus, mais en concentrant l'eau dans les coupelles afin qu'elle remonte d'elle-même par la terre, puis dans les tiges.

Son champ d'orchidées.

Il en possède quatre-vingt-treize, qui s'épanouissent sur la totalité du salon. À même le sol, juchées sur les rares meubles, sur les rebords des fenêtres, dans des pots suspendus au plafond. Bientôt cent. Si aucune ne meurt.

Son atmosphère de fleurs est si étrangère, si extatique, qu'elle n'est jamais fixée en lui. Elle bouge, se métamorphose. Quand il entre dans son appartement, il ressent le contraire de l'habitude. Ses orchidées provoquent sans cesse l'étonnement, comme les humeurs d'un ciel aperçu d'une même fenêtre sont à jamais erratiques.

C'est un champ de visages tantôt calmes, tantôt bouches criantes. Du jaune au parme, du blanc au rose.

Il peut aller se laver.

En se déshabillant, il sent la boucle d'oreille au fond de sa poche, il la range dans le tiroir du haut avec le reste : ses récoltes de promeneur. Il se lave longtemps, pour retrouver de l'énergie, puiser la force de ne pas dormir et parvenir jusqu'au soir. Enfin il s'autorise à regarder sa montre, posée à plat sur la table de nuit, il est 8 h 10. Il prend un carnet sur la pile à côté du lit et consigne dans son style télégraphique les observations de sa dernière promenade. Les rues qu'il a empruntées, les gens croisés, le moindre changement : un nouveau graffiti, une fenêtre cassée, une enseigne transformée. Abel fait ses listes. Puis il parcourt les carnets où sont consignés ses gestes d'insomniaque : se pourrait-il qu'il se soit abonné au *Parisien*, un soir de fatigue,

suivant on ne sait quelle idée fixe, et qu'il l'ait oublié ? Si c'est le cas, ça ne peut avoir eu lieu que récemment. Il ne trouve rien de tel mentionné de sa petite écriture serrée, précise, à l'encre noire. Il remet le carnet sur sa pile. Bien droit.

8 h 30, un effroi le saisit quant à l'occupation de cette journée. Que doit-on faire quand on nous prive de la raison des heures jusqu'alors si parfaitement établie ? Il est un chien perdu. Son activité organisée depuis quinze ans : horaires précis, métro, dossiers, interventions, auditions, paperasse, collègues. Structure essentielle anéantie. Cela fait une semaine qu'il a été suspendu de ses fonctions de lieutenant de police à la 1re DPJ de Paris. D'un seul coup de téléphone délateur à l'Inspection générale de la Police nationale, l'IGPN. Mais bon sang, qui est en train de ressusciter son passé ?

3

Vit le premier cheval

Camille Pierrat oscille entre inquiétude et agacement. Qu'Abel n'ait répondu à aucun de ses messages n'est pas surprenant, mais qu'il n'ait même pas allumé son téléphone portable en une semaine, c'est préoccupant. Elle a vérifié. Et pour cela, elle a effectué une manip qui ne se fait *pas du tout* et pour laquelle elle pourrait se retrouver bien dans la merde. Elle s'est servie d'une demande d'autorisation géoloc de zérosix d'une affaire en cours pour glisser le numéro de Bac dans la liste. Après que le juge a autorisé et que l'opérateur a fait le branchement, elle a effacé le numéro d'Abel du fichier. Avec un peu de bol, ça va passer crème. Bilan des courses : depuis qu'Abel s'est fait dégager du service, son téléphone n'a pas du tout borné. Il est coupé, tout simplement. Qui coupe son téléphone pendant toute une semaine ? Elle va finir par aller sonner chez lui. Mais elle connaît son collègue : il n'ouvrira pas sa porte.

Elle est en train de bécaner sur une procédure qui se traîne depuis des mois. Un type de cinquante-deux ans, assassiné, dix-huit coups de couteau. Ils sont dans un cul-de-sac. La liste de suspects, c'est le supermarché un samedi après-midi. Sous des dehors tranquilles, patron d'un petit bar, marié-deux-enfants-voisin-serviable, le mec a des casseroles au cul dans tous les coins. Despote avec ses employés, retards de paiement, brochette de maîtresses. Pas clean, mais Camille ne détecte pas de griefs qui justifieraient d'assener dix-huit coups de couteau à quelqu'un. Un acharnement pareil, c'est un exorcisme. Tout le monde a été auditionné. La paperasse du gars, ses ordinateurs, disques durs, compta : épluchés. La téléphonie, aussi. Les alibis des uns et des autres, recoupés. La scène de crime s'est révélée être un casse-tête : le corps de la victime a été retrouvé dans son bureau, ouvert à tous les vents. On a relevé des empreintes à ne plus savoir qu'en faire. L'arme a disparu. Plutôt, *les* armes. La profondeur et la largeur des blessures diffèrent tant qu'il est probable que plusieurs couteaux aient été utilisés. Qui s'arrête au milieu d'un poignardage frénétique pour changer d'outil ? On n'est pas dans la putain de cuisine d'un resto chic.

Camille déteste ce moment dans une enquête quand tous les cailloux ont été retournés et qu'ils n'ont pas avancé. C'est rare. On n'est pas dans un polar. Pour la plupart des homicides, on capte vite ce qui est parti en vrille, dès les premiers jours en fait. Après, l'enjeu, c'est de faire tomber les gars, c'est ça le boulot: amasser les preuves, border le bordel, mettre en place une souricière. Et le kif absolu: accoucher les aveux. Ensuite ce sera le temps long de la justice, ce n'est plus leur problème. Il faudra bien se replonger dans le dossier un ou deux ans plus tard quand l'un d'entre eux sera appelé à témoigner au procès. Mais leur job est fait, les flics peuvent ranger l'homicide dans un petit classeur de leur mémoire, hermétique, pour éviter tant que faire se peut que ça bave sur le reste.

Il y a deux types d'enquêteurs. Ceux qui se concentrent sur le « qui ». *Qui* a eu la capacité, l'occasion, la possibilité de commettre l'acte. Ils ne peuvent pas être vingt mille, il s'agit de tamiser. Et les adeptes du « pourquoi ». *Pourquoi*, dans le cas présent, quelqu'un a ressenti le besoin de planter un couteau dix-huit fois dans le gras de ce type pas sympathique ? Camille appartient à la famille du *qui*. Ça marche avec le *comment*. Elle n'est pas là pour faire des thérapies de groupe. Quand tu recoupes patiemment les emplois du temps, les liens avec la victime, les fadettes des téléphones, les alibis éliminatoires, les GPS des bagnoles, les témoins potentiels, il en reste peu qui ont pu décrocher la queue du Mickey. Mathématique. Le *pourquoi*, c'est pour les tribunaux. Pour les procureurs et les avocats. C'est de la littérature.

Abel Bac appartient à la famille du *pourquoi*, loin de composer la majorité des flics. Besoin de comprendre le motif et ses racines. Se mettre à la place de la victime et de l'auteur. Dessiner le déraillement. Le vivre. Camille pense que c'est fatigant et que ça brasse beaucoup d'air. Mais c'est aussi pour ça qu'elle aime bien travailler avec Abel. En plus d'être précis, voire maniaque, il a des intuitions. Parce qu'il n'y a jamais de réponse parfaite au pourquoi. Il faut de l'imagination. En partant du pourquoi, Abel échafaude des ramifications invisibles à l'œil nu. Son truc, c'est : « Oui Camille, mais si… » Et il crée des théories. Et parfois il renifle un recoin qui ne cadre pas, un mot, un détail qui sonne les cloches. « Oui, mais si… » est devenu une blague entre eux, pour autant qu'Abel Bac soit un grand blagueur.

Par exemple, le mec poignardé, Abel est sûr que c'est son épouse. Depuis le début. Sauf que rien ne colle. Il a créé quinze théories. « Mais si… », « Mais si… » Abel le Messie. Au moment supposé des faits, le téléphone de l'épouse borne chez une copine à qui elle rendait visite en grande banlieue. La copine témoigne qu'elles étaient ensemble. Le GPS de la bagnole a enregistré le parcours pour aller chez la copine, la dame s'est même fait flasher. PV horodaté à l'appui…

… mais Abel n'en démordait pas. « Tu verras Camille, c'est tordu, mais c'est elle. »

Ça fait une semaine qu'il a été suspendu de ses fonctions. Il n'a prévenu aucun collègue. Ni avant, ni après. Ça s'est joué derrière les portes de l'étage du dessus. Camille s'est étonnée de son absence un matin et le taulier a lâché l'info, sans donner de détails. Son téléphone était éteint et il l'est resté depuis. Abel s'est coupé du monde. Va falloir qu'il se défende. Qu'il prenne un avocat le temps de l'enquête administrative, qu'il prépare son dossier, une stratégie, qu'il fasse valoir ses droits. Il n'aura que quelques mois avant de passer devant la commission disciplinaire. On a dû lui notifier le motif, mais comme il n'en a rien dit à personne, on nage à poil dans la purée.

Camille le connaît mal. Personne dans le service ne connaît bien Abel Bac. Mais ça fait deux ans qu'ils bossent ensemble tous les deux, elle a capté des trucs sur lui. Et l'humiliation de cette procédure de discipline, ça ne passera pas. Il va se noyer. Abel lui a toujours semblé formaté pour son taf. Sans vie perso. Tout entier tendu dans le flux du travail, faisant gratos beaucoup trop d'heures sup, se ramassant souvent la paperasse sans rechigner, raison pour laquelle il est bien aimé dans le service. Il bosse comme un forçat et ne fait chier personne, parce qu'en vérité tous ici le trouvent bizarre et ils l'ont toujours trouvé bizarre.

C'est un des premiers trucs qu'on lui a dit quand elle est arrivée : « Tu verras, Bac, il bosse bien, il est OK, mais il est *bizarre* », de la même façon qu'on l'a prévenue que la machine faisait un café dégueulasse, que le patron prenait trop de médocs et que Francis était un chaud lapin limite #metoo.

Depuis l'annonce de sa suspension, tout le monde flippe. Si Abel a fait une connerie massive, il n'est peut-être pas seul sur le radeau de la *Méduse*, d'autres têtes peuvent tomber. La sienne, en premier lieu. Ils ont travaillé les mêmes dossiers. Elle ne voit pas où est l'embrouille. Ça arrive de s'arranger sur les bords avec des procédures, de péter des petits câbles avec la fatigue. Mais une suspension, c'est du lourd. Il aurait fallu qu'il harcèle un collègue, qu'il tabasse un gardé à vue. Elle a appelé les syndicats. Ils ne savent rien et Abel n'a pas pris contact avec eux. Il est seul. Il n'a pas de compagne ou compagnon, pas de gosses. Elle ne sait pas qui appeler pour avoir de ses nouvelles. Ici, chacun sa merde : le taf est usant, les objectifs chiffrés sont des foutages de gueule, les vies personnelles à préserver, les horaires de vampire, l'épuisement, la frustration, les tensions accrues avec le public. C'est paradoxal : il n'y a jamais eu autant de séries policières proposées sur les plateformes de streaming, et une telle détestation viscérale de sa profession.

Personne n'était ami avec Abel. Elle en parle au passé, c'est déjà long une semaine quand quelqu'un disparaît. Elle essaie au présent : *Personne n'est ami avec Abel.* Et elle ?

Camille non plus n'entretient pas une foule dans son entourage. Elle n'est pas une it girl avec des milliers de followers sur sa page Instagram. Ce n'est pas le désert, non plus. Elle a des potes de la fac de droit et de l'école de police, avec lesquels elle fait des fêtes. Pas de mec attitré, mais des histoires.

Pas d'enfant, mais elle n'a que vingt-neuf ans. Elle a un frère, elle a des parents. Ni trop cons, ni trop futés. Elle boit l'apéro avec les collègues, célèbre les anniversaires à la bonne date et rapporte un pack aux crémaillères. Elle se marre aux blagues et se tait quand il faut se taire, elle fait corps.

4

Qu'il eût vu de sa vie.

Elsa s'éveille comme on s'extirpe d'un fléau. Corne de brume et cymbales. Âne mort dans la tête. Des courbatures aux paupières. Elle regarde autour, compte ses côtes. Et ses abattis. Comment est-elle arrivée dans son lit ? Elle a ses lentilles de contact qui ont séché sur les yeux, ses chaussures encore aux pieds. Bordel de cuite et de nuit. Elle se lève, ça tangue, elle pue. Elle pue une odeur assez agréable de gin, de sueur, de salive et d'égarement. Elle cherche d'un regard mécanique. Sac à main ? Téléphone ? Portefeuille ? Oui. Débâcle sous contrôle. Bonheur de la débâcle. Elle étreint le rideau noir des dernières heures de sa soirée. Y traquer une porte de souvenirs. Elle est rentrée à pied. Pas sûre. Elle a eu du mal à composer le digicode, certainement. Elle a monté les marches. Putain de cage d'escalier sans ascenseur. Filaments de sensations. Elle n'est pas encore habituée à cet appartement minuscule. Ces quatre murs comme les contours d'une boîte, une petite boîte, appartement cercueil, appartement coffret. Trompe-l'œil.

Elle s'est pissé dessus, quelle gloriole. Elle ôte le jean moulant qui colle à ses cuisses et le jette dans un coin de la pièce avec la culotte encore trempée restée accrochée. Elle se dirige vers la salle de bains pour contempler la misère.

Appuyée au lavabo, elle regarde son visage. Traces de nuit, cernes d'alcool, boucle d'oreille manquante, une seule.

Elle se lave le visage à grandes eaux. Masque vaseux, dont les derniers pastels s'estompent dans la bonde. Elle jette le reste du corps sous une douche fraîche. Un flash passe pendant que l'eau ablutionne ses excès, une image.

C'est lui. Elle se détend.

Ravie.

C'est lui, le voisin du dessous, il était là hier soir. Elle est allée le chercher au milieu de la nuit, ça lui revient. Elle n'a pas fait ça ! Si, elle l'a fait. Acte manqué. Elle le revoit par instantanés, lui et son corps glacé. Son inaccessible.

Abel Bac.

Elle sourit. Satisfaite.

5

Il dit à certain Loup,

Elle sonne depuis plusieurs minutes et reste aux aguets du plus infime mouvement qui filtrerait de l'intérieur. Rien ne bouge mais elle sent qu'il est là. Elle attend suffisamment pour qu'il la croie partie. Dans l'air sourd toujours cet impeccable silence. Alors, elle approche la bouche de l'encadrement de la porte d'entrée et lance, définitive : « Bac, ouvre cette porte ou je tire une balle dans la serrure et je ne rembourse pas le serrurier, je compte jusqu'à dix. Un ! »

Abel ouvre la porte d'un coup.

Pâle Abel.

« Putain, tu étais juste derrière.

– Bonjour, Camille. J'aimerais être seul. Merci. Au revoir, Camille. »

Camille Pierrat retient la porte qu'Abel fait mine de refermer, elle lui enjoint de la laisser entrer, il peut bien l'inviter à prendre un café, chez lui, comme procèdent les gens normaux, les collègues, les amis, Abel, enfin, pourquoi tu ne veux pas me laisser entrer, c'est stupide, c'est vexant, tu crois que c'est agréable, je suis venue jusqu'à place Clichy, oui, je m'inquiète, c'est terrible ? Non je ne repartirai pas sans qu'on ait bu un café, je te préviens, je ne suis pas disposée à me faire congédier par toi, Abel Bac.

L'impudeur de la situation le révulse. L'emploi à haute voix du mot *ami*, l'expression sonore du motif d'inquiétude donnent à Abel l'impression d'avoir la tête plongée dans du miel, que tout colle, il n'a rien demandé à personne.

Respiration.

D'accord Pierrat, un café, pas chez moi, en bas, au bar du Carolus, je m'habille, je t'y rejoins. Camille enlève son pied du pas de porte, déformation professionnelle, et rengaine son énervement devant la concession arrachée.

« Si dans cinq minutes tu ne m'as pas rejointe, je remonte, et cette fois je tirerai dans la serrure sans sommation. »

En deux ans, Camille n'est jamais entrée chez son partenaire. Les quelques bières partagées en fin de service ont été bues au bistro. Et encore Abel boit peu, se méfiant de l'ivresse. Il boit social.

Attablés tous les deux au coude à coude en terrasse du Carolus, on les prendrait pour des touristes égarés devant la mer. Cet agencement si typique des terrasses parisiennes – alignement en rang d'oignons de tables mouchoirs de poche disposées dans l'espoir d'une perte minimale d'espace de trottoir et d'une maximisation de cœurs humains à abreuver – évite tout face-à-face.

« Je n'ose pas te demander pourquoi tu t'es fait dégager, parce que je pense que tu n'as pas envie d'en parler, mais je te le demande quand même, Abel, qu'est-ce que tu as branlé pour te prendre une suspension ?

– Je n'ai pas envie d'en parler.

– Tu as conscience de la gravité du truc ? Et qu'est-ce que tu fous à te terrer chez toi ? Tu dois prévenir les syndicats, immédiatement, ils sont là pour t'épauler, il y a un paquet de démarches à faire, tu dois te défendre, tu dois prendre un avocat, tu ne vas pas foutre en l'air ta carrière, lâcher l'affaire, c'est un malentendu, c'est ça ? Ça ne peut pas tomber sur toi, t'es un des flics les plus carrés que je connaisse. Franchement, t'es un cinglé des procédures. Qu'est-ce que t'as fait ? »

Moins Abel parle, plus Camille augmente le volume et la cadence. Souvent le cas quand un homme et une femme devisent à deux. Résidu historique de la privation de parole. Les femmes se rattrapent.

Abel se laisse bercer par son bourdonnement, il ne se tourne pas vers elle, il ne se soucie pas de ses injonctions, il profite de ce divertissement, il sirote ses paroles. Une semaine qu'il ne parle à personne, si on omet la blonde ivre de l'étage du dessus, et Ahmed du Carolus, alors c'est vrai, même lui, de temps en temps, a besoin du bruit de l'autre. Se déverse aussi dans son oreille cette chanson de Leonard Cohen qui s'évide en fond sonore du Carolus, *Si tu as besoin d'un autre genre d'amour, je porterai un masque pour toi. Si tu veux un partenaire, prends ma main, I'm your man*. Quel drôle de mot, partenaire, c'est si ambigu.

« Rien, Pierrat. Je n'ai rien fait. »

Elle le relance. Remet une pièce dans le juke-box. Quand elle a débarqué dans le service, Camille, elle était si volontaire, si angoissée de faire comme il faut, de s'approprier les codes et le jargon, un peu garçonne manquée, elle s'est de suite bien entendue avec tous les gars. Appliquée et pas susceptible. L'art de remettre en place sans jamais froisser. Hyperadaptée au job. Elle a voulu bosser avec lui, Abel Bac. Elle devait chercher ce qui lui résistait, comme souvent les femmes, a pensé Abel. Il est peut-être simple, mais il n'est pas con.

« Pourquoi ton téléphone est verrouillé depuis une semaine ? T'as personne à appeler ? T'as pas d'ami Facebook ? Tu te la joues incompris et lonesome cowboy ? T'as quoi, quarante-cinq ans à tout péter ? La vie n'est pas finie, mon frère. Ça va être encore long et chiant à te planquer à rien foutre dans ton appart.

– Trente-neuf ans. J'ai trente-neuf ans.

– Tu fais plus, désolée.

– Pour répondre à ta question : je ne sais pas pourquoi j'ai été suspendu. Je crois qu'il y a eu une plainte déposée contre moi. Je n'en connais pas le contenu. Et je ne vois pas qui peut déposer une plainte contre moi et pour quelle raison. C'est baroque.

– Putain, t'as des mots, parfois. C'est *baroque* ! *Excusez-moi, messieurs et mesdames, mais c'est baroque !* C'est précisément à ça que servent ces connards d'avocats, à gérer le baroque. Tu prends un avocat pour avoir accès au dossier, comprendre le bail, et te préparer. T'as pas une ex à qui tu n'as pas payé la pension ? »

Non, Abel n'a pas d'ex-femme, ni d'actuelle. Par ailleurs, une pension alimentaire impayée ne serait pas un motif de suspension d'un fonctionnaire de police. Camille le sait. Elle cherche à le faire parler. Il est illisible. Pas hâbleur. Il ne fait pas de blagues de cul. Il est discret. Alors les bruits courent dans le service. Qu'il est toc-toc, qu'il aime les trucs pas casher. L'imagination si fertile pour combler les silences des autres.

Peu de temps après l'arrivée de Camille dans le service, un soir, il y avait eu entre eux un instant fugitif. Une étreinte, une maladresse, une pulsion. Un *presque* moment. Ça n'avait jamais été un sujet. Mais peut-être, oui peut-être, que ça l'autorisait, Camille. Gêne au début. Inconfort. Maladresse. Et puis l'oubli. Mais elle, elle s'en souvenait, cette *sweet second*. L'appel du sexe, ce n'est rien, mais c'est un tout petit peu moins rien que le trou noir.

Le regard d'Abel retombe sur *Le Parisien* posé sur la table d'à côté. Le même que ce matin, avec le cheval en couverture, le même que celui piqué au comptoir d'Ahmed, le même que celui posé sur son paillasson avec son nom sur le blister, le cheval trouvé dans le musée Beaubourg.

« C'est quoi ce brun, tu sais ? »

Abel a cette coquetterie d'utiliser le mot *brun* à tout bout de champ pour dire la merde, le merdier, le bordel, l'inconnu. Déroutant au début, désuet, incongru, mais on s'habitue. Camille regarde le journal, elle a entendu flotter l'info en écoutant la radio ce matin, sans y prêter attention. Un inconnu s'est amusé à introduire la bête de nuit dans le musée. Pas de vandalisme, pas de vol, pas de dommages.

Non, elle ne sait rien, lui répond-elle. Il lui demande si elle peut se renseigner, savoir qui s'occupe de l'affaire exactement ? Elle veut bien, mais c'est des conneries d'étudiants bourrés, probablement.

« Tu penses qu'un étudiant bourré peut entrer la nuit dans un musée comme dans un moulin ? Avec un animal de cinq cents kilos au bout d'une longe ? Il y a des caméras, des gardiens, des alarmes, tu sais pour combien de millions de peintures ils ont au frais dans leur cave à Beaubourg ? Tu crois que les gens peuvent se pointer la bouche en fleur pour faire des blagues de carabin ?

– Calme-toi. Tu t'y connais en peinture, toi ? T'as déjà foutu ton cul dans un musée ? »

Voilà un autre mot incongru, *carabin*, pense-t-elle. Typique de Bac. Elle lui avait posé la question, un jour, d'où lui venait le mot *brun*, qu'il mettait à toutes les sauces. C'était une expression de sa mère, lui avait-il répondu, et ce genre de mot, après, ça vous colle. Elle faisait quoi sa mère dans la vie ? lui avait demandé Pierrat. Et Bac était parti du bureau sans lui répondre.

Le brun, ça te parle, c'est le chaos, la merde, la tuile, l'administration, le mariage, la mort, la messe, les impôts, tout. Camille avait adopté le mot elle aussi, et il était entré dans leur jargon. Comme s'était créé le cérémonial de se dire, après un dossier particulièrement difficile : « C'est un jour comme un autre. » Et l'autre de répondre : « Oui, c'est un jour comme un autre. »

Elle avait trouvé sur Internet une chanson dont c'était le titre, chantée par Brigitte Bardot, un peu guimauve mais qui piquait sexy. Alors Camille l'avait envoyée à Abel, pour le faire sourire (même si elle s'était dit que c'était presque un geste de drague de s'envoyer des chansons et qu'elle l'avait regretté).

« Je vais me renseigner sur Beaubourg puisque ça t'intéresse, maintenant je vais aller bosser. Alors voilà mon conseil, Abel Bac : ce soir, tu te mets une cuite, une bonne fois pour toutes. Dans le processus, tu trouves une nana et tu la fais grimper aux rideaux. Et après l'avoir fait grimper aux rideaux, tu recommences et tu la fais grimper au grenier, chanter le nom de tous les petits oiseaux en espagnol et en anglais. Le lendemain tu lui fais un café dans une jolie tasse. Tu la raccompagnes à la porte, tu lui dis : « Au revoir madame, merci madame », tu prends une douche. Et après tu appelles un avocat.

– Je n'aime pas boire.

– C'est le bon moment pour s'y mettre. »

Avant de s'en aller, prise d'un doute, Camille dit à Abel que c'est impossible qu'on ne lui ait pas notifié la raison de sa suspension. Que ce n'est pas légal. Il y a un problème, non ? Abel ne lui a pas répondu. Il a juste haussé les épaules.

C'est un jour comme un autre
Et pourtant tu t'en vas,
Et pourtant tu t'en vas.

6

franc novice :

L'auteur de l'article du *Parisien* a peu de billes, mais il a tourné son papier avec habileté pour presser le plus de jus possible de ses maigres cartouches. L'anecdote doit être suffisamment insolite – et l'actualité creuse – pour que le canasson se retrouve en une. Un très beau cheval, en pleine forme, de couleur blanche, a été trouvé au petit matin par les hommes de ménage, dans une des salles de bibliothèque du musée. On déplore que la bête ait commencé à manger quelques ouvrages, et se soit soulagée de crottin fumant dans l'honorable lieu. Le journaliste est à la fête et s'amuse de la cocasserie. « Selon une source interne, il semblerait que notre Bucéphale ait été attaché dans la section dix-septiémiste de littérature générale, et qu'ayant épargné Racine, il se serait régalé de Corneille. Voilà un des grands duels de l'histoire littéraire réglé, par l'estomac. Comme l'écrivait l'immense Racine, "*Toute l'invention consiste à faire quelque chose de rien.*" Ou de faire d'un cheval, une énigme ? »

Est-ce que c'est vrai ces conneries, ou le type affabule pour pondre de la ligne ? se demande Bac. Il se sent sourdement piqué par ce fait divers, tout le monde a l'air de considérer cela comme une galéjade, alors que lui n'aime pas trop qu'on se foute de la gueule du monde pour rien. Et ce cheval, il ne l'aime pas. Lui revient comme un boomerang la citation de l'article : *« Toute invention consiste à faire quelque chose de rien. »* Mais qu'est-ce que ça veut dire ? Rien c'est... *le vide*, non ? La photo est affadie par la mauvaise qualité du papier et ne permet pas de saisir les détails. Il doit y avoir d'autres articles, mais pour faire des recherches en ligne, il faut allumer son téléphone ; or il apprécie ce silence qui s'est imposé depuis qu'il a désactivé l'engin. Il l'a enfermé dans le tiroir de la salle de bains. Il avait d'abord hésité à le fourrer dans le frigo ou dans le four, mais il s'était ravisé. Ça coûte trop cher. Il l'avait rangé avec le Doliprane, les shampooings et les cotons-tiges. Il pressentait que Pierrat chercherait à savoir où il bornait. C'est une infraction, aurait-il dû lui rappeler, on ne surveille pas le téléphone des gens, ou alors il faut une commission rogatoire. Et il était bien placé pour savoir toute l'étendue de ce qu'un téléphone révèle de nous. Jusqu'au vertige.

Dans l'escalier de son immeuble, il sent, avant tout contact visuel, ce parfum de la veille, hagard et

entêtant, qui déambule dans l'atmosphère. Nettement plus fraîche, la silhouette de la voisine jaillit au détour de l'enfilade de la rambarde, presque primesautière. « C'est vous que je cherchais ! » crie-t-elle, conquérante, avec un aplomb joyeux qui hérisse déjà Bac. « Je vous cherchais, oui, reprend-elle comme si elle était sur une scène de vaudeville, c'est vous qui m'avez escortée cette nuit ! Je voulais vous remercier ! » Et elle s'élance à sa rencontre, quand Bac se fossilise à distance sous le joug de cet inattendu rapprochement.
« Vous ne m'avez pas violée au moins ? »

De plus en plus interloqué, il pense qu'elle ne devrait pas faire la maligne, il pourrait lui en présenter quelques-unes, des victimes de viol. Mais au lieu de lui dire cela, de la remettre à sa place, il marmonne en bougonnant que ce n'est rien. Il l'a juste aidée à monter.

« Rien ! Rien, c'est toujours quelque chose !

– Pourquoi vous me dites que rien, c'est quelque chose ?

– Vous êtes absolument premier degré, et de mauvaise humeur, non ? Rien, ça vient d'un mot latin qui signifiait la chose. C'est délicieux comme paradoxe. Vous le saviez ? »

Et elle rit. Elle part d'un turbulent rire impudique. Comme la veille quand elle s'était uriné dessus.

Mais qui est cette folle ? pense-t-il.

« Ou alors, vous êtes toujours de mauvaise humeur et ce visage maussade est votre masque naturel ? Je sais, c'est moi qui ai commencé en essayant de m'introduire chez vous, il se trouve que votre porte offre une troublante ressemblance avec la mienne, et que je n'avais pas compté les étages. Vous me pardonnez ? Je vous ai réveillé, sans doute. Vous dormiez ? Mais peut-être étiez-vous en train de faire un cauchemar, et si on prend un peu de recul, je vous ai sauvé d'un moment désagréable, non ? »

Abel Bac est arrêté un instant, parce qu'il faisait bien un cauchemar quand il a été réveillé par cette sans-gêne. Son cauchemar, encore et toujours, Éric qui le poursuit, mais ce qui l'interpelle, c'est que cette fille inconnue lui donne l'impression de le savoir. Abel tente de la dépasser sur le flanc, tout en marmonnant un *bonne journée* qui clorait le discours de cette péroreuse toquée.

« Oh ! Quel beau lusitanien !

– Je vous demande pardon ?

– Là, sur la photo de votre journal !

– Vous parlez du cheval ?

– Oui. »

Abel fixe la photographie.

« Un quoi ?

– Laissez-moi voir, oui, c'est un lusitanien, un cheval assez rare. Il est majestueux, non ? C'était la race préférée du Roi Soleil. Ils ont de poétiques yeux bleu clair.

– Mais vous faites quoi dans la vie ?

– J'écris une thèse en histoire de l'art.

– Quel rapport avec les chevaux ?

– Aucun. J'aimais bien les chevaux, petite, vous savez c'est un lieu commun, les jeunes filles, elles aiment les chevaux, les princes, les excès de gin tonic. Et vous, vous aimez les chevaux ?

– Non. Cette bête a été retrouvée dans le musée Beaubourg. »

Mais pourquoi est-ce que j'entre dans cette discussion ? s'admoneste-t-il. Il n'a pas envie de lui parler, et pourtant il lui parle comme si cette fille l'empêchait de fuir.

« Vraiment ? Dans un musée ? C'est salé ! C'est un happening ?

– C'est-à-dire ?

– Une sorte de performance ?

– Non, c'est un délit.

– Vous savez ce qu'est une performance artistique ? Ou une installation ?

– Non.

– Voulez-vous que je vous l'explique ?

– Non, merci. »

Elsa regarde Abel, et se tait. Elle se penche vers lui et le scrute, avec douceur. Elsa regarde les yeux d'Abel comme si elle pouvait voir derrière eux, au fond. Elle approche ses doigts de sa joue, avec la lenteur de celui qui ne voudrait pas effrayer un animal ensauvagé. Il ne bouge pas, et alors elle ôte un cil de sa joue.

« Vous avez perdu un de vos cils sur votre joue. Il paraît qu'il faut le manger, pour que ça porte bonheur. Vous voulez que je le mange ? Le cil ? »

7

Accourez,

Un lusitanien. Elle a raison, cette cinglée. Bac compare les photos en ligne de chevaux lusitaniens avec l'image de l'article. C'est bien ça, un cheval d'origine portugaise, prisé des rois, dont Louis XIV. *Cremellos*, c'est le nom de sa couleur, peu fréquente. Et quand des spécimens d'autres races se font baptiser selon leur caractère, les lusitaniens reçoivent des noms d'artistes. Eh bien celui-là, il a même passé sa nuit au musée.

Il connaît ce cheval.

Bac connaît ce cheval bien particulier, mais il n'arrive pas à se souvenir d'où. Comme d'une autre vie.

Quelques articles en ligne relatent le fait divers. Dans *Libération*, le papier évoque un artiste grec qui a exposé des chevaux vivants à Rome comme œuvre d'art en 1969. Et l'auteur de supputer un hommage illégal et nocturne à cet artiste, Jannis Kounellis, pionnier de l'arte povera. Personne ne sait rien de plus, alors les journalistes brodent. Bac fait des recherches sur l'arte povera. Il lit que c'est un art qui « s'oppose au clinquant du pop art et à la neutralité du minimalisme. » Il hésite à chercher pop art et minimalisme et il renonce.

Quand il a rallumé son téléphone pour accéder à Internet, une poignée de messages se sont mis à clignoter en cascade. SMS, messages vocaux, e-mails. Il les a ignorés pour faire ses recherches. Mais là, il considère ses notifications. Il efface tout sans consultation, comme on se protège d'une allergie. Il a peur. Peur des messages qui expliqueraient pourquoi il est foutu au placard. Pourquoi on peut se passer de ses services. Banc. Hors-jeu. Touche. Mort. Il redoute tout autant l'absence de messages ; la crainte que le monde ne s'aperçoive pas qu'il a disparu. Qu'Abel Bac s'évapore. Il sent l'alarme de la panique poindre. Alerte. Respiration. Il va chercher ses cotons-tiges dans la salle de bains. Il vacille. Et emplit un grand verre d'eau. Ça tourne dans la pièce, prémices trop connues de la crise de panique. Il commence à compter à rebours dans sa tête : quatre-vingt-treize, quatre-vingt-douze… Alors, agenouillé, il se met à nettoyer ses orchidées en mouillant le bout du coton-tige dans le verre, puis en caressant de haut en bas leurs feuilles, pour déloger la fine poussière et humecter les bras de ses fleurs. L'eau fait éclater quelques secondes le vert profond des feuilles épaisses et vivantes, puis sèche si vite que le vert redevient dormant. Ça le calme. C'est logique. Il retrouve le contrôle. Quarante-trois, quarante-deux, quarante et un…

Arrivé à zéro, il s'assoit au milieu des orchidées, et boit lui-même ce qu'il reste d'eau dans le verre.

Il appelle Pierrat, qui, étonnée, lui fait remarquer qu'il a enfin retrouvé l'usage de son téléphone. Il lui demande si elle pourrait lui rendre service et récupérer des affaires qu'il a laissées au bureau. « Discrètement », précise-t-il. Et il ne veut pas qu'elle commente sa situation avec les collègues. Il insiste. « Relax, Bac, on a d'autres sujets de conversation que ta gueule. » Elle essaie de dédramatiser, elle le sent très tendu. « Tu sais ce qu'est un lusitanien, toi ? » demande-t-il tout à trac. Non, elle ne voit pas. « Laisse tomber. Tu ne t'es pas renseignée sur le cheval ?

– Tu te moques de moi ? Tu crois que je n'ai rien d'autre sur le feu que cette connerie ? Je reçois dans dix minutes le frère de notre client poignardé, qui débarque du Canada, et il a l'air hyper vénère. » Il voudrait qu'elle cesse de lui parler du boulot. « Je t'ai dit que je le ferais. À mon avis c'est le commissariat du quatrième qui a récupéré le dossier. J'ai un pote là-bas, je vais lui passer un coup de fil. » Il la remercie. Elle lui rétorque qu'il commence à vriller, elle lui conseille de se trouver une *date* sur Tinder. Et pouffe. Connement. C'est une blague dans le service, Abel Bac et Tinder. Tout le monde le charrie avec ça, parce qu'un jour il avait fait remarquer dans un dossier que l'accusé et la plaignante s'étaient apparemment rencontrés dans un bar appelé Tinder et qu'il ne voyait pas où il se situait dans Paris. Hilarité. C'était resté. Et chacun de rivaliser sur le charriage. « Abel, tu nous retrouves au Tinder ce soir pour boire un canon ?! »

Pierrat lui passe un deal, blague à part : s'il trouve *réellement* un rendez-vous pour ce soir sur Tinder, elle se rencardera pour son histoire de musée. Donnant-donnant.

« Tu veux que je me ridiculise ?

– Non, je veux que tu sortes de ton trou. Et j'exige une photo pour preuve. »

Il se dit qu'il a laissé beaucoup trop de latitude à Pierrat dans leur amitié.

Un soir, environ un an plus tôt, ils sortaient d'une fin de garde à vue de quarante-huit heures avec un pédophile. Un mec qui était passé à l'acte avec sa nièce. Ils avaient trouvé une collection de photos pédopornographiques sur son ordi, musée des horreurs CSP +. Le type avait lui-même trois enfants. C'étaient les *técos* du groupe Internet de la brigade des mineurs qui avaient traité le gros des fichiers, ils étaient en co-saisine, mais Bac en avait vu bien assez.

Sur la garde à vue ils s'étaient relayés à quatre. Abel gérait mal, le client était mutique, arrogant. Au-dessus de la masse. Il entrait dans la catégorie des gens qui ont parfaitement conscience de leurs *failles*, mais à qui cette conscience confère un sentiment de supériorité. Une puissance. C'est-à-dire qu'ils ne conçoivent pas leur particularité comme une faille. Ils l'apprécient plutôt comme un intéressant voire somptueux jardin secret. Ils ont intégré que leur *jardin* est répréhensible aux yeux de la norme, ils sont capables de vivre en bons pères et maris idéals, *sine die*. Et ils jouissent doublement ; par l'exécution de leur penchant et par la certitude d'être les seuls dépositaires de leur déviance, qu'ils considèrent dans le sens premier du terme, sans jugement moral : *ce qui dévie*.

Face à ce client, Abel n'était pas précis, il déroulait dans le désordre, il ne gardait pas la bonne distance, il perdait le contrôle de l'audition, se laissait dérouter.

Pierrat l'avait impressionné, elle était jeune flic, elle avait, tranquillement mais sûrement, pris le *lead* de la garde à vue. Elle avait encerclé le client, le rassurant, le flattant, mais le conduisant d'une main de fer jusqu'à l'accouchement. Elle avait maintenu un tempo implacable dans ses questions, ses suggestions. Sans en faire trop. Sa connaissance du dossier était impeccable. Bac avait été frappé par une sensation diffuse : Camille Pierrat ne se faisait pas plaisir, elle ne posait pas ses couilles sur le plateau dans un duel d'ego. Elle dansait, dans cette GAV. Elle exécutait une chorégraphie méticuleuse, nécessaire et sans joie.

Ils avaient quitté le service vers minuit, et Pierrat, gaie soudain, lui avait proposé d'aller boire un verre, pour lâcher la pression. Il avait accepté, c'était normal, c'était le rituel. Ils avaient bien bossé.

C'est un jour comme un autre, Bac.

Oui, Camille, *c'est un jour comme un autre.*

Elle l'avait traîné rue Daunou dans un rade ouvert toute la nuit où elle connaissait du monde. Un pianiste jouait mécanique, semblant épuisé d'être si beau. Elle commandait et recommandait pour eux deux, Abel avait vite eu trop bu. Pas l'habitude. Mais on ne lâche pas un collègue après un tel résultat. C'est normal. C'est réglo.

À un moment, il était allé pisser ses bières. Dans le couloir douteux, recouvert de tentures rouges et de trous de plâtre, elle s'était pointée. Une soupe musicale se déversait à plein tube d'un coup, le pianiste beau gosse devait faire une pause. Abel ne savait plus où il était. L'angoisse l'avait traversé qu'elle ait pu l'entendre pisser. Alors Camille l'avait plaqué contre le mur sans sommation. Et elle l'avait embrassé. Elle avait pris le dessus, à l'image de sa performance en garde à vue, avec une force étonnante vu son gabarit, et elle l'avait mordu à la lèvre. Ce geste inattendu était trop violent pour qu'Abel fasse autre chose que le laisser vivre. Il avait donc répondu, autant qu'il le pouvait, à l'attente de l'autre. À son urgence de mammifère. Elle l'avait retourné et plaqué à l'autre paroi du couloir. C'était excessif. Impossible, soudain. Il s'était décollé sans brutalité, il s'était excusé, sans la regarder, il était parti.

Avant de quitter le bar, Pierrat plantée, Pierrat épinglée dans le couloir rouge et vieux, il avait réglé leurs verres. Cinquante et un euros. Le pianiste, toujours si beau, toujours fatigué, s'était entre-temps remis au clavier.

Il était rentré en marchant, en faisant des détours, en se grattant les poux de la tête, en tentant des rues au hasard, il marchait, le corps rendu aisé et buissonnier comme lâché après une longue contrainte, s'ébrouant de faire claquer chaque talon, la foulée assouplissant les muscles, comme les Juifs vont au mikvé, pour se purifier.

Il n'avait aucun goût pour l'analyse, mais les pensées sont des chauves-souris qui tournent, sifflent et se cognent dans le clocher de la tête. Il avait été surpris, il avait accepté l'étreinte de Camille. Il ne parvenait à démêler s'il avait été, même fugacement, habité de désir, ou s'il n'avait pu que prendre en charge. Camille Pierrat avait mordu sa lèvre, et le goût du sang, un instant, un instant, avait semblé naturel. Vivifiant.

Bac ne faisait pas ça, il ne plaquait pas les femmes contre les murs pour faire brûler la sauce. Il ne s'autorisait aucune pulsion de ce type. Il était touché par la beauté d'une autre, par une grâce déliée, il était échauffé par un corps, un cul qui se balance, la sueur qui mouille une aisselle, un décolleté sentimental. Il aimait la viande comme tout le monde. Mais il était effrayé devant le désir, effaré par la complexité des fils à connecter. Même désirable, l'autre lui apparaissait avant tout être une somme mal rafistolée de difficultés. Continents aux poches piégées. Comme si ces trous et ces gorges qui ne demandaient qu'à s'emplir luisaient de névroses dans la nuit.

Il ne s'excitait pas de la puanteur de la prise, ni de la sarabande précoïtale. La prostitution aurait pu être une voie médiane calme. Mais il en avait trop vu défiler. Trop jeunes, camées, exploitées. Approcher les femmes requérait une nécessité paradoxale de savoir-faire et de lâcher prise. Lui n'avait jamais vraiment dépassé la gaucherie de ses dix-sept ans. Quelque chose en lui s'était bloqué là-bas et avait cessé de grandir.

Il était le connard qui disparaîtrait du sens naturel de l'évolution.

Alors, il s'était interrogé longtemps sur ce qui s'était passé dans ce couloir avec Camille Pierrat. Ce baiser de vampires orphelins. Le lendemain, il l'avait battue froid. Très froid. Naturellement et sans cruauté.

Elle était intelligente. Elle avait compris.

Mila

8

Un animal paît dans nos prés,

« Il faudrait que tu écrives un petit texte pour le catalogue de ton exposition à Moscou.

– Je n'ai pas envie.

– Quelques lignes de toi, c'est vraiment important.

– Tu n'as qu'à reprendre un texte que j'ai déjà écrit.

– Il faudrait un inédit. Tu y réfléchis. Ensuite, il y aurait un problème d'authentification d'une de tes œuvres qui a été présentée à la galerie J. Levy à New York.

– Tu t'en occupes.

– Je voudrais au moins t'envoyer les photos.

– Non, je me fous de savoir si quelqu'un essaie de refiler un faux Mila. Et puis, il y a des experts pour ça. Toutes mes performances sont archivées.

– OK, Mila. Enfin, et pardon d'y revenir, mais on a toujours un gros souci à Lisbonne, comme tu le sais, avec les pro-life. »

Jérôme Masson est inquiet parce qu'une des œuvres de Mila – de l'ancienne série dite des *Incendies*, série des années 2010 – est en train d'être déprogrammée d'une exposition, car un collectif d'activistes pro-life mène campagne contre elle. Il a négocié à plusieurs reprises avec les curateurs, ils sont pris entre deux feux.

« C'est le cas de le dire pour un *Incendie*. Pourquoi, ils s'excitent ? Je n'ai pas non plus proposé un *Piss Christ*.

– Tu sais très bien que ce sont les fœtus morts accrochés par des laisses aux têtes des mannequins qui ne passent pas du tout. Il y a eu des évanouissements la première fois qu'on l'a installé. Donc, oui, ils sont pris entre deux feux, parce qu'ils ne peuvent pas te déprogrammer, ça ferait une polémique, censure, liberté d'expression et tout le chambardement, et ils ne veulent pas se mettre à dos la moitié de l'opinion. La communauté catholique, elle pèse au Portugal.

– Il faudra pourtant bien qu'ils se mettent à dos une des deux moitiés. Et si on ne veut pas *fâcher les gens*, on n'est pas curateur d'art contemporain. »

Fait rarissime dans le milieu, même certains artistes appellent à son boycott. Ils dénoncent « la démence et la dangerosité » de son travail (*sic*), ils envient ma position, se dit Mila, dans une première pensée grégaire. Mais elle sait que c'est plus profond que cela. Elle n'est pas du sérail, et elle ne le sera jamais. Elle est l'exception qui confirme la règle de l'entre-soi. L'anomalie.

« Et il y a le comité d'éthique de la biennale Manifesta qui m'envoie mail sur mail pour des problèmes d'irrégularité liés à ton statut.

– Je m'en fous », conclut Mila avec sa vulgarité coutumière, à l'adresse de son avocat Jérôme Masson qui lui parle au téléphone – comme il le fait chaque jour, l'appeler à la même heure, dimanche inclus, sauf cas de force majeure, depuis maintenant presque deux décennies.

Mila n'aime pas parler au téléphone, mais leurs face-à-face restent épisodiques : ils ne peuvent être vus ensemble. Jérôme Masson est connu du public de Mila comme son agent, et s'ils ont réussi à garder intact son anonymat depuis le début de sa carrière, c'est en restant extrêmement précautionneux.

Mila n'est jamais concernée par les *turpitudes de la faisabilité des choses*, comme elle dit, elle veut faire, elle fait ; et c'est ainsi, *basta così*. Ce qui explique en partie son succès, pense Masson. Elle est une porte de cobalt, sans trou de serrure. Maître Masson, lui, s'agite et souligne qu'il lui parle de plusieurs centaines de milliers d'euros de perte, si ça merde au Portugal. L'expo n'est pas encore assurée. Il lui rappelle que sa dernière installation avait elle aussi déchaîné les commentaires nauséabonds. « Pardon d'être cash, mais ça t'arrive de taper ton nom sur les réseaux sociaux en ce moment ? lui demande-t-il, acerbe d'un coup.

– Non, jamais. »

Masson pense que « ces polémiques-là ne sont pas bonnes, Mila, les gens ne te trouvent plus révolutionnaire, ils te trouvent grossière, tu comprends ? Tu n'es pas exactement Banksy. Tu ne fabriques pas de bateau pour les réfugiés.

– Et tu n'es pas Perrotin, Jérôme, ni le putain de dalaï-lama. »

Masson ne relève pas. Il pense qu'elle devrait donner d'elle une autre image, il pense qu'elle devrait entrer dans un nouveau cycle plus… Masson cherche le mot… Il tente : *œcuménique* ?

« Tu veux dire, plus consensuel ? Ce serait cocasse. Ça ne t'a jamais posé de problème, les dérapages. »

Masson s'agace. Les collectionneurs l'achètent parce que son imagerie est obsédante, son aura cotée, une valeur sûre, mais même les stars lassent et déçoivent, prévient-il. Elle lui fait remarquer qu'il *pense beaucoup dans sa petite tête de génie* et que, s'il existait par essence de bonnes polémiques et de mauvaises polémiques, elle serait *enchantée* qu'il l'instruise à ce sujet, car il semble avoir des avis très éclairés en toutes choses. Et Masson lui répond qu'il ne rentrera pas dans ses provocations aujourd'hui, car il n'a pas le temps. Il ne le dit pas mais il est inquiet. Pour autant que Mila navigue souvent entre agressivité et nonchalance, presque un jeu entre eux, il perçoit autre chose dans leurs derniers échanges, une lassitude, une inquiétante absence de joie. Il a terminé l'appel en lui rappelant de réfléchir à la ville où elle voulait déménager. Sinon il choisirait pour elle, si cela était plus simple. Il a pris congé.

« À demain, 18 heures.

– C'est ça, à demain. »

Elle a raccroché avec hostilité. Geste clinquant de mauvais film. Mais elle sait que ça ne signifie rien, qu'elle est seule dans cette pièce avec son téléphone, et que personne ne la voit, personne ne l'observe. Et pour se soucier, il faut *voir* l'autre, non ?

Peu importe l'irritation qu'elle peut ressentir à son égard, elle ne se séparera jamais de Masson. Leur lien est trop vif. Et il est le seul à connaître sa véritable identité. Pacte faustien entre eux. *À la mort*. Même si l'avocat est cadenassé par une armada de clauses de confidentialité, il serait impensable de rompre. Ils pourraient être de ces vieux couples, âmes gémellaires, pour qui le divorce n'est pas une option, mais un fantasme, parfois. Masson est très efficace, c'est indéniable. Il connaît le monde de l'art dans ses moindres soubresauts et sait utiliser les failles du droit en torero. Il aime un peu trop la lumière, c'est de bonne guerre, et sa propre célébrité ne lui incombe que par contamination. Il est son représentant et personne ne sait qui elle est réellement. Masson endosse la fébrilité médiatique que génère le mystère Mila. Alors, un mystère qui dure depuis vingt ans… C'est un système parfait, comme un MacGuffin hitchcockien – astuce du cinéaste désignant un élément de nécessité implacable mais flou de chacune de ses intrigues. L'exemple parfait étant « les secrets du gouvernement » dont il est question dans *La Mort aux trousses*, sans que le spectateur sache jamais de quoi diable il retourne.

Serait-ce si intéressant pour la cote de ses œuvres d'art de savoir qui se cache derrière *Mila* ? Masson lui a souvent posé la question, lorsqu'elle exprime des regrets quant à son secret. Serait-ce intéressant de savoir que c'est une fille banale élevée dans une petite ville prosaïque entre Paris et Orléans, qui n'a jamais fait d'école d'art, et dont le destin a basculé à dix-sept ans par le plus grand des hasards ? Et Masson de la condenser dans une pauvre épitaphe, pense-t-elle. Son anonymat est son MacGuffin, gouffre vaporeux que l'on peut remplir à l'envi. Elle est un homme, une femme, un groupe, elle a plusieurs nationalités, elle est beau/belle, défigurée, cachée derrière une autre célébrité, elle est activiste politique, elle est noire, blanche, c'est un messie, une prophète. Tout est possible. Chacun peut projeter ce qu'il veut sur un MacGuffin, et les gens nourrissent le mythe. C'est Masson qui en a décidé ainsi, c'était son idée à lui de ne pas révéler son identité, et puis trop vite, ce fut trop tard, impossible de faire marche arrière. L'anonymat était devenu un système productif.

L'anonymat protège Mila, soutient Masson.

La protège ou bien la prive ? tend-elle de plus en plus souvent à se demander.

« Et si je meurs subitement, Jérôme, tu feras quoi ? Tu créeras un autre mythe ? Tu ne révéleras jamais mon identité ? Tu inventeras une histoire ? Tu me rendras plus intéressante que je ne le suis ? Ça t'arrangerait bien ? Que je meure ! Tu veux que je me jette par la fenêtre ? Maintenant, tout de suite ? Je le fais, Jérôme ! Je saute ! Tu iras me mettre à la fosse commune. En catimini. Ce ne sera pas cher. Ou alors, tu me feras incinérer et tu vendras mes cendres aux enchères ! Et mes œuvres chiffreront encore plus. Waouhhh ! Miam miam ! »

Mila laisse ce genre de messages d'une voix stridente sur le répondeur de Masson au milieu de la nuit. Parfois ils sont très longs. Souvent décousus. Elle a peur de disparaître, et d'errer dans le néant sans sépulture. Elle lui laisse ce genre de messages quand elle a bu toute seule, avec cérémonie au milieu de ses miroirs, Jérôme Masson ne s'en inquiète pas outre mesure, il est habitué.

Alors, la nuit, il coupe son portable.

Rien ne lie tant les êtres que le secret.

9

Beau, grand ;

Mila regarde la Tamise à travers la baie vitrée de son atelier. Un nid d'aigle perché, surplombant le squelette de la ville, inviolable, barricadé mais ouvert à tous les vents, tant les fenêtres trouent les murs comme autant d'yeux scrutateurs. C'est un crève-cœur de songer à quitter cet endroit. Mais Jérôme Masson est inflexible sur ce sujet : elle doit partir. Les journalistes du petit milieu de l'art parient tous qu'elle est à Londres. Ça fait deux ans qu'elle y vit, durée moyenne de ses établissements, de ses attachements portuaires. Où aller après Londres ? Elle a habité des étés et des hivers à Bruxelles, Oslo, Berlin, Rome, Lisbonne. Elle parle les langues de tous les lieux où elle a vécu – elle a une facilité. Quand on passe le cap d'en maîtriser deux ou trois, on peut en parler douze, ça coule de source, elles se recoupent et se nourrissent comme des êtres vivants et solidaires.

Elle pensait en arrivant ici qu'elle ne s'y plairait pas, c'était l'idée de Masson, « la meilleure cachette est au vu et au su de tous », plaidait-il. Et Londres reste le cœur battant de l'art contemporain. Avec New York, *of course*. Masson, lui, a établi ses bureaux à Paris, dans le sixième, *une belle adresse*. Indispensable intendant. Chacun pense que l'autre ne serait rien sans lui. Mila est l'artiste, Masson l'artisan. Les deux faces de la même chimère. Le monstre milA, reine invisible de l'art contemporain. Ils sont moins de cinquante dans le monde dont les œuvres se monnaient des millions chez Christie's et Sotheby's, dans le *second market*, mécanique rodée de marché hors de contrôle. Enfin, moins de cinquante à être *vivants*. Depuis quelques années, elle en était. Plus besoin de faire ses preuves en galerie, ses nouvelles installations étaient parfois injectées directement dans le marché, en valeur sûre, en placement. Les photographies originales prises par elle-même de ses toutes premières performances, remontant aux années 2000, avaient atteint un record de vente de plus de 120 millions d'euros. milA, transformée en marque de produits dérivés cotée en Bourse. Avec son nom devenu logo, identifiable comme un monogramme de haute couture : un *m* minuscule, deux traits en décalé pour le *i* et le *l* – l'un vers le bas comme une racine, l'autre en flèche visant le ciel ; et le *A* majuscule, un *A* devenu blason et Olympe. *Tout* se vendait avec son logo tatoué dessus, des sacs, des tasses, des trousses, des casquettes, des paires de chaussettes. Elle était *too high to fall*...

... Trop haute pour tomber. Masson et elle avaient écrit l'histoire à quatre mains, mêlant à la démesure le génie du marketing. Deux enfants distors aux moyens illimités qui s'amusent à mettre le feu au coffre à jouets.

Jérôme Masson avait été l'ami de Mila, il y a plus de vingt ans. Il n'était alors que Jérôme. Il n'était pas avocat, elle n'était pas encore Mila. Masson et elle, associés par le fol hasard d'avoir grandi dans le même lycée, dans la même ville, Vallé, banale cité mi-huppée, mi-prolo, qui ronronnait à soixante bornes de la capitale, Vallé où il ne se passait jamais rien.

Enfin presque rien. Les habitants avaient bien connu un horrible fait divers, une dizaine de personnes avaient été tuées en pleine rue par un fou furieux, ça avait fait les gros titres de la presse nationale, et les journalistes étaient venus camper quelques mois pour renifler les culottes sales de la ville. Puis ils étaient repartis, et la ville était revenue à son silence ontologique. Et bien sûr, Vallé était la ville d'origine de la célèbre artiste Mila, mais ça, les Vallois et les Valloises ne le savaient pas.

Mila et Jérôme étaient deux camarades de lycée, se retrouvant chaque année dans les mêmes classes par l'arbitraire du choix d'une langue rare, le russe. Leur professeure était une inquiétante babouchka éternellement drapée de larges foulards à franges et de petites lunettes fantaisie qu'elle égarait à l'envi dans la salle de classe. Mme Bukobza. Elle avait cette particularité d'obliger ses élèves à choisir un prénom russe en première année, qui les suivrait jusqu'à la terminale. Comme un baptême linguistique. Jérôme Masson avait choisi Anton, par coquetterie et pour Tchekhov dont il avait monté *La Cerisaie* avec le club théâtre. Et Mila qui n'était pas encore Mila, elle, eh bien, elle avait choisi Mila.

Elle aimait ce prénom ambigu, fleurant le diminutif tendre. Mila... C'était une possession. *Mi*, tu es mon *la*. Elle aimait ses origines mêlées : slaves, espagnoles ou germaniques ; qui pourraient venir de Milena, « aimée du peuple ». Mi-la, des syllabes qui restaient langoureuses, prononcées avec n'importe quel accent. Elle qui n'était ni excentrique au lycée, ni voyoute, mais plutôt réservée, elle voulait bien cela un jour, être aimée du peuple ; et voir ce que cela faisait d'être *prise*. Elle disait crânement qu'elle avait choisi le prénom pour honorer Mila Racine, une résistante juive morte au camp de Mauthausen. Ils avaient visité le camp avec leur professeur d'histoire lors d'un voyage scolaire. Ça avait fait beaucoup d'un coup. Les corps. Des Juifs, elle n'en connaissait pas. Il n'y en avait pas masse à Vallé, la ville où elle vivait depuis sa naissance. Elle avait retenu ce nom, Mila Racine, parce que c'était le plus beau nom qu'elle avait jamais entendu de sa vie, et il paraissait résonner de très loin dans une sacrée nuit. Mila et Anton alors lycéens n'étaient certainement pas aussi populaires que les sport-étude, les skateurs ou les grunge – c'était les années quatre-vingt-dix. Mais les « Russes », comme ils s'appelaient entre eux avec la poignée de camarades affidés...

… les Russes donc se trouvaient contents de leur aura littéraire et de leurs références brillantes. Ils formaient un clan vaguement admiré et craint dans la jungle adolescente ; un tout petit groupe lié par une langue peu enseignée, qui leur conférait un parfum exotique et subtil, doublé d'une énergie barbare.

Mila ne pouvait pas imaginer, quand elle l'avait choisi en cours de russe, que ce prénom de quatre lettres deviendrait le paravent de son identité, son trou sombre, son nom d'artiste, dans lequel celle qu'elle avait été s'engloutirait. Mi-La, deux notes suspendues, nom de sa gloire, de ses fulgurances et de ses caprices. Son vrai prénom avait disparu, même Masson ne le prononçait plus.

10

J'en ai ma vue

La première fois qu'il avait fallu qu'elle soit représentée légalement, parce qu'elle était dans le pétrin, elle avait vingt-trois ans, elle avait alors appelé son seul copain avocat. Elle et Jérôme étaient restés en contact après le lycée, par la grâce des soirées d'anciens du lycée Paul-Bert – des fêtes trop alcoolisées, où chacun scrutait le devenir des autres avec frustration et concupiscence. Il y avait ceux qui allaient s'en sortir, ceux qui allaient régner, et ceux qui s'emplafonneraient dans les mauvaises portes. Il semblait que ces devenirs fussent déjà dessinés et prévisibles dans les corps encore dégingandés des jeunes gens se métamorphosant imperceptiblement en adultes. Mila, elle, était quelque peu isolée, à cause de ce qui lui était arrivé. C'était sans malveillance, mais son aura de chat noir suintait de sa peau et tenait toute simplicité à distance. Elle avait dévissé. Elle avait plongé, elle était devenue une autre. Les gens ne savaient pas comment la prendre : avec des pincettes ou des accolades ?

Quand Mila eut des ennuis avec ses initiatives *artistiques*, donc, (elle s'était fait arrêter et s'était retrouvée au poste pour dégradation de bien public), elle savait que Jérôme Masson avait passé le barreau. Il était en stage dans un grand cabinet d'avocats d'affaires, trimant pour faire ses armes, peaufinant le début d'un carnet d'adresses, ne comptant ni ses heures ni les tâches déléguées par les patrons dans l'optique aveuglante d'être un jour comme eux. Il ne le savait pas à ce moment-là, mais Mila serait sa poule aux œufs d'or. Comment aurait-il pu imaginer, Jérôme, ce qui allait suivre ? Mila elle-même ne l'aurait jamais cru.

Elle était loin d'ailleurs de revendiquer par ses « actions » un quelconque *geste artistique*. Elle ne possédait aucun contexte ni référence. Elle bricolait sans théorie ni intuition. Un critique d'art la comparerait plus tard au jeune Arthur Rimbaud débarquant de Charleville, mais même Rimbaud avait lu les poètes avant d'arriver à Paris, connaissance qui lui permit littéralement de leur chier dessus. Mila n'avait rien lu ni vu du milieu dans lequel elle allait entrer par effraction, à l'exception de l'artiste Abramović, dont elle avait entraperçu le travail le jour exact où sa vie s'était fracassée. Est-ce que l'on restait prisonnier du jour de ses traumatismes ? Est-ce qu'une partie de nous cessait d'évoluer au contact d'un trop grand effroi ? L'être profond impressionné comme du papier pellicule par tout ce qui s'était produit ce jour-là.

11

encore toute ravie.

Pour venir à Londres deux ans plus tôt, elle avait dû quitter Lisbonne, déchirement. Les marches toniques pour aller au bas de la ville lui avaient manqué, le train qui serpente le long de la côte, Cascais et Belém, ses nages dans l'eau portugaise toujours fraîche et exaltante, sa Lisboa où l'amour est forcément dramatique, les plafonds déglingués et la nuit sans silence. Partir. Casser le sablier des quelques habitudes. Le même manège à l'envers. Quand elle avait déménagé à Londres, elle travaillait alors sur sa série des *Martyrs*. Elle accrochait aux monuments européens des effigies de martyrs célèbres, pendus comme à des gibets. Elle avait commencé avec des martyrs chrétiens : saint Sébastien couvert de flèches, saint Georges tenant sa tête décapitée, sainte Blandine…

Blandine lui avait donné beaucoup de mal. Mila voulait absolument l'attacher à l'obélisque de la Concorde. L'action avait mal tourné : elle et son équipe avaient failli se faire repérer. Ils s'étaient sauvés, la poupée de sainte Blandine sous le bras pour ainsi dire, Masson était furieux, elle prenait trop de risques. Elle avait été grisée. Elle avait finalement accroché une semaine plus tard la sainte lyonnaise à un ornement de la tour Saint-Jacques, en soudoyant cette fois-ci les gens qu'il fallait, pour qu'ils ferment les yeux. Elle avait ensuite pendu Danton à une église de la banlieue de Milan, Olympe de Gouges à la *Petite Sirène* de Copenhague, mais aussi Louis XVI à la fenêtre de la résidence secondaire du président de l'Assemblée nationale, Dreyfus à Genève, Jean Moulin aux pales du Moulin Rouge. Et Jospin à Solférino. Il fallait bien rire un peu.

À chaque fois, les poupées grandeur nature avaient de petites radios dans leurs poches, qui sonnaient sans discontinuer les mesures de la chanson *Now I've Got a Witness* des Rolling Stones. *Witness*, le témoin, l'autre nom du martyr : celui qui voit.

Lionel Jospin avait porté plainte. Masson s'en était chargé.

Ça avait fait jaser, bien au-delà du petit cercle de l'art. Passants et badauds, pensant avoir affaire à de vrais pendus, tombaient en crises et hurlements. Comment osait-on jouer avec la mort, et tutti quanti. Elle n'avait pas de semonces à recevoir, la mort était son affaire, et Mila faisait ce qu'elle voulait. Elle avait quand même fait envoyer un bouquet de fleurs à Jospin avec un mot d'excuses. Des roses rouges, *évidemment.* Mila aurait bien aimé garder certaines des poupées, elle avait passé du temps avec chacune d'elles, elle avait cousu leurs vêtements, peaufinant leurs détails, leurs ongles, leurs dents ; collant un à un chacun de leurs cils, travaillant leurs rides et leurs turpitudes. C'étaient ses enfants. Des enfants inertes. Et objectivés. Pour les fabriquer à la perfection, elle avait suivi une sérieuse formation auprès d'un sculpteur qui travaillait pour le musée Grévin. Elle s'était créé un CV bétonné et complètement faux. L'homme n'avait jamais fait le rapprochement entre sa stagiaire appliquée et taciturne et les *Martyrs* de l'artiste Mila qui avaient défrayé la chronique. Certaines de ses poupées sont aujourd'hui dans des musées (à la Tate, à Pompidou, au Guggenheim de Bilbao) ou chez des collectionneurs. D'autres ont été placées sous scellés et confisquées. Mila avait envisagé un vol avec effraction pour les récupérer, c'étaient ses enfants, après tout. Masson avait mis le holà. Depuis dix ans, l'argent qu'elle gagnait lui permettait de créer des installations de plus en plus sophistiquées. Et pourtant, elle sentait qu'elle se vidait. Ses œuvres relevaient de plus en plus de l'astuce ou de la provocation, moins de la nécessité. C'était étrange d'être si célèbre et de ne jamais être reconnue dans la rue. Elle avait adoré autrefois se promener dans les biennales, les FIAC et autres barnums de l'art contemporain, et se sentir invisible et omniprésente.

Comme Dieu.

Aujourd'hui, elle avait trente-neuf ans. Elle voulait connaître des gens et que des gens la connaissent. Elle voulait décider de l'endroit où elle désirait s'établir et devenir maîtresse de l'espace et du temps. C'est ce qu'elle avait fait avec ses différentes installations et performances depuis plus de quinze ans : dérégler l'espace et le temps, les plier et les tordre. Son art était constitué de séries d'événements, comme des pulsations. Tout entier performatif, comme le verbe mourir quand il est conjugué. Insaisissable et brutal. Un *Poltergeist*.

Son art avait lieu dans l'extrême fragilité du regard. C'est dans la première seconde de la rencontre que tout prenait sens. Après, ce qu'il en restait… sortes de scalps et de peaux mortes qu'on pourrait reconstituer à l'envi, fétiches et colifichets qui coûtaient cher aux collectionneurs, qu'on pourrait *réinstaller* pour montrer ce qui avait eu lieu. C'étaient des images mortes. Un souvenir.

Dans son atelier, les murs sont surpeuplés de dessins et de miroirs, de toutes tailles et formes. Mila les collectionne. Elle possède des pièces rares : un miroir provenant de la galerie des Glaces de Versailles acheté aux enchères, un miroir asymétrique signé de Line Vautrin, un autre du XVIe siècle trouvé chez un antiquaire vénitien, en écailles de tortue… Ils la suivent dans chacun de ses déménagements, c'est la première chose qu'elle installe quand elle se fixe quelque part : l'armée de miroirs.

Partout, d'où qu'elle se tienne, elle peut se voir dans ses moindres mouvements, elle qui n'est qu'un nom, elle que personne ne peut voir. Elle qu'on ne regarde pas.

En fixant la Tamise, noire et bleue, qu'on imagine froide comme le métal le plus coupant, elle eut réellement envie de se jeter par la fenêtre, tenir la promesse des messages nocturnes laissés sur le répondeur de Jérôme, céder à cette drôle d'impulsion morbide qu'est l'attraction pour le vide. Voir ce qu'il en ferait, Masson, de son corps défiguré, voir ce que cela faisait d'être morte.

Mais sans mourir vraiment, parce que bien sûr, Mila, elle, ne peut pas mourir.

Abel

12

Est-il plus fort que nous ?

Face à l'écran d'un téléphone, Abel Bac ne peut se départir de la sensation d'être filmé. D'être scruté, confondu, moqué. Ce n'est pas naturel de passer autant de temps en connivence avec un écran fait de verre, de plastique, de cobalt et de carbone. Il installe l'application Tinder. Ce qui lui prend un temps conséquent, car il ne sait pas installer une application. Il regarde des tutos en ligne, des forums de discussion, et finit par suivre la bonne procédure. Il songe au nombre de dossiers où les clients ont été perdus par leur portable. Hybris. Les enquêtes ont pris un virage à cent quatre-vingts degrés avec la téléphonie intelligente. Et les disques durs. C'est sidérant. Mais pourquoi planquer ses jardins secrets dans des morceaux de cobalt ? Quand le crâne suffit.

Il doit se créer un profil. Il faut faire simple. Il hésite à mentir. Mettre : je suis flic, c'est déjà bien assez signifiant, pense-t-il. Il ne veut pas attirer des paumées en quête d'un frisson : et ça fait quoi de voir un cadavre ? Ça ne fait rien et ça fait tout. Il aimerait un truc passe-muraille. Il met : consultant. Il n'a jamais compris la réalité professionnelle que cela recouvrait. C'est idéalement flou. Il inscrit son âge. Il ajoute qu'il aime la musique et le cinéma. Ça remplit les cases et ne gênera personne. Il veut être M. Nobody, ou plutôt, *Everybody*, tous les corps en même temps.

Le plus douloureux est l'étape visuelle de la procédure. Il pense à retrouver sa photo de dossier de fonctionnaire. Mais il a presque vingt ans de moins dessus. Ça va paraître bizarre. Il prend conscience qu'il ne possède pas de photo récente. Mais annihile aussitôt la désagréable pente de pensées chauves-souris que ce constat ingénie. Il prend le taureau par les cornes et éloigne l'appareil, le transfère en mode selfie et tente de prendre une photo de lui. Il pense : *engageante*. Il mitraille une dizaine de clics, le téléphone à bout de bras, et approche l'engin pour découvrir le résultat. Comme on sort un gâteau du four.

Voir cette tête carrée, aplanie, dénuée d'aucun sourire, ces yeux pâlis, c'est insoutenable. Il efface. Il reprend. Il tente d'y mettre un peu d'ombre pour camoufler une partie. Donner un panache. Suggérer un mystère. Il rapproche, il éloigne. Penche l'appareil. Pour tricher. C'est pire. L'homme qu'il voit inspire autant confiance que Michel Fourniret. Ça monte en lui. La fureur. La tentation de la légèreté

qui vient égorger ses gestes, écorcher
simples de ses velléités. Il serait trop con,
le monde le fait suer avec les blagues sur T
va, maintenant. Il a le droit, non, de faire
normale ?

13

dit le Loup en riant.

La fille était là.

Au premier *match* de l'application, il avait engagé la conversation avec la candidate. Sommaire. À l'os. Bonjour / Bonjour / Smiley / Je ne vous dérange pas / Non / Re-smiley. Il n'avait pas tourné autour du pot, il ne savait pas faire les smileys. Elle avait accepté un rendez-vous le soir même. Elle avait demandé où. Il avait répondu : au Carolus, place Clichy. 20 h 30. Ça semblait une heure correcte pour fixer un rencard. Bien sûr, c'était pauvre. Manque d'imagination. Zone de confort. Panique.

Elle est là.

Il sait qu'elle s'appelle Anna.

Elle est blonde, sans confiance, replète, trop habillée, problème d'ongles rongés, beaucoup de grains de beauté, agitée, respiration perceptible, fossettes remarquables, léger strabisme, cheveux doux à distance, très lavée, parfum généreux, féminin, abrupt.

Compte à rebours, quatre-vingt-treize, quatre-vingt-douze...

Tout le théâtre d'une solitude augmentée au carré. Il commande une bouteille de vin au Carolus. Au Carolus ! Ahmed le regarde avec insistance, jamais vu le flic accompagné d'une nana, il est prêt à entrer dans la comédie, tout à son service, curieux et vaguement inquiet. Mais que faut-il faire ?

Que faut-il faire ? Commander du blanc ou du rouge ? Il va mourir de honte, mais quelle idée de lui donner rendez-vous ici ? Il aurait dû s'éloigner de trois arrondissements, aller dans un endroit chicos, avoir l'air de s'y connaître, essaimer alentour une confiance en soi, se permettre d'être un autre, une minute, une seconde, il a très chaud. Il a pris deux douches aujourd'hui. Il se sent encore sale. Il pense que son odeur pourrait l'indisposer. Indisposer cette femme, blonde potelée aux fossettes remarquables. Elle parle, il n'entend rien, il essaie, ça brouille sur la ligne, c'est trop d'efforts. Il fait des focalisations. Sur ses ongles, sur ses cheveux, sur ses putain de fossettes.

Elle porte un haut ajusté, flashy, en soie. Violet. Ou parme.

Il l'imagine allongée par terre.

Un haut carré. Un cul triangle. Il associe des images trop vite. Il essaie de se concentrer. Elle parle. Elle lui parle. Ce n'est pas un écran. Elle n'est pas en carbone. Elle a déjà trop de passé, trop de seins, trop de soie. Elle existe. Elle n'est pas morte. Il a des images d'autopsie dans le crâne. Il pense à Éric qui lève son fusil à hauteur d'une tête.

Respiration.

Abel avait été surpris du caractère implacable de la technologie. À peine le *brun* installé, la machine s'était mise en marche. Et cette fille l'avait *matché*. À quelle injonction il répondait en se prêtant au jeu ? Ce n'était pas clair. Peu lui chalait que sa collègue Pierrat le provoque. Mais la vie rendue sèche par son éviction tapait contre sa tête d'insomniaque. Et quand il dormait, le rêve d'Éric revenait sans cesse. Éric qui tuait les gens sans verser une goutte de sueur, Éric qui était beau et tuait des gens qui lui étaient inconnus. Il en avait toujours rêvé. Depuis vingt ans. Mais pas à ce point. Depuis une semaine le rêve venait sans cesse, il reprenait des couleurs, il devenait plus aigu. Il avait honte aussi maintenant de penser à la dernière fois qu'il avait fait l'amour avec une femme. C'était loin, si étranger. Toutes ces années, il n'avait pas eu le temps, l'occasion, la simplicité. Il n'avait pas pu.

Il avait peu pu, dans sa vie, s'allonger avec une femme. Le temps passait et ankylosait un nerf de plus en plus endormi. Alors pourquoi pas ? Pourquoi ne pas refaire cette chose *normale* ?

« Moi, je n'y suis pas depuis longtemps sur Tinder, et vous ? C'est un peu nul. » Anna rit, gênée. « Enfin non, ce n'est pas nul, c'est peut-être bien que les gens puissent sortir de leur entourage, non ? Peut-être qu'en fin de compte les écrans tendent des fils invisibles entre les gens. » Elle rit, du même rire qui meurt immédiatement sans se déployer, un rire pour vêtir le silence, qui vient de la gorge, forcé, rire de défense, un tic. « C'est un peu cliché ce que je dis… En fait, c'est une copine qui m'a forcée à m'inscrire. Elle m'a même aidée à faire mon compte, vous voyez. »

Anna se tait, Anna le regarde, Anna l'appelle à l'aide. Abel se tait. Abel ressert du vin blanc dans les deux verres, Anna a à peine touché au sien. Elle a juste dit tchin tchin, puis elle a dit « On se regarde dans les yeux pour trinquer » et Abel a eu envie de mourir.

« Vous avez quel âge ? » demande Abel. Il a dit quelque chose, n'importe quoi, le premier truc qui lui passait par la tête, pour faire cesser le décompte du silence. Un coup de pagaie pour faire bouger le canoë.

« Eh bien, j'ai trente et un ans, c'était marqué sur mon profil », répond Anna en plissant un tantinet sa ridc dc front.

Il n'a pas regardé son profil. Elle l'a *matché*, il a enquillé sans réfléchir plus avant. C'était une femme, sans bizarrerie, qui donnait son consentement pour engager une conversation. C'est tout ce qu'il a pensé.

Anna se tait encore, elle ne boit pas, elle ne bouge pas, un très ténu mouvement de poitrine indique à Abel qu'elle est encore en vie. Qu'elle respire.

« Vous me trouvez trop vieille, c'est ça », se décide-t-elle à dire, sans rire de gorge.

Non, Anna, vraiment, non, Anna, vous êtes jeune, j'ai juste envie que vous disparaissiez, je voudrais être assis dans le noir de mon salon, à écouter mes orchidées, je voudrais que vous n'existiez pas là, mais ce n'est pas personnel, pense Abel.

« Vous vous trouvez vieille ? » essaie-t-il.

Anna est effondrée, elle prend une petite gorgée avec une grande lenteur, elle prend ce temps de se donner un courage, de goûter le vin vraiment, qui n'est pas très bon, mais pas si mauvais, Ahmed a tenté de déboucher quelque chose qui ne filait pas de crampes.

« Je ne sais pas, Abel. C'est une drôle de question.

– Ce que je veux dire, Anna, c'est que par rapport à une fille de vingt ans, vous êtes vieille, mais par rapport à une fille de quarante ans, vous n'êtes pas vieille. Voilà. »

Anna chute de deux étages supplémentaires. Elle dit : « Pardon, je reviens, je vais rapidement aux toilettes, excusez-moi, pardon, je reviens. » Elle se lève, très consciente de son corps, c'est une torture de se lever de cette table de manière fluide et de s'éloigner avec décontraction.

Abel sait que ça merde. Il croise le regard d'Ahmed qui lui fait un pouce en l'air avec un sourire élargi.

Anna revient, les yeux brillants, Abel se dit que cela peut être né de la colère, ou qu'elle a essuyé aux waters un pleur passager, dont la trace continue d'éclabousser sa rétine. Mais son regard est toujours bien maquillé.

Anna se rassied, plus énergique, moins figée, un empressement saccadant légèrement le balancement de sa nuque.

« Pardon, Abel, on est mal partis, je crois, depuis le début, vous ne dites rien, je suis très mal à l'aise. Vous avez l'air, je ne sais comment le formuler, disons rigide. Alors je vous dis d'insipides banalités, mais je suis seule à ramer. La vérité c'est que je me suis fait plaquer par un mec avec qui j'étais depuis sept ans, c'est classique il paraît. Je suis au bout de ma vie, je bosse énormément, tous mes amis sont en couple et l'idée de flirter avec un homme, même, soyons franche, l'idée de coucher avec un autre homme que Paul me paraît insurmontable, alors je me suis inscrite sur cette connerie il y a deux jours, je vous ai liké, parce que vous paraissiez, je ne sais pas… normal, et maintenant vous êtes là, et vous avez l'air d'avoir un énorme balai planté dans le cul, ce rade est merdique, ce vin est dégueulasse et vous me dites que je suis vieille par rapport à une fille de vingt ans, et vous avez parfaitement raison, c'est logique, voyez, mais moi je me suis maquée avec Paul quand j'avais vingt-quatre ans, du coup j'étais jeune à ce moment-là, et quand je regarde une photo, je n'ai pas l'impression d'avoir tant changé, mais je ne vais pas effacer la vie, et vous vous taisez, et vous voulez savoir pourquoi je vous ai liké au fond ? Parce que, en allant au boulot ce matin, j'ai fait un détour, à pied, pour passer devant l'immeuble de mon ex, pour souffrir probablement, pour voir que tout continuait comme avant dans ce quartier que je connais par cœur, parce que j'ai passé sept ans avec Paul et qu'il a vécu ces sept dernières années dans ce putain d'immeuble, et que j'y ai vécu trois ans moi aussi, parce que j'avais emménagé chez lui, et qu'on a partagé fifty-fifty le prix des travaux bien sûr, et quand il m'a plaquée, j'ai dû partir parce que c'était d'abord son appartement, et ce matin je passe devant, je vois le bureau de tabac en bas, le même type qui fait toujours la manche au même endroit, le kiosque à journaux, et il y avait un graffiti sur l'immeuble, qui n'existait pas avant, un énorme graffiti, c'était un choc. »

Anna se tait, comme si elle contemplait le brouillard formé par ses mots dans l'air tout autour d'elle, elle reprend sa respiration.

« C'était un choc, ce graffiti, le temps était passé, c'est ce que je me suis dit, il s'était passé quelque chose, avant il n'y avait rien, et ce rien avait disparu, alors je me suis dit qu'il fallait que j'arrête les détours le matin pour passer devant chez Paul, parce que ça fait six mois que je me lève une heure plus tôt pour le faire ce détour, et ce matin, ce matin, ce graffiti, c'était insoutenable, ça s'était produit pendant la nuit, puisqu'hier j'étais passée, il n'était pas là, et je ne sais pas, cela m'a semblé *injuste*, c'était *irrespirable*, alors j'ai liké le premier type à peu près potable sur Tinder, pour arrêter de faire ce putain de détour avant d'aller travailler le matin, parce que, voyez, je suis fatiguée.

– C'était quoi le graffiti ?

– Un cheval. Un grand cheval blanc.

– Il est apparu ce matin ?
– Oui, probablement.
– Il habite quel quartier, votre copain ? »
Anna chute maintenant dans les abysses, mais par courtoisie répond :
« Paul habite rue du Faubourg Poissonnière.
– Quelle race de cheval, vous savez ? Vous vous y connaissez ?
– Sérieusement ? Je vais y aller, Abel, d'accord ?
– Bien sûr, Anna, évidemment.
– Je vous laisse payer cette bouteille de vin dégueulasse ?
– Tout à fait, Anna.
– Bonsoir, Abel. »
Anna se lève, passe sa veste, une manche, puis l'autre, elle prend le temps d'ajuster trois boutons, elle oublie que son corps habite l'espace, elle fait des gestes machinaux, de protection, la nuit est fraîche, elle s'éloigne, et Abel pense qu'il aurait peut-être pu coucher avec elle, que c'est très con, qu'ils avaient tous les deux un agenda compatible, utiliser l'autre en bonne entente comme une serviette pour essuyer la poussière accumulée sur la porcelaine, qu'il devrait la rattraper et lui dire : je suis merdique, on oublie le début du film, on va au pieu, parce que j'ai la tête qui me gratte et toi aussi ta tête te gratte et tu n'as pas l'air vieille Anna, tu as l'air vraiment *aimable* ; et Abel Bac voit Ahmed qui n'a pas suivi le schmilblick et le regarde avec son pouce levé, haut, arborant toujours, complice, un sourire fraternel.

14

Fais-moi son portrait,

Il ne peut rien se reprocher. Il a fait cette chose de bout en bout. Inviter une femme libre à boire un verre et mener l'affaire à son terme. Enfin, mener cette volonté commune le plus loin possible jusqu'à ce qu'un des deux protagonistes désire faire cesser ladite volonté. L'issue n'est pas satisfaisante. Mais cela existe. Il s'est passé quelque chose. Il n'est pas chez lui ce soir, il est sorti de sa boîte. Il est difficile pour Abel de dessiner l'autre autrement que comme le personnage d'une histoire louche et exotique, à moins que ce personnage fréquente son quotidien suffisamment longtemps, pour que, par la force des choses, il devienne une personne. Anna est trop et trop peu. Il pourrait avoir envie de l'observer au microscope. Ou sur la table du médecin légiste.

Une pensée le cogne : il est juste à côté du graffiti, oui, c'est à dix minutes à pied. S'il monte jusqu'à

Pigalle, qu'il coupe par la rue de Dunkerque, il y est quasiment. La rue du Faubourg Poissonnière est assez longue mais ce n'est pas non plus la rue de Vaugirard, il peut la parcourir sans y passer la nuit. Le souci serait qu'elle ait voulu évoquer, en fait, le boulevard Poissonnière, là, c'est un *brun*, mais franchement qui mélange la rue du Faubourg Poissonnière et le boulevard Poissonnière ? « Tout le monde », lui aurait rétorqué Pierrat, « sauf toi », il chasse cette pensée. Il n'a pas pris de photo pour lui envoyer la preuve de son rendez-vous technologique, mais qu'aurait-il pu faire, demander benoîtement à cette fille, Anna, si ça ne la gênait pas, avant de détaler, de prendre la pose pour un selfie en sa compagnie ? *C'est pour montrer à ma collègue, en preuve, que j'avais réellement rendez-vous.* Elle l'aurait pris pour un malade. Il fait un signe à Ahmed pour régler l'addition, celui-ci ayant compris la situation adopte à présent un trois-quarts de sourire bancal de sollicitude. Il y a des gens avec qui on n'a pas besoin de mots.

Abel sait l'heure qu'il est sans regarder sa montre, le fiasco Anna a duré environ quarante-cinq minutes, il était en avance, elle était ponctuelle – mais il s'était posté sur le trottoir en face du Carolus pour la laisser arriver en premier et l'observer s'installer avant de l'approcher ; il est donc 21 h 15, juge-t-il.

Abel sort du Carolus et se jette dans sa marche, il accède immédiatement à un rythme harmonieux, rapide et ajusté. Boulevard de Clichy, à gauche le Moulin Rouge aux portes toujours gardées par des cerbères en smoking de mauvaise facture et aux oreillettes visibles, aquarium désuet pour touristes bling, il trace, laissant s'écouler les bouquets nictitants des sex-shops abrutis, le Bouillon Pigalle est plein de buée, boulevard Marguerite de Rochechouart il garde un rythme de métronome, il connaît ses muscles, concentré sur les obstacles à éviter, il voit des hommes seuls comme lui, des jeunes filles encore mineures aux cheveux trop lissés, sac minuscule et sans manteau, en quête de boîtes de nuit accueillantes où par le mérite de s'être gelé le cul elles s'éviteront de payer le vestiaire, avant de ferrer des connards qui rinceront les verres ; il devine bientôt Dunkerque, avant de tourner, il change d'avis, il ne prend pas à droite, il continue tout droit vers Barbès, ainsi il pourra prendre la rue du Faubourg Poissonnière par le haut, et ne rien manquer.

Il y est. Il attend que son cœur se calme, il a envie de cracher par terre. Mais il n'ose pas. Il laisse derrière lui le petit café Barbès avec sa devanture rouge et son couscous, à ne pas confondre avec son frère homonyme, temple de gentrification dans ce quartier où il reste très largement craignos de se balader la nuit, et il descend la rue. Peu large, elle permet d'un regard d'embrasser les façades de ses trottoirs pair et impair. Il longe les magasins de textile qui proposent avec la même langueur des saris, des caftans et des robes de mariage d'un blanc de vierge de viscose aux boutons mal cousus, il continue jusqu'au croisement de Dunkerque, rien, son détour s'est avéré inutile, mais il n'a jamais le regret d'être méthodique, il traverse le carrefour et poursuit sa route en quête d'un cheval, *un grand cheval* a précisé Anna, il scrute, lève les yeux, vérifie, sans cesser sa marche, d'un coup il repère un tabac, un kiosque à journaux, il délimite un périmètre, il se concentre, et il le voit.

Il le voit au-dessus de la petite boucherie de quartier, à la rôtissoire javellisée pour la nuit, son cheval. Il sent une satisfaction très proche de celle familière que lui procure son métier d'officier de police judiciaire. Le chatouillis exaltant quand un élément anecdotique vient jeter une particule de lumière et que cette coruscation inattendue permet de mettre de l'ordre. Il se plante bien en face de l'image peinte sur le mur, pour apprécier l'objet de son agitation : un impressionnant cheval blanc, rutilant, fait au pochoir, encore frais, dont l'une des pattes semble venir toquer aux carreaux de la fenêtre de l'appartement du premier. Un lusitanien. Il prend le cheval en photo et l'envoie sans commentaire à Camille Pierrat.

C'était bien un lusitanien, Anna, pense-t-il, et alors seulement Abel réfléchit à ce détour qu'elle s'inflige chaque matin, pour aller au rendez-vous de son passé, à ce temps volé au commencement de sa journée, pendant lequel la blonde Anna retourne sur ce champ mort de ses anciennes habitudes, comme on visite en secret un cimetière qui ne vit plus qu'à l'intérieur de notre tête.

Chacun ses fantômes.

Mila

15

je te prie.

Mila n'avait pas été de ces adolescents qui dès le lycée se promettent de l'art, se revendiquent ainsi faits, s'espèrent déjà doués, regardant de haut tout autour d'eux, avec l'incandescent orgueil de la jeunesse – la jeunesse n'est pas humble ou elle n'est pas jeunesse. Non, en scrutant à la loupe ses années de jeune fille, on ne trouvait aucune trace de ce qu'elle allait devenir, sauf à extrapoler qu'elle était déjà *camouflée*.

Elle avait été une enfant studieuse, dont la gaieté s'harmonisait avec un penchant naturel de bonne camarade ; couvée sans excès par des parents *middle class* dont elle était la fille unique. Ses fièvres artistiques d'alors fleurissaient dans les baisers de Klimt ou les corps décharnés d'Egon Schiele, s'aventurant dans les tags précoces de Basquiat. Comme la plupart de ses congénères, elle piochait au hasard d'images accessibles celles qui lui secouaient le cœur, et poussait éventuellement la rébellion jusqu'à se fâcher avec Léon Tolstoï après la lecture de son petit essai sur l'art, parce que le grand écrivain russe semblait ramener le Beau à Dieu, et dénigrait Baudelaire ou Verlaine en les jetant dans la fosse à purin. Ça, ça l'avait choquée.

Une bonne élève, Mila. Elle avait choisi sans pression parentale le russe en première langue, le latin en option et le piano en loisir, par curiosité d'enfant privilégiée et calme. Qualifiée de brillante, en cela que l'adjectif avait depuis longtemps perdu de son éclat en habillant un cliché, elle était brillante car ses succès étaient toujours apparus naturels. Les gentils encanaillements de son adolescence avaient suivi la pente banale des assauts d'hormones et des cris trop aigus que le corps pousse quand il se transforme à marche forcée. Ni plus ni moins.

Et Mila, qui n'avait pas changé de prénom (sauf en cours de russe) avait songé après le bac à préparer la première année de médecine, parce qu'elle avait des facilités en sciences, que c'était vaguement romantique de devenir médecin, comme son camarade Jérôme lorgnait le droit, parce qu'il fallait bien choisir une voie dans cette relative quiétude d'un monde de la fin des années quatre-vingt-dix où le souvenir des guerres se fanait sur des cartes postales et qui n'avait pas encore pris de plein fouet deux avions dans ses Twin Towers. Un monde qui fantasmait alors le nouveau millénaire.

Elle n'était pas encore Mila.

L'idée d'art contemporain lui était à peu près inconnue, sauf à la prendre au pied de la lettre. Pour le peu qu'elle en savait, elle imaginait bien qu'il y avait encore des peintres et des sculpteurs, comme il y en avait eu à toutes les époques depuis la grotte de Lascaux. Mais que l'art contemporain pût être un marché pour certains, un champ de signes pour d'autres, qu'en son nom on ait emballé le Pont Neuf ou distribué des œufs, la coquille frappée de l'empreinte du pouce de l'artiste, tout cela n'était pas arrivé jusqu'à Vallé, tout du moins pas jusqu'à elle.

À la faveur d'une sortie scolaire à Paris avec un professeur désireux de « sortir les veaux de l'enclos » comme il le proclamait, sa confrontation avec une exposition d'Arman au musée du Jeu de Paume l'avait laissée coite. À tout le moins perplexe devant ce qui semblait être des cubes transparents pleins de détritus. Mais elle avait su gré au terrible M. Verdier de les avoir *sortis de leur enclos*, professeur d'arts plastiques qu'il n'était par ailleurs pas question de chahuter, tant son *fascisme* était légendaire – à chaque fin de cours, il faisait le tour des travaux de ses élèves et en choisissait quatre ou cinq. Les pires de toute cette chienlit, disait-il les lèvres pincées. Puis il les frottait à l'éponge mouillée. En rendant la feuille à son propriétaire, il avait toujours la même sentence : « Tu me feras le plaisir de recommencer dessus. On ne va pas gâcher du papier pour des incapables. Ça coûte cher. » La production de Mila s'était régulièrement retrouvée noyée par M. Verdier, et elle avait parfois éprouvé un pincement à voir se délaver sous l'eau un travail dans lequel elle avait épanoui quelque chose d'elle-même, même une chose indéfinie.

Mila avait gardé de sa sortie à l'exposition d'Arman l'étonnement agréable que quelque chose de si étrange se retrouvât dans un musée qui fut si beau – ce musée comme une cathédrale moderne de verre et d'acier plantée dans un jardin royal. Pressentait-elle que l'art pouvait être une agitation des sens, une autre expérience du temps, de l'espace ou de la matière ? À l'époque, l'idée que le corps même était un support d'expression n'existait pas pour Mila autrement que dans les soubresauts d'adolescence qui empruntent de façon animale les mêmes canaux instinctifs de questionnement : quelles sont les limites ?

Mila qui n'était pas encore Mila avait grandi à Vallé, ville presque sans histoires hormis un fait divers sordide. Mais ça, à ce moment-là, elle ne pouvait pas le prévoir. Une ville ni proche ni loin. Une ville ni grande ni petite. Elle partirait après l'obtention du bac à Paris pour préparer médecine, c'était un boulevard.

Et puis ses deux parents étaient morts.

D'un coup, d'une balle dans leur tête, et en même temps.

16

Si j'étais quelque peintre

Mila, qui ne s'appelait pas encore Mila, hésitait à faire ce qu'elle allait faire : fausser compagnie à ses vieux. Elle ainsi que tous les aspirants bacheliers de France avaient eu leurs résultats une semaine plus tôt, par la grâce messagère de feuilles fragiles accrochées avec de l'adhésif de mauvaise facture sur les murets de cours de récréation vidées à l'approche des vacances. Tout le groupe des Russes l'avait décroché, le bac, elle ne connaissait personne qui le passait au rattrapage.

On s'était échangé des sourires. Ils seraient à tout jamais les bacheliers de l'an 2000, jeunes gens qui finissaient d'être enfants et obtenaient leur majorité en même temps que le sacro-saint diplôme l'année de la fin d'un siècle et du début d'un millénaire. C'était joyeux, et même plus que cela, une griserie du hasard calendaire.

Les fêtes s'étaient improvisées dans les jardins des amis, on passait chez les uns et les autres fier comme Artaban, escomptant que les parents satisfaits sortent le bon champagne des caves, celui qui attendait ce type d'occasion pour que les patriarches fassent sauter les bouchons et abreuvent tous les gosiers. Mila avait suivi les sarabandes jusque tard dans les nuits, elle avait beaucoup trop bu, et cela ne lui était jamais arrivé.

Elle se sentait palpiter au cœur *l'odeur des tilleuls des bons soirs de juin* de Rimbaud, ses parfums de bière et ses mauvaises étoiles, ce Rimbaud qu'elle avait révisé pour le bac, pas complètement certaine de comprendre son génie mais feignant de le comprendre, et cherchant une fraternité avec ce jeune homme qui avait eu son âge à l'exact moment où il écrivait ces mots ainsi que d'intéressants sonnets scatophiles, où il était clairement question du trou de son cul.

Elle n'avait jamais eu de problèmes avec ses parents, elle leur obéissait sans prendre ombrage car leurs demandes étaient justes et mesurées. Ils n'abusaient ni d'autorité ni de laxisme, ils n'avaient jamais laissé naître la possibilité d'un affrontement, et Mila le regrettait presque, quand elle entendait s'emporter certains de ses camarades, beaux dans leurs colères adolescentes, beaux dans leurs guerres d'émancipation. Les rapports de Mila avec ses parents étaient bêtement excellents ; ils lui avaient tout donné sans renier qui ils étaient, un couple équilibré – quelle prouesse que l'équilibre. Un couple érigeant les valeurs de respect, de bienveillance et d'autonomie en loi d'airain ; Elle, violoniste dans un orchestre de qualité, Lui, cadre supérieur chez EDF ; ils alliaient sans heurt l'intérêt pour la culture, la sécurité de la propriété, de la mesure budgétaire et un rien, nécessaire, de fantaisie.

Mais ce lendemain de sève et de champagne, Mila ressentait le goût de l'arrachement. Les vacances d'été s'ouvraient par un départ en Bretagne avec ses parents, comme *chaque année* quand l'année scolaire se terminait, on rangeait la maison et préparait les bagages pour partir tous les trois en voiture, dans la R21 blanche très bien entretenue, même si elle commençait à vieillir, et qu'« il faudrait en changer » disait Lui, le père, à Elle, sa mère.

Ils avaient cinq heures quarante de route avec deux pauses dans les mêmes immuables stations-service, où ils s'arrêtaient d'abord pour pique-niquer, premier arrêt, et prendre un café dans l'herbe, second arrêt. Mila y faisait l'acquisition de magazines et de gâteaux précis qu'elle n'achetait jamais le reste de l'année, car ils étaient *les gâteaux qu'elle achetait à la station-service en partant en Bretagne*, et il aurait été impensable de les manger autrement que chargés du goût des départs en vacances.

Ses parents prenaient trois semaines de congé pour rejoindre la petite maison de famille, héritée des grands-parents paternels, vide le reste de l'année, car les grands-parents étaient morts et la famille de Mila avait cette particularité, somme toute assez rare : comme elle, ses deux parents étaient enfants uniques. Mila n'avait pas eu de cousins, ni non plus de frères ou de sœurs, et avait dissous cette solitude primitive dans les liens qu'elle avait noués avec ses amis de classe. Le constat d'une procréation ramenée à sa portion congrue ne lui semblait pas avoir été un choix délibéré, mais plutôt une difficulté pour les femmes de sa famille à tomber enceintes ; Mila ne s'y était, à ce moment-là, pas intéressée outre mesure, et elle n'aurait pas le temps de creuser la question avec sa mère ; mais on apprend cela à ses dépens, qu'il faut poser certaines questions sans attendre, parce qu'après c'est trop tard, les gens ne peuvent plus y répondre. Elle n'avait pas posé la question à sa mère, donc, et pour sa part, celle qui deviendrait Mila ferait le choix de ne pas avoir d'enfant.

Mais cette année-là, Mila avait fini le lycée et elle n'avait pas envie de partir en Bretagne avec ses parents. Elle voulait jouir plus avant des gaietés qui sc préparaient de toutes parts, des fêtes et des rassemblements de jeunes gens impatients de vivre.

« Je reste au moins quelques jours et je vous rejoins ! » expliqua-t-elle avec véhémence, le ton haut et prêt à mordre, à ses parents pleins d'équilibre, étonnés de cette désertion de dernière minute. « Je prendrai un train, et vous viendrez me chercher à la gare. » Les parents n'y étaient évidemment pas hostiles, mais enfin, pourquoi ne l'avait-elle pas suggéré avant, plutôt que le jour même du départ, ils se seraient organisés, ils lui auraient acheté un billet de train, auraient fait des courses pour ne pas lui laisser un frigidaire vide.

« Je n'y avais pas réfléchi avant. Et vous me faites chier à vouloir toujours tout planifier ! »

Cet emploi du verbe *chier* fut le climax frontal de sa révolte adolescente.

C'est qu'elle avait rendez-vous avec le groupe des Russes pour partir à Paris. Thomas avait le permis, Jérôme avait emprunté une voiture à son frère, Rose et Julie se serreraient à l'arrière avec elle, et ils retrouveraient le reste de la bande, qui s'y rendait en train, directement là-bas.

Paris, c'était bien cela, *là-bas*.

Voilà toute l'histoire. L'échappée belle était prévue. Lui, le père, était un peu froissé d'être mis ainsi devant le fait accompli. Qu'un plan ait été fomenté de longue date pour prendre la tangente. « D'ailleurs, lui précisa Mila, les Russes vont passer me prendre dans cinq minutes. »

Lui ne disait plus rien, mais d'un coup Elle, la mère, fit ce bruit impossible à raconter qui est le bruit silencieux d'un sourire dans une discussion crispée, et elle dit à sa fille qu'elle avait raison, qu'elle aurait pu leur en parler avant, mais que ce n'était pas grave. Et Mila de dire cette chose bizarre à dire à ses parents : qu'elle avait eu peur de leur faire de la peine en ne venant pas tout de suite en Bretagne avec eux.

Et pendant qu'Elle, sa mère, dédramatisait, Lui, le père, perçut cette sensation inédite d'avoir face à lui une jeune femme qui avait craint de lui *faire de la peine*, et en regardant sa fille il prit conscience qu'il n'avait jamais éprouvé un tel sentiment, parce que jusque-là, c'était lui qui avait tout fait pour que jamais sa fille ne puisse avoir de chagrin.

Il se sentit vieux.

17

ou quelque étudiant,

Elle et Lui devaient partir ce jour même. Il était prévu que ça roule bien le 14 juillet, c'était ce que disait Bison Futé. Elle et Lui devaient prendre la route, Lui assurant la conduite sur la première partie du trajet, un trajet si familier, parcouru tant de fois qu'il n'avait plus besoin de carte, puis il passerait le volant à Elle, sa femme, à la pause, afin qu'aucun ne conduise en étant trop fatigué. Depuis vingt ans, c'était rodé. Et Lui, le père, se disait qu'il achèterait tout de même les gâteaux de sa fille à la station-service, car il aimait trop ses rituels, car il aimait beaucoup sa fille.

Mila qui ne s'appelait pas encore Mila resta plantée sur le trottoir devant la maison, pour embrasser ses parents et les remercier encore de leur permission, et tous trois attendaient que ses amis viennent la prendre, et quand la voiture promise fut venue et démarra vers Paris, l'Ailleurs, les parents de Mila restèrent à lever les bras pour saluer le départ des jeunes, des bras qui ondulaient encore un adieu bien après qu'il fut devenu impossible pour les occupants de la voiture de le voir. Il était entendu qu'elle les rejoindrait cinq jours plus tard par le train. Elle et Lui lui avaient donné de l'argent, des numéros de téléphone d'urgence, et le père avait même confié son propre téléphone portable à sa fille qui n'en possédait pas. « Au cas où, répétait-il, si tu as besoin de nous joindre, tu pourras appeler le numéro de ta mère », son père ne se séparait jamais de cet engin, ça lui faisait bizarre à Mila – « Je n'en ai pas besoin vraiment papa », Si, si, prends-le, on ne sait jamais… Elle, sa mère, avait enlevé son foulard en soie préféré, qu'elle gardait noué au cou tous les jours de l'année sauf en cas d'extrême canicule – mais il n'y a pas de canicule en Bretagne – et l'avait fourré dans la poche de Mila, pour laisser une part d'elle à sa fille, un témoignage de douceur. Un foulard lourdement imbibé de N° 5, le seul parfum que Mila ait connu à sa mère, comme un de ces immuables totems que l'on ne questionne pas. Les objets sont magiques, paraît-il. Et Mila avait été troublée par ces gestes presque superstitieux. Bon voyage à vous, pensait Mila, merci de partir sans moi, bon voyage à moi aussi, laissée seule sans filet pour la première fois de ma vie. Quand enfin elle cessa de mirer derrière par le pare-brise, elle put projeter son regard droit devant elle,

sa route ;

et la sensation de toutes ses envies flottait en suspension dans l'habitacle comme les nénuphars languides paressent sur un bassin. Nénuphars qui semblent si étrangement exaltés.

La promesse des *cafés tapageurs*, à deux heures de route de Vallé. Ils avaient prévu de se rendre dans un ciné d'art et d'essai du Quartier latin où passait à 20 heures un documentaire amateur inédit sur une artiste serbe dont Mila n'avait jamais entendu parler. L'Inconnu ! Ils parleraient avec ces langues libérées, de choses choquantes et incompréhensibles. Après, ils iraient boire et danser comme de jeunes sauvages. Et Mila savait qu'elle sentirait ce corps, le sien, aussi flottant qu'un nénuphar, aussi grisé qu'un jour de doute. La capitale était à eux, c'était soir de fête nationale, on s'incrusterait aux bals des pompiers. Ils avaient les clefs de l'appartement d'une lointaine tante de Rose, absente pour le mois de juillet, qui leur servirait de point de chute à tous. À nous les vagues et les récifs. À tue-tête et tête-bêche. Ils dormiraient dans les canapés du salon ou bien ils ne dormiraient pas. Mila ne se laverait plus, ne réfléchirait à rien mais comprendrait tout. Son éducation tranquille rendant si tangible l'urgence de l'aube de sa vie.

Mila avait négocié cinq jours.

C'est du moins ce qu'elle pensait alors, avec la légèreté trompeuse et paradoxale des certitudes que l'on croit faites de granit.

Abel

18

Repartit le Renard,

Elsa, sa voisine, lui a proposé de prendre le métro, ou un taxi, mais il est resté inflexible, Abel désire s'y rendre en marchant. Elle a constaté que ça allait leur prendre beaucoup de temps, c'est là qu'il lui a rétorqué qu'il n'avait à aucun moment demandé sa compagnie, et tout soupesé, Elsa avait sans doute mieux à faire.

Quand Abel l'avait aperçue par hasard devant leur immeuble, Elsa lui avait fait remarquer qu'ils se croisaient souvent ces derniers temps, ça devait signifier quelque chose, il lui avait répondu que, vivant au même endroit, les statistiques étaient favorables à leurs rencontres inopinées. « Oui, mais j'habite ici depuis un an, Abel, et avant, cela ne nous arrivait pas, de nous croiser. » Elle connaissait maintenant son prénom, elle avait commencé par le lui demander tout à trac : « Ah vous revoilà, vous, encore, et je ne sais même pas comment vous vous appelez ! » tout en s'enquérant de ce qu'il était en train de faire.

« Vous faites quoi là ? On dirait que vous tournez en rond comme si vous étiez un personnage prisonnier de cet immeuble. Comme dans une fable, vous voyez ?

– Non, je ne vois pas. Là, je partais.

– Vous allez où ?

– Je vais au musée Beaubourg. C'est un interrogatoire ?

– Vous allez voir l'endroit où le lusitanien a été trouvé, n'est-ce pas ?!

– Oui.

– Je peux venir avec vous ?

– Non, je préfère être seul et je pense que vous avez mieux à faire.

– Je suis très discrète. Et je n'ai rien de mieux à faire dans l'immédiat. S'il vous plaît, laissez-moi vous accompagner !

– Vous ne me faites absolument pas l'effet d'être une femme discrète. »

Elsa était repartie de ce puissant rire qu'il avait déjà observé chez elle, ce rire qui venait de ses entrailles et qui jaillissait avec insolence, comme s'il cherchait à éclabousser à la cantonade, à contaminer. Abel se disait que cette femme ne respectait aucune des distances sociales tacitement intégrées par la plupart des gens. C'est à ce moment-là qu'elle avait suggéré de prendre le métro ou un taxi, prenant ferme les rênes de l'expédition en cheftaine scoute ; et Abel avait précisé qu'il voulait y aller à pied. Leur trajet durerait une heure jusqu'au musée et Elsa avait demandé si son voisin avait un problème avec les transports.

« J'aime marcher. Ça m'aide quand je fais des insomnies. »

Cheminer longuement pour un objectif assez vague, à tout prendre, est assez proche du sentiment d'écrire une thèse, fait remarquer Elsa, occupation à laquelle elle s'emploie depuis presque trois ans, sans avoir atteint le milieu du gué, précise-t-elle pour Abel, qui pourtant ne lui pose pas de questions.

« Alors tout cela est une escapade cohérente, même si mes chaussures ne sont pas tout à fait adaptées.

– Vous parlez énormément.

– Et vous, très peu. Ça compense, non ? Vous ne posez pas de questions. Vous ne faites pas de digressions. Comme si votre mécanique altruiste était grippée, Abel.

– Parler comme vous le faites, sans filtre, c'est un peu agressif.

– Pourquoi vous me laissez faire, alors ? Pourquoi vous me laissez vous accompagner ? Vous pouviez m'envoyer balader.

– Je crois que j'essaie d'être poli. Et vous êtes…

– Je suis quoi ?

– Vous voyez, Elsa, vous ne me laissez pas le temps de réfléchir, de trouver mes mots, ni de finir mes phrases. Vous êtes très *à l'aise*.

– Bien. Pourquoi voulez-vous aller à Beaubourg voir l'endroit où ce cheval a été enfermé ?

– Pourquoi est-ce qu'on met un cheval dans un musée ?

– Pourquoi est-ce qu'on chie dans une conserve ?

– Pardon ?

– Vous n'avez jamais entendu parler de cette œuvre ? *La Merde d'artiste*. Un artiste a enfermé ses excréments dans des boîtes de conserve et les a vendues au prix de l'or. Ce n'est pas une expression, il a indexé le gramme de merde au gramme de l'or.

– Qui fait un truc pareil ?

– Un artiste italien qui s'appelait Piero Manzoni. Ça remonte aux années soixante.

– Comment pouvait-on être sûr qu'il avait déféqué dans les boîtes ?

– On ne pouvait pas. Elles étaient fermées hermétiquement, comme des conserves de petits pois. Il fallait croire la parole de l'artiste, qui avait signé ses boîtes et inscrit dessus en plusieurs langues qu'elles contenaient sa merde. Ceci dit, il paraît que certaines se sont mises à fuir avec une odeur assez désagréable. Après tout, il l'avait peut-être fait.

– Et les gens ont acheté sa merde ?

– Au début, pas vraiment, mais aujourd'hui elles valent cher. Bien plus que le cours de l'or, en fait. Il y a quelques années, l'une d'entre elles s'est vendue plus de deux cent mille euros aux enchères.

– C'est là-dessus que vous écrivez votre thèse ?

– Non. J'écris, disons, je réfléchis à l'architecture invisible de l'espace de liberté construit par les activistes de l'art contemporain. On les appelle aussi des *artivistes*.

– C’est un peu flou.

– Non, mais vous réagissez comme il est attendu que réagisse la norme : par l’incompréhension et donc la disqualification. Ne vous bilez pas, votre rejet fait partie du processus.

– Mon rejet ? J’ai juste dit que c’était flou, vous êtes un peu excessive.

– Non, pas du tout, je suis juste pédagogue. Par ailleurs, vous êtes un maillon nécessaire aux artivistes.

– Moi ?

– Oui, vous êtes le spectateur potentiel. Et le spectateur prend en charge l’irruption dans une sphère codée d’un élément exogène – disons, un élément extérieur, si vous voulez – et il réagit. Sa réaction constitue la vitalité même du geste proposé par le créateur. Autrement dit, son existence. L’existence du geste est due au regard du spectateur, en d’autres termes. Comme le Juif existe par le regard de l’antisémite, pour Sartre, mais c’est un autre débat. Donc, l’œuvre existe par son regard et même plus, son action subséquente. Rejet, destruction, sublimation, préservation, etc.

– Et vous gagnez votre vie, avec votre thèse ?

– Ha ha ha, retour aux bases capitalistiques. Est-ce que j’ai l’air de gagner ma vie ? Je crois que vous avez vu mon appartement…

– Vous avez l’air d’avoir beaucoup trop de temps libre. Vous venez avec moi parce que mon cheval à Beaubourg rentre dans votre brun d’écriture et que ça vous intéresse ?

– C'est peut-être par vous que je suis intéressée, Abel ? Ça vous gêne, ce que je dis ? Vous avez l'air gêné.

– Non, je ne suis pas gêné. Arrêtez de commenter mes réactions.

– Mettre un cheval vivant dans un musée est aussi incongru que mettre de la merde en boîte, non ? Je ne vous connais pas, et ça fait deux fois que vous me parlez de ce cheval, et vous avez dit "mon cheval", comme si vous vous l'appropriiez, comme s'il vous appartenait. C'est vous qui l'avez mis dans le musée, avouez !

– Cette boîte d'excréments a un sens uniquement parce que quelqu'un l'achète, non ?

– Ou parce qu'elle nous fait parler.

– Vous m'en avez parlé. Je vivais très bien jusque-là. C'est curieux comme les artistes pensent que les gens qui ne s'intéressent pas à l'art sont paumés en plein désert. Ou les écrivains qui pensent que les gens qui ne lisent pas sont déboussolés.

– Les gens qui ne lisent pas sont déboussolés.

– Voyez ?

– Qui vous a dit que j'étais artiste ? Je vous ai dit que j'écrivais une thèse.

– C'est le même brun.

– Vous dites beaucoup le mot *brun*, si vous me permettez.

– Si votre artiste italien, là, veut nous signifier qu'on achète beaucoup de merde, je trouve que c'est un peu léger comme dénonciation.

– Que voulait faire Manzoni ? Vaste question. S'amuser avec le marché de l'art. "Achetez ma merde ! Vous en êtes capables, bande de cons !" Et puis ce n'étaient pas des conserves avec des languettes, elles étaient scellées. C'est stimulant de réfléchir au contenu d'une boîte qui n'est pas accessible, non ? Se payer cette boîte, c'est se payer un mirage, une idée... Comme un charme. Et puis, c'est drôle de marketer une boîte de merde. Vous êtes quoi, calviniste ? L'art ne sert pas nécessairement à dénoncer, Abel, pourquoi avez-vous cette idée ? Vous pensez que votre cheval est là pour dénoncer quoi que ce soit ?

– Il s'est donné beaucoup de mal pour faire une chose qui ne sert à rien...

– Et vous, à quoi servez-vous ? Vous n'avez pas de travail, vous êtes au chômage ? Nous sommes en pleine semaine, il est quinze heures. Les gens normaux bossent, non ? Vous n'avez pas l'âge d'être un étudiant. Pourquoi ce fait divers vous intéresse ?

– Ce n'est pas un fait divers.

– Si, littéralement, si vous réfléchissez aux mots. Mettre un cheval dans un musée, c'est un fait, non ? Et divers, ce serait quelque chose d'insolite, de pluriel...

– C'est ça une *performance artistique* ?

– Ah, vous voyez, ça vous intéresse, finalement ! Avec vous, il faut prendre son mal en patience.

– Ne parlez pas de moi comme si vous me connaissiez. Vous ne me connaissez pas. »

Elsa cesse de sourire. Se plante en face d'Abel et le pousse des deux mains sur les épaules, comme un boxeur en provoquerait un autre dans un combat de rue improvisé. Abel s'arrête, coi. Il est beaucoup plus grand qu'elle et bien plus massif, ça lui fait l'effet d'un colibri énervé qui lui aurait donné un coup de bec.

« Abel, je comprends tout votre truc de méfiance et d'être rugueux, c'est bon, ça va. Vous m'envoyez bouler toutes les deux secondes, et moi je suis bonne pâte, parce que vous vous dites probablement que je suis cinglée, alors les gens toc-toc on peut leur parler mal. Non, je ne vous connais pas, et je ne prétends pas vous connaître. Calmez vos nerfs deux secondes. Quand je dis : *avec vous, il faut prendre son mal en patience*, c'est une manière de dire que je me préoccupe, que vous me touchez, c'est ce que les gens font quand ils se rencontrent, non, vous sortez d'où ? Vous ne rencontrez pas des gens dans votre vie, quand ça vous arrive, vous n'essayez pas d'être aimable ou en connivence ? Vous voyez ce qu'est la connivence ? Ce n'est pas méchant. »

Pris de court et piqué par cette femme, Abel a l'impression d'être tiraillé et maladroit comme un adolescent, tout à trac il livre à Elsa qu'eh bien, il s'est inscrit sur Tinder, et que lui aussi peut rencontrer des gens.

« Vous vous êtes inscrit sur Tinder ? Quand ça ?

– Il y a deux jours.

– C'est tordant. Et vous avez couché avec quelqu'un ?

– Non. Pas encore. Mais presque, répond Abel, consterné du tour qu'a pris la conversation par sa faute.

– Presque ? Vous êtes un génie.

– J'ai un autre rendez-vous ce soir. » Pourquoi continue-t-il à dire ces choses ? s'admoneste-t-il *in petto*.

« Je m'incline, Abel. Revenons à nos moutons, ou plutôt à notre cheval, pourquoi ça vous travaille, vous ne m'avez pas répondu ?

– Vous êtes impossible.

– Voyez, vous recommencez à être désagréable. Vous, vous ne m'avez même pas demandé mon prénom, alors que moi, je vous ai demandé le vôtre.

– Je connais votre prénom. Vous vous appelez Elsa.

– Comment le savez-vous ?

– J'ai regardé votre boîte aux lettres ce matin.

– Eh bien, vous voyez, une autre boîte avec une inscription dessus, comme les conserves de merde de Manzoni ! J'ai pensé tout à l'heure que je ne vous intéressais pas, puisque vous ne me retourniez pas la question.

– Vous ne m'intéressez pas, vous me donnez le tournis. »

Elsa et Abel cheminent, Abel mène le pas, il marche vite, il se sent idiot, il se sent inférieur, il est en colère ; elle mesure l'effort physique qu'elle produit pour rester à son côté, pour s'accorder à son rythme, il se dirige avec naturel, et Elsa le suit. Elle devine les muscles de ses cuisses comme tracés à l'encre sous la toile de son pantalon. Elle sourit.

Et pour une fois, elle se tait. Elle l'encercle, elle attend.

Alors Abel se lâche :

« Je dis "mon cheval" parce que je tombe dessus par hasard depuis deux jours comme s'il me cherchait, lui. Je ne lui ai rien demandé. Je dis "*mon* cheval" parce qu'il ne me laisse pas indifférent. Parce qu'il me rappelle quelque chose dont je ne me souviens pas. Vous voyez, un déjà-vu désagréable.

– Ça vous choque ?

– Eh bien oui. Oui, ça me choque.

– Comme la conserve de merde. C'était choquant. C'était le but, en partie. Vous êtes d'accord ? Une fois qu'on est choqué, il y a un résidu, et le résidu, c'est ce que ça provoque chez vous, pas grand-chose, une infime bousculade. Ça vous a fait évoluer. Ça vous met en mouvement. La preuve, on marche depuis une demi-heure pour aller chercher la trace du cheval. Pourquoi cela vous met-il en colère ?

– Vous êtes qui ? La psy du voisinage ?

– Vous dites qu'on ne s'est pas croisés avant, alors que j'habite dans l'immeuble depuis un an. Moi, je vous ai croisé à de nombreuses reprises, mais vous ne m'aviez pas vue, Abel, vous ne regardiez pas autour de vous. Peut-être que vous et moi, on se connaît depuis très longtemps. Votre regard a les yeux éteints. Qu'est-ce qui a changé depuis une semaine ? Pourquoi est-ce que vous regardez à présent autour de vous ? Pourquoi est-ce que vous vous inscrivez sur Tinder ? »

Abel marmonne que ça l'étonnerait qu'elle soit là depuis un an, il l'aurait forcément remarquée, et d'un coup il se tend. Alerté, comme un animal dérangé, il chope la manche du pull d'Elsa et la tire vers lui ; déséquilibrée, elle se colle à lui, Abel désaxé à son tour tombe de tout son dos sur le trottoir, ça claque, ça heurte, à l'exact moment où une voiture grise les frôle en roulant trop vite.

Il dit : « Ça ne va pas de ne pas regarder devant vous en traversant ? » Elle s'est égratigné les coudes, il a le corps bloqué par son corps à elle et Elsa lui dit qu'il lui a fait peur en la tirant. Elle est troublée et murmure : « J'allais vous dire », en tentant de reprendre son souffle tandis que son cœur bat le rappel des troupes, « j'allais vous demander de dire mon prénom à voix haute ? Est-ce que vous pouvez faire cela ? Dire Elsa… »

19

j'avancerais la joie

Elle s'appelle Michelle, la femme qu'il attend, et Abel ne lui a pas donné rendez-vous au Carolus.

Il a demandé à Elsa où il fallait inviter une femme dans le quartier, pas trop loin quand même. Elsa lui a dit que l'Avenir bleu était un bon endroit pour un premier rendez-vous. Pourquoi ? s'est-il enquis. Elle a répondu quelque chose comme : « Ambiance caviste dénicheur, vin naturel, cool, pas trop cher, en plus les gars te font goûter des vins toutes les deux secondes, donc, l'air de rien, tu bois presque à l'œil, il y a des bougies sur des étagères de bibliothèque, les livres sont faux mais ça ne se voit pas, la lumière est tamisée, ça évite la panique, et il y a peu de plats, mais avec des noms bizarres, ça lance une conversation, les tables sont assez espacées, tu peux tenter un truc sensuel sans te sentir regardé, et le clou, c'est qu'il y a une porte de sortie dans les toilettes, si tu prends conscience que ta *date* est Magda Goebbels et que tu dois te barrer en loucedé, pratique ! »

C'était trop d'informations en même temps, alors Abel a choisi dans le tas et demandé : « Tenter un truc sensuel ?

– Engager un rapprochement physique ! » a-t-elle presque crié, et dans sa petite bouche ça semblait si naturel et gourmand qu'Abel a laissé couler.

La femme de ce soir s'appelle Michelle, et Abel lui a donné rendez-vous à l'Avenir bleu.

Il a pensé *Michelle, ça fait faux nom*, quand elle a *matché* avec lui sur Tinder. Ou alors elle a plus de cinquante ans. Ce qui ne le dérange pas en soi. Il n'a pas vraiment de critères, il n'est pas mû par des exigences précises. Il ne sait pas s'il aimerait plutôt une blonde ou une brune, une Blanche ou une Noire, une jeune ou une vieille. Il n'en est pas là. Ou plutôt il en est là : à ne pas savoir. Alors il laisse la machine décider pour lui. Il ne regarde la photo que quand il a une touche.

Pourquoi a-t-il reparlé de Tinder à Elsa ? Elle s'insère en lui avec toutes ces questions, toutes ces insinuations. Sa présence l'inonde… Il perd le nord. Elle l'a suivi toute la journée, arrogante et folle, elle s'est mise à chanter sur le trajet, il avait honte, mais pas vraiment d'être avec elle, honte de n'avoir aucun contrôle sur elle.

Honte de ne pas connaître la chanson qu'elle chantait. Il n'était pas très sûr qu'il soit légal de chanter comme cela, aussi fort, sur la voie publique. Et elle, à tue-tête : « Emmenez-moi au bout de la terre. » Une chanson sur des marins, qui parle de port et de filles alanguies et de passé, qu'il ne connaissait pas. Il lui a demandé si elle, elle connaissait une chanson qui s'appelle *C'est un jour comme un autre*. Elle a dit : « Bien sûr, c'est Brigitte Bardot ! Pourquoi ? Tu aimes cette chanson ? » Et Bac a répondu mollement qu'une collègue lui en avait parlé. « Une collègue ? C'est quoi ton métier ? » Bac n'a pas répondu. Elsa s'est mise à chanter la chanson. Comme ça, par cœur. « C'est un jour comme un autre / Et pourtant tu t'en vas / Tu t'en vas vers une autre / Sans me dire un seul mot / Et je ne comprends pas, comprends pas ! » Abel Bac s'est senti tout nu. Nu et pauvre.

Cette femme qu'il ne connaît même pas.

Il a ajouté qu'il ne savait pas où l'inviter, la femme à qui il avait donné rendez-vous ce soir sur Tinder. Alors, Elsa lui a fait l'article de l'Avenir bleu, parfait pour un premier rendez-vous, où Abel est en train d'attendre Michelle.

Après Beaubourg, il est repassé chez lui, il a quitté Elsa dans l'escalier, qui lui a dit merci pour la balade et lui a souhaité une bonne soirée, il a eu envie de lui demander ce qu'elle, elle faisait ce soir, mais il s'est abstenu, il allait entrer chez lui quand il a sursauté : le journal *Le Parisien*, neuf, emballé dans du blister, était déposé sur son paillasson.

À nouveau. Le même. Avec le cheval.

Il s'est retourné, pour vérifier si quelqu'un le regardait. Mais personne, et Elsa avait déjà disparu à l'étage du dessus, laissant flottantes dans l'air quelques notes de son parfum. Il a pris le journal mécaniquement et, une fois chez lui, l'a posé sur le premier exemplaire sous blister et celui volé au Carolus. Bien empilés les uns sur les autres. Les trois exemplaires du même journal. Abel les fixait, dans l'attente qu'un événement se produise, que les journaux prennent feu ou prennent vie ? Abel entrevoit ce à quoi ce cheval lui fait penser, mais il refuse de s'aventurer par là, il bloque l'accès. Il a hésité à noter de suite les informations de la promenade du jour dans un de ses carnets, il le ferait plus tard. C'était nécessaire, mais cela pouvait attendre. Puis il s'est lavé. Deux fois.

Arrivé dans l'après-midi à Beaubourg avec l'envahissante Elsa, il s'était senti égaré par l'inutilité de ce qu'il était en train de faire. Le musée ne gardait aucune trace de ce qui s'y était joué. D'ailleurs, que s'était-il joué ? Et pourquoi sentait-il le besoin de venir voir par lui-même une chose qui n'aurait pas laissé de traces ? Il n'y avait pas de rubalise, pas de triangle de délimitation, pas de TIC – technicien en identification criminelle –, pas de scène de crime.

Abel Bac est bon dans ce qu'il fait. Presque vingt ans qu'il est flic, il a une mémoire solide, une précaution méticuleuse dans l'exécution des tâches, il est parmi ses collègues le meilleur rédacteur de rapports, il vérifie l'orthographe, la syntaxe, et ne choisit pas un mot pour un autre, mais avec le souci de l'exacte nuance. Une voie de terre n'est pas un chemin, qui n'est pas une route, qui n'est pas un sentier, qui n'est pas un passage, qui n'est pas une ruelle. Un cercle n'est pas un rond, qui n'est pas une sphère. Tout compte. En bénédictin, il n'a jamais rechigné aux heures sup non réglées, aux planques de merde où tu passes tes nuits dans une voiture qui pue le kebab et les hormones. Il parle correctement aux gens : témoins, avocats, victimes, auteurs de faits. Ils sont tous des *gens* et méritent, jusqu'à la clôture de chaque dossier, la même politesse.

Abel n'a jamais ressenti le besoin de s'enrichir, de s'acheter des vêtements particuliers pour avoir une attitude, de changer d'appartement pour en habiter un qui aurait été plus vaste, il loue le même depuis vingt ans, depuis qu'il est sorti de l'armée, en fait. Il n'a même jamais ressenti le besoin de s'élever dans la hiérarchie, autrement que par l'élévation naturelle que confère l'ancienneté. Il ne joue pas, ne fume pas, ne se drogue pas. Il ne couche que très épisodiquement avec des femmes, et comme sur un malentendu, parce que lui n'a pas dit non, de fait, et qu'elles semblaient en avoir envie. Il parvient à se sentir, quelques secondes chaque jour, un homme normal.

Il pense à cela en regardant la façade de Beaubourg, musée où il n'est jamais entré. Enfant, il était sensible. C'est ce que disait sa mère. Il écoutait de la musique, il lisait des vieux magazines *Historia* ayant appartenu au type taiseux qui leur avait vendu la maison – elle était fière d'être propriétaire, sa mère, et lui aussi, il était un peu fier ; ce monsieur avait laissé au grenier quelques cartons couverts de moisissure verte dans lesquels Abel avait découvert des piles d'*Historia* et de vieux Lagarde et Michard. Abel écrivait même. Personne ne le penserait, aujourd'hui. Bac, la machine de guerre. Bac, l'inadapté. Il écrivait des petites histoires, des petits poèmes avec des rimes et des métaphores. Il savait ce qu'était une métaphore. Il était bon élève dans son collège de bouseux. Dans sa ville, il y avait deux mondes qui ne se rencontraient pas. Il y avait le haut de la ville, on disait *le haut de la ville* même si ça n'avait pas vraiment de sens en termes topographiques, la ville était plate, mais elle ne l'avait peut-être pas toujours été, les terres s'étaient peut-être bien érodées, aplanies, pour ce qu'il en savait. *Le haut de la ville* était assez bourgeois, grappes de belles maisons avec des cheminées et des moulures, quartiers calmes, un lycée prisé, boutiques pimpantes et chères. Pas beaucoup de Noirs et d'Arabes. Le bas de la ville, qu'on appelait Les Rancinières, était mi-rural, mi-cité-dortoir. Il y avait même un grand hôpital psychiatrique qui laissait fourmiller son lot de branquignols et d'âmes perdues. En promenade. Aux Rancinières, il y avait un lycée pro. Son lycée. On était formé à la métallurgie, ou au BTP, à la puériculture pour les filles. Et il y avait des Noirs et des Arabes. La prof de français du lycée pro, elle était vraiment smart. Mme Colombier. Et Abel savait que son prénom était Françoise, mais il ne l'appelait que Mme Colombier. Elle parlait avec Abel, parfois, après les cours. Elle lui prêtait des livres.

Ce n'est pas un mythe, l'école de la République, il y aura toujours des profs pour se pencher jusqu'à la poussière de la terre sur les cassos.

Elsa devant Beaubourg lui a dit : « Bon, on entre ? On ne va pas faire le pied de grue devant ? » Abel, stressé, a ressenti pour la première fois depuis sa suspension qu'il n'avait plus de carte de police, plus de flingue ni de légitimité à franchir les portes. C'était d'abord ça, être suspendu, l'humiliation d'être dépouillé de ses attributs de travail, presque de son identité. Cette enquête n'en était pas une, mais quelques pages d'un fait divers dans un journal, qui l'avait accroché à la gorge. Et, oui, ce cheval. Ce cheval lui faisait signe comme s'il le saluait. Comment expliquer cela à Elsa ? Comment lui confier qu'il y avait trop de zones blanches dans sa tête, des zones où personne n'allait plus, qu'elles étaient décousues, hantées, et que ce cheval semblait le narguer, lui, Abel, depuis son passé. Il ne peut pas lui parler d'Éric. Lui raconter que, vingt ans après, ce qu'Éric avait fait, il en rêvait encore. Qu'il trouvait dément de ne pas pouvoir s'en débarrasser, et qu'en revanche il ne rêvait jamais de sa mère. Pourquoi lui et non elle ? Il a l'intuition qu'Elsa saurait lui répondre. Qu'elle le comprendrait.

Devant son inertie, Elsa lui a dit qu'elle allait se renseigner. Que, s'il ne voulait pas bouger, elle allait essayer de glaner des informations, *pour lui*. Et il n'a pas fait un mouvement. Il a regardé fixement Beaubourg, cet impossible bâtiment plein de laideur, bateau désossé et triste de n'avoir jamais vu la mer.

Mais bizarrement beau quand même.

Elsa s'est éloignée vers l'entrée des visiteurs. Quand elle est revenue trente-deux minutes plus tard, Abel semblait être resté à la même place, planté à côté du monumental pot de fleurs doré qui trône sur le parvis.

« Tu n'as pas bougé ?

– Mais qu'est-ce que c'est que ce truc ? dit-il en désignant la chose dorée.

– Un pot de fleurs doré, c'est assez évident, non ? Tu n'es jamais venu sur le parvis de Beaubourg ?

– Je ne l'avais jamais remarqué. Qu'est-ce que c'est censé représenter ?

– Rien d'autre que ce qu'il est : un objet manufacturé identique à des millions d'autres, qu'on décide d'exposer comme une œuvre d'art. Si tu veux, on déboulonne les statues et on met des pots de fleurs... Jamais entendu parler de Marcel Duchamp et de son urinoir exposé dans un musée à New York ?

– Non.

– Tu veux que je te raconte ?

– Non. Pourquoi il n'y a pas de fleurs, dans ce pot ?

– Peut-être que lui mettre des fleurs lui aurait conféré une beauté unique, les fleurs le sont, elles sont vivantes, elles ont des défauts, or là, il reste un bête pot identique à d'autres pots.

– J'ai des orchidées chez moi, beaucoup. Je n'ai jamais vraiment prêté attention à leurs pots.

– Tu me les montreras, tes orchidées ?

– Je ne crois pas, non. Personne ne rentre chez moi. Alors, tu as parlé à quelqu'un ?

– C'est difficile d'accéder à la bibliothèque, il y a une queue de plusieurs heures. J'ai un peu menti en disant au gardien de l'entrée que j'y étais hier et que j'avais oublié mes lunettes. Il m'a laissée passer. Dedans, j'ai discuté avec un des archivistes en jouant l'étudiante curieuse. Il semblait troublé par l'histoire, lui n'a évidemment pas vu le cheval, il l'a appris en prenant son service. Mais il confirme, tous les employés ne parlent que de ça. Et il ne voit aucune possibilité pour que des gens aient pu introduire un cheval dans le bâtiment, de nuit, sans casser quoi que ce soit ou déclencher les alarmes. Il dit que personne n'a enquêté. Des policiers sont venus récupérer le cheval et basta.

– Personne n'enquête ?

– C'est ce qu'il m'a dit. Je l'ai un peu dragué et j'ai pris son numéro. Au cas où.

– Tu dragues les gens comme ça, au cas où ?

– C'est quoi le problème, Abel ? On marche une heure et demie pour venir ici et tu ne rentres même pas dans le musée. Tu as l'air très tendu.

– Ce pot de fleurs sans fleurs, je ne comprends pas. Juste, je ne comprends pas. »

C'était faux, Abel avait fureté autour du musée, mais il n'avait pas envie de partager l'information avec elle. Il avait fait le tour de la Chose pour renifler la scène. Rue du Renard, à l'arrière du bâtiment, il avait repéré deux mecs bien habillés qui fumaient une clope devant une sortie de secours. Il leur avait taxé une cigarette, leur avait emprunté du feu, l'air détaché il avait engagé la conversation, comme ça, entre hommes, en faisant semblant de savoir fumer, décontracté. Les deux branchés étaient en train de parler du cheval. Abel avait joué l'innocence. C'est quoi cette histoire de cheval ? Théâtre, routine de flic. Il se sent à nouveau en possession de ses moyens, en charge. Utile. Il en oublierait un instant qu'il n'est pas en service. Les deux hommes travaillent dans le musée, ils débriefent, ils mêlent Abel à leur conversation, *random dudes smoking a cigarette*, bizarre cette histoire, impossible d'entrer par effraction sans laisser de traces, c'est du mytho, un truc orchestré par la direction du musée parie l'un des deux hommes. Du buzz organisé. Abel pose des questions, l'air de rien.

« Du buzz ? Ah bon ? Mais pourquoi ? Qui fait ce genre de trucs ?

– C'est une mise en scène, on dirait du Maurizio Cattelan.

– Qui c'est, Maurizio Cattelan ?

– Un artiste italien très connu, c'est lui qui a fait la statue de Jean-Paul II à terre percuté par une météorite, tu vois ? lui demande Mec numéro 1.

– Et la banane à cent vingt mille dollars au Miami Fair Art Basel », ajoute Mec numéro 2 l'air entendu.

Non, Abel Bac ne voit pas du tout, mais il opine du chef. En connivence. Oui, bien sûr, le pape assommé par une météorite et la banane. En repensant à sa discussion tantôt avec Elsa à propos des boîtes de conserve de merde, il se demande :

mais c'est quoi tous ces Italiens qui font des trucs aberrants ?

Et donc Maurizio Cattelan ? Mec numéro 2 dit que c'est vrai, ça lui ressemble, avec son délire sur les chevaux empaillés, ça pourrait être son genre. Les mecs en costard ont fini leur pause clope.

Abel n'avait pas insisté. Et il était retourné attendre sagement sa voisine à côté du pot de fleurs doré dépouillé de fleurs uniques.

20

que vous aurez

Rentré chez lui, il s'est donc lavé, deux fois. Une première fois, par réflexe, Abel Bac a savonné tout son corps, insistant sur ses aisselles, il se trouve poilu, puis sur son entrejambe, en s'admonestant : mais qu'espérait-il enfin à se briquer comme ça ? Il a aussi insisté sur le sexe, la raie des fesses, et sur les pieds, il s'est ensuite rincé à l'eau brûlante. En se séchant, il a été frustré, pour la première fois depuis qu'il vit ici, par l'absence de miroir dans la salle de bains. Par l'absence de miroir dans tout son appartement. Il aurait aimé vérifier la validité de ce corps d'homme, ne pas se retrouver dans la situation précaire de manquer de respect à l'autre, si jamais Michelle offrait la possibilité qu'il se dénude devant elle.

Mais il n'y a jamais eu de miroir chez lui.

Après la première douche, complètement nu, il a arrosé ses orchidées, se laissant toucher par inadvertance par un pétale, une feuille, une tige, en se frayant un passage parmi elles, pour que chacune boive, que chacune ait son content d'eau, d'attention.

Il s'est senti mal, il a entrepris de se laver une seconde fois. Mais en s'aspergeant d'eau froide, cette fois-ci, pour se réveiller, pour se piquer, pour se sentir fort. Sans revenir sur ses parties, déjà propres. Abel Bac s'effraie de perdre le contrôle de ses habitudes, c'est une nouvelle panique à domestiquer chaque fois, et rien de cette journée n'est logique.

Depuis une semaine, une force extérieure semble pénétrer sa vie par effraction, pour mettre à mal toutes les digues construites pendant vingt ans. D'abord ce coup de téléphone anonyme qui le dénonce et lui fait perdre son job. Il n'y croit pas, qu'une enquête administrative puisse être en sa faveur, qu'ils vont parvenir à dénouer ce qui lui est arrivé et lui donner gain de cause. Ils n'iront pas regarder dans le détail, il est contaminé par l'affaire. Ensuite ce cheval. Il se souvient maintenant où il l'a déjà vu. Et ce journal *Le Parisien* à son nom sur son paillasson. Qui l'a abonné ? La même personne qui a passé le coup de téléphone à l'IGPN ? Cette personne voulait être sûre qu'il ne loupe pas le cheval. Il se sent observé par un ennemi. Sa tête le gratte. Ça le démange d'un coup. Il cherche la lotion anti-poux. Il s'y met. Répandre le produit, bien à la racine, uniformément. Jusqu'à ce que la chevelure soit huilée, collée, pour les tuer tous. Attendre vingt minutes.

Troisième douche.

Ce soir, Abel va retrouver Michelle à l'Avenir bleu.

21

en le voyant.

Michelle est très en retard.

Elle n'a pas envoyé de message pour s'excuser ou donner une explication. Abel, assez agacé, a déjà bu deux verres en l'attendant. Deux verres entiers. Un vin « bio, tonique, mordant, dynamique », a expliqué la serveuse volubile, Abel a hoché la tête, s'efforçant d'avoir l'air concerné, l'air *sachant*. C'est si rare qu'il boive seul, et cette situation lui amène une angoisse. Tout lâche en lui. Il ne peut que se dévisager être attablé assis bien droit dans un resto de bobos, rasé de frais, à attendre une fille chinée sur Internet, à boire seul. Mais s'il se concentre, peut-être perçoit-il une sensation nouvelle, une vaguelette piquante d'électricité dans le dos qui chatouille ses muscles, morsure gaie d'être dehors, de se voir sortir de ses sillons. Il s'accroche plus fort à la sauvage beauté de ses orchidées qui sont toujours dans sa tête. Elles sont ce qu'il ne sera jamais.

Michelle arrive enfin, Michelle a quarante-six ans – c'était inscrit sur son profil, ce coup-ci, Abel a vérifié avant. Il ne voulait pas faire de gaffe. Elle a les cheveux très longs, devine-t-il, car elle les a empilés en un ingénieux chignon à plusieurs étages, d'où s'échappent, canailles, de gracieux et fols épis. Comme des tiges sans corolle. Michelle s'est excusée pour son retard en parlant vite à l'aide du ballet de ses mains, elle semblait hésiter entre s'expliquer avec force digressions ou peut-être prendre la décision simple de passer à autre chose, basta, pour alléger ce moment ambigu de la rencontre. En tergiversant, elle balbutie des bribes d'informations, sans terminer aucune phrase, sans clarté, elle finit par s'asseoir. Elle semble un brin théâtrale, pense Abel. Elle parle fort, note-t-il, gêné. Michelle maintenant assise en face de lui, essoufflée par sa course, ses mots inachevés papillonnant encore dans l'air comme des oiseaux sans tête, elle demande à Abel si elle peut prendre une gorgée dans son verre (c'était donc son troisième), pour se désaltérer, et après qu'il a hoché la tête en signe d'assentiment, Michelle assèche le verre, d'un trait. Il pense à sa salive à elle partout sur le récipient. Reposant le verre vidé, elle tombe sur le regard stupéfait d'Abel, et lance qu'elle est nerveuse, qu'elle va lui en recommander de suite un autre, bien sûr, *Éric*.

Le prénom pourfend l'air.

Abel se crispe, comme s'il venait de se prendre une gifle, comme une claque de fouet dans la nuque, et siffle en ouvrant à peine les lèvres qu'il ne s'appelle pas comme ça, Éric.

« Je ne m'appelle pas Éric. »

La femme ouvre des yeux ronds, s'excuse derechef, à la vérité elle ne sait plus comment il s'appelle. Elle rit pour couvrir la petite gêne.

« Pardon, je ne sais plus votre prénom, c'est bête ! Je suis désolée !

– Pourquoi m'avez-vous appelé comme ça ? » s'enquiert-il avec une agressivité disproportionnée.

La quadra commence à paniquer. Elle tente de lui expliquer, les paumes des mains montant et descendant parallèles à la table en signe ancestral d'apaisement, qu'elle prend beaucoup de rendez-vous sur Tinder, qu'elle se mélange les pinceaux, qu'elle avait même oublié leur rendez-vous, voilà, s'il veut qu'elle soit parfaitement honnête, d'où son retard, et qu'elle a failli lui poser un lapin, et qu'en s'avisant qu'elle n'avait pas de numéro où le joindre, elle s'était forcée à venir, en plantant deux copines avec qui elle avait, s'il voulait vraiment tout savoir, déjà commencé l'apéro. Mais Abel Bac ne lâche pas, il est furieux, il redemande pourquoi Michelle l'a appelé Éric ? Pourquoi ce prénom ? Les sourcils arc-boutés, la femme s'excuse encore :

« Je me suis trompée. »

Elle n'avait pas noté leur rendez-vous, ni retenu son prénom. Elle ne sait plus comment il s'appelle, où est le drame ? Enfin, ils ne se connaissent pas. Abel assène qu'il s'appelle Abel. Pas Éric.

Michelle a bien compris, « J'ai bien compris, Abel », elle tente une blague sur ces rendez-vous pris par Internet qui induisent toutes sortes de malentendus, haha, mais Abel ne se détend pas, son visage reste fermé, il entend la voix de Michelle de plus en plus éloignée, comme si quelqu'un lui parlait en sourdine, il ne perçoit plus que certaines voyelles, il descend en lui, une plongée en apnée dans un monde aquatique tordant l'appréhension de l'espace, du temps et du poids du corps, il se concentre sur le contour de ce prénom, Éric, comme s'il n'était pas un mot de quatre lettres, mais une forme, un liquide, un animal que l'on peut caresser ou craindre, il perçoit maintenant les corps à terre, certains semblant décapités sous l'impact des balles à bout touchant, corps exécutés, corps en colère, il voit un œil sorti de son orbite, puis il voit le cheval, il l'entend hennir, le grand cheval, son pelage blanc piqueté de traces rouges, des giclures de sang. Un orgue d'église joue, monumental, chaque note semble provenir d'un cri des corps qui tombent quand on les assassine, comme si on avait enfermé leurs cris dans chacun des tuyaux de l'orgue et qu'un dément activait la soufflerie. Cris de femmes. Cris des bêtes. Et le cheval est pétrifié de peur. Il s'agite, il rue.

Une main sur son épaule, qui le secoue : « Monsieur, monsieur ? » Abel regarde autour de lui, les clients attablés, les serveurs qui se pressent, bras chargés d'assiettes dressées au garde-à-vous, de bouteilles vertes, rouges, blanches, poches d'où sortent stylos et limonadiers.

« Est-ce que vous allez bien ? » s'enquiert la serveuse, c'est elle qui lui a secoué l'épaule.

Abel dit que oui, bien sûr, il va très bien, à la main il tient fermement son verre, vide, en face la chaise est béante. « Vous voulez que j'appelle un médecin, monsieur ? » Pourquoi, pense-t-il, pourquoi cette fille lui parle-t-elle comme s'il était malade, mais il ne parvient plus à lui répondre, sa bouche est anesthésiée. Les clients des autres tables tournent discrètement et moins discrètement la tête vers lui, contents de tremper leur légitime curiosité dans les malaises des autres. « Vous êtes très pâle », insiste la serveuse. Il cherche des repères, il voit une assiette pleine de nourriture devant lui, et des dizaines de morceaux de pain émiettés tout autour. Un homme s'approche, « Je suis médecin », clame-t-il, content de se rendre utile, de devenir acteur de cet *incident*. « Où est la femme qui était avec moi ? » murmure Bac. Il prend conscience de son filet de voix, de son essoufflement, il manque d'air. « Où est la femme ? » Personne ne l'écoute, personne ne l'entend, maintenant tous les gens du restaurant s'agitent et bourdonnent autour de lui.

Abel voudrait se lever et partir, il ne peut pas, il est maintenant allongé sur le sol, les jambes en l'air posées sur une chaise renversée, à la main il tient toujours son verre vide, il n'arrive pas à le lâcher. Il ordonne à son corps de lâcher ce verre vide inutile, il a mal à la main, mais rien ne se passe. Il cherche la serveuse des yeux, « Mademoiselle, mademoiselle », il l'appelle, il est tellement frustré qu'il a envie de pleurer, il accroche enfin ses yeux, les yeux de la serveuse aimable, elle se penche vers lui et le rassure, ça va aller, les secours sont en route, tout va aller, vous m'entendez, monsieur ?

Il aimerait se plonger en elle, se blottir dans sa sollicitude, s'effacer.

« Vous êtes tombé, monsieur, vous avez fait un malaise, est-ce que vous pouvez lâcher ce verre ? Vous allez vous blesser gravement. » Abel regarde sa main, qui serre une myriade de morceaux de verre brisé, sa main pleine de sang.

« La femme qui était avec moi ? répète Abel.

– Elle est partie, monsieur.

– Depuis quand ?

– Mais ça fait au moins une heure… »

Mila

22

Mais venez.

Mila avait trente-neuf ans, c'était un chiffre, c'était abstrait. Mila n'avait pas peur de prendre des rides ou de perdre soudain un réconfortant sex-appeal, non, c'était l'idée d'un cycle qui la travaillait. Un cycle qui devait tôt ou tard se terminer. Elle avait longtemps travaillé avec colère, elle avait fait des actions pour épuiser sa rage et habiter sa solitude, et en cela elle s'était laissée guider par ses intuitions.

Il ne lui était *rien* resté à dix-huit ans de ce qu'elle avait été, alors elle avait pu agir sans calcul. Elle n'avait plus de parents, elle n'avait plus de surmoi. Elle avait fait ce qu'elle voulait, elle avait saccagé, elle avait regardé ce réel comme un champ de signes absurdes qu'il fallait percer et forcer les autres à percer. Et le hasard s'en était mêlé. Ce journaliste du *Monde* sorti de nulle part, qui s'était entiché d'elle et de ses détournements de statues à Paris, qui, par la grâce d'un article curieux, l'avait fait naître, Masson qui avait imposé Mila en devenant son porte-parole, qui était allé au culot frapper à la porte du plus grand galeriste d'art moderne de Paris, Antoine Spuillier, pour qu'il la représente. Masson qui avait décidé de la camoufler, de la créer, de miser sur elle, elle qui ne dormait plus la nuit, qui sortait en quête de supports à travestir, à transformer, sans but précis, et elle s'était retrouvée en couverture de *Beaux-Arts* en 2006 – enfin pas elle mais la photographie d'un de ses happenings nocturnes –, et tout avait définitivement basculé. Son succès avait été aussi inattendu que phénoménal, elle qui ne venait pas du sérail, qui ne sortait pas de Central Saint Martins ou de toute autre école pépinière de ce milieu si fermé, bulle dans la bulle, Mila qui n'avait cultivé aucun réseau ni aucune allégeance, élément exogène chimiquement pur du milieu de l'art contemporain, qui avait débarqué avec la discrétion de Leatherface commettant son massacre à la tronçonneuse. Mais un succès autonome, vivant par lui-même, étranger à la femme qu'elle était, un succès dépourvu de sens à l'image du monde intérieur dans lequel elle se débattait. Après la colère, elle avait travaillé avec la certitude. Elle avait appris à fabriquer ses œuvres tout en fabriquant Mila, avec la suffisance de son statut elle avait joué, elle pouvait tout. Elle avait pu penser démesuré, comme les peintres mexicains qui peignaient des milliers de mètres carrés de bâtiments publics dans les années trente. Mais elle, ses œuvres étaient monumentales dans un mélange d'impalpabilité et de bluff. Elles advenaient dans le regard pris de court de ses spectateurs de fortune. Elles s'imposaient comme un ravissement de la normalité. Mila avait pu s'autoriser sans bordures, tout se permettre.

Elle allait avoir quarante ans, elle vivait pour son incarnation. L'autre. Mila. Est-ce qu'on tombait amoureux d'une femme qui n'avait pas d'existence ? Elle se foutait d'être désirable. Cette puissance était un papier peint fané. Elle couchait avec des gens. Pléthore. Hommes ou femmes. Elle était disponible. Parce qu'elle avait l'assurance et l'argent pour entrer n'importe où, *mon chou*. Il n'y avait pas un rideau qu'elle ne sache tirer. Elle était devenue une *great Gatsby*. Quand on n'existe pas vraiment, tout est plus simple. L'excentricité devient un accessoire naturel.

Non, le problème, c'est qu'elle n'avait plus ni colère, ni certitude. Et c'était arrivé sans crier gare. Elle était triste. Juste triste. Triste du lever au coucher. Qu'est-ce qu'on faisait de ça ? Quand la chimie et les cachetons ne viennent même pas entamer l'enclume qui pèse sur l'estomac dès le breakfast ? Il fallait qu'elle renaisse, qu'elle retrouve celle qu'elle avait été avant Mila.

Alors il fallait tuer Mila. C'était limpide, et il fallait offrir aux funérailles de Mila un happening comme il n'en avait jamais, *jamais*, été conçu. Son feu d'artifice.

Parce que c'est là que tout avait commencé. Mais pour une fois, elle voulait mieux qu'un spectateur, mieux que des millions de spectateurs ! Elle voulait un partenaire. Quelqu'un qui serait au centre de son œuvre sans le savoir. Mais qui ferait corps et âme avec elle.

Un complice.

23

Que sait-on ?

Cette nuit-là, à Londres, elle prit sa décision. Elle allait offrir son dernier round, et c'en serait terminé de Mila. Elle n'avait pas quitté son atelier, mais elle avait l'impression d'avoir enchaîné des fêtes, seule dans sa tête. Toute la nuit, elle avait cogité sur sa prochaine *œuvre*, ce serait la dernière de son anonymat, son grand final. Comment raconter l'avant et la bascule de sa vie ? Comment distiller son histoire dans un happening éphémère mais si puissant qu'il saisirait le spectateur comme une claque sur les dents ? Elle retournerait aux origines, elle recréerait son traumatisme, mais cette fois-ci, elle en serait l'instigatrice. Elle dominerait. Tant d'idées se pressaient, ce fut une nuit blanche volcanique. Elle voulait construire un exorcisme.

Elle avait fait des dessins, disposé des mots sur un tableau, qu'elle fixait jusqu'à ce qu'ils se tordent,

Vallé, lumières, rouge, pour que les mots deviennent vivants, l'inondent et lui ouvrent un chemin. Mila avait convoqué tout ce qu'elle avait produit dans sa vie d'artiste en vue de le dépasser, de le balayer.

Elle avait entraperçu les contours de son grand dessein. Elle avait noté quelques instructions pour Masson. Elle le prévenait : elle se focaliserait à partir de maintenant sur son prochain happening. Elle ne voulait plus entendre parler de rien d'autre : ni exposition en cours, ni invitation potentielle, ni problème à résoudre. Elle mettait fin à leur rendez-vous téléphonique quotidien. Elle avait besoin de silence et de concentration. Elle lui enverrait au fur et à mesure des directives concernant son projet : il y aurait des recherches à effectuer (prévoir un détective privé), il faudrait monter une nouvelle équipe pour l'assister. C'est à Paris qu'elle déménagerait, car c'est là-bas que tout se déroulerait. Il lui fallait donc des assistants français, des contacts parisiens. Par ailleurs, Mila informait Masson qu'elle avait besoin d'un canal de discussion officieux avec certains musées, et aussi un journal influent, un quotidien, *Le Parisien* serait parfait, elle voulait les inviter à faire partie de la matière de sa prochaine œuvre. Du jamais vu. Elle pensait pour le moment à Beaubourg, il en faudrait d'autres.

Son œuvre se produirait en trois temps et trois lieux. Comme un triptyque. Le tout dans un laps de temps très resserré. Ce serait une performance nocturne, qui se dévoilerait par à-coups, un puzzle que le spectateur devrait assembler. Ce serait déroutant.

Une cathédrale, un tableau de Bosch, une carte de la Lune.

Ma propre clef.

Masson avait l'habitude de l'effervescence nerveuse qui saisissait Mila quand elle se jetait sur une nouvelle idée. Il ne serait pas surpris.

« Dans l'ordre, voici l'urgence : tu dois me trouver un atelier à Paris le plus vite possible, le déménagement de mes affaires de Londres peut attendre. Prépare une rencontre avec les instances muséales (d'abord Beaubourg). Et pour ne pas oublier, j'aurai besoin d'un cheval vivant pour commencer mon installation. »

Pas n'importe quel cheval.
Un lusitanien.
Il comprendrait plus tard.

Et pour une fois dans leur vie,
tout ferait sens.
Promis.

Abel

24

Peut-être est-ce une proie ?

Un jeune interne, l'air vertueusement épuisé, finit de nouer des points de suture sur sa main droite. En silence. Abel se dit que le jeune homme parvient à être concentré et ailleurs, à sa tâche et déjà parti, un grand gamin résigné. « Attendez là, le psychiatre de garde va venir vous voir », dit-il à Bac d'un ton sec, un ton qui n'a pas tant de temps à perdre, tout en rangeant ses petits instruments minutieux. Il s'éloigne, leurs regards ne se sont pas croisés une seule fois, Bac ne ressent aucune douleur, mais une fatigue lourde, sa main ankylosée présente plusieurs lacérations profondes, il s'est enfoncé les bris de verre du plus fort de ses muscles, mais il ne s'en souvient pas. Il décide quelques minutes trop tard de prendre la tangente car le psy débarque déjà, lui les yeux grands ouverts fixés sur son sujet. « Monsieur, venez avec moi. » Il désigne un couloir, Bac hésite.

« Vous alliez partir ?

– Non.

– Si, c'est ce que font la plupart des gens qui ont besoin de consulter un psy aux urgences, ils décampent, alors ça m'amuse de voir combien j'arrive à en rattraper. Comme si je chassais des papillons avec un filet, voyez ? »

Le docteur Guérin, comme il est inscrit sur sa pochette à hauteur de cœur, lui demande de raconter ce dont il se souvient avant d'avoir été amené ici. C'est un petit monsieur maigre, Guérin, des lunettes en sautoir, une ombre bleuie de barbe qui repousse trop vite et une diffuse odeur de frais. Comme s'il venait tout juste de se donner deux claques d'after-shave. Il attend, lui a tout son temps apparemment.

Bac coopère mollement, évoque le restaurant, la chaleur, le vin qu'il a bu. « Vous étiez seul ? » Bac répond qu'au début, non, il ne l'était pas ; mais il l'était quand même, d'une certaine manière, il était avec une femme qu'il ne connaissait pas, et qui est arrivée très en retard.

« Vous étiez dans quel état d'esprit ?

– Aucun, répond Bac.

– Voyez, monsieur, c'est difficile de n'être dans aucun état d'esprit. Ou alors vous êtes mort. »

Bac ne réagit pas, ne sourit pas, il s'immobilise. « Est-ce que vous allez souvent au restaurant ?

– Non.

– Vous avez souvent rendez-vous avec des femmes inconnues ?

– Non.

– Vous buvez dans quelles proportions ?

– Rarement. Peu.

– Vous savez quel jour on est ? »

Silence de Bac. Il cherche. C'est flou. C'est fou que ce soit flou. Bac sait qui il est, où il va, et le jour de la semaine. En toutes circonstances. Il tente de déduire, par rapport à hier, à demain. Mais quel jour était-ce, hier ? « Non, je ne suis pas sûr, finit-il par répondre à contrecœur.

– Est-ce que vous travaillez ?

– Pas en ce moment.

– C'est-à-dire ?

– Je suis dans une sorte de congé.

– Vous êtes en vacances ?

– Non. J'attends… j'attends de reprendre.

– De reprendre quoi ?

– Mon occupation… Mon métier.

– Pourquoi votre métier s'est arrêté ?

– Je ne souhaite pas en parler.

– Est-ce que vous prenez des médicaments ?

– Non.

– Vous avez consommé de la drogue, ce soir ?

– Non. Notez que je suis policier.

– Ah voilà. Mais ce n'est pas incompatible ? Vous êtes aussi un homme.

– Si, c'est incompatible.

– D'accord. Est-ce que vous arrivez à dormir en ce moment ?

– Mal.

– Quel est votre dernier souvenir ce soir, avant d'arriver aux urgences ?

– J'aimerais partir, maintenant.

– C'est votre dernier souvenir ?

– Non, je veux partir maintenant, d'ici.

– Bien sûr, monsieur, vous pouvez partir, je ne vous retiens pas, je vous parle simplement. »

Bac attrape son manteau, il se lève, le médecin lui dit : « C'est ce qui s'est passé d'une certaine manière au restaurant, vous savez. Vous aviez *besoin* de partir. Alors vous êtes parti. Vous vous êtes évanoui. Vous vous êtes débranché. »

Bac soupire, se rassoit.

« La serveuse qui vous a porté secours l'a raconté aux pompiers. Vous êtes resté assis seul un long moment, après que la personne qui était avec vous avait quitté votre table, et quand la serveuse vous posait des questions, vous ne répondiez pas, vous étiez dans le vague, a-t-elle dit. Après vous avez fait, je pense, une attaque de panique.

– Et donc ?

– Cela vous est-il déjà arrivé ?

– Non.

– Bien. Ce serait une attaque inattendue.

– Évidemment que c'était inattendu. Je ne suis pas sorti de chez moi pour avoir une attaque.

– Non, ce que je veux dire par là, c'est que vous n'avez pas un motif connu ou une phobie identifiée, qui vous génère régulièrement du stress.

– Non. »

Bac ment, sciemment, ce qui le met mal à l'aise.
« Vous avez quel âge ?
– Trente-neuf ans.
– Vous faites plus. »
Les yeux de Bac se rétrécissent.
Guérin précise : « Non, vous êtes bien pour votre âge, vous êtes vigoureux. Mais c'est votre tête. Vous avez l'air de sortir d'un camp de migrants.
– Je vous demande pardon ?
– Ça ne vous rend pas laid, attention. Vous avez juste l'air horrifié. Bon, revenons à nos moutons. Il a dû se passer quelque chose dans ce restaurant, même une chose infime, qui a provoqué un court-circuit et vous a plongé dans une terreur. Vous souvenez-vous d'avoir eu peur ?
– Non.
– Un vertige ? Une sensation d'étouffement ? »
Bac fait l'effort. Il ferme les yeux, se laisse porter dans les sensations de ce corps à lui, si cadenassé. Dans les creux et les bosses des lambeaux des dernières heures. Il rouvre les yeux pour se plonger dans ceux de Guérin :
« Elle s'est trompée dans mon prénom.
– C'est-à-dire ?
– Je me souviens que la fille qui était avec moi, elle m'a appelé par un autre prénom que le mien.
– D'accord. Ça vous a fâché ? Humilié ?
– Non, c'est juste que c'est un prénom qui m'a rappelé quelqu'un…
– D'accord. Et elle, comment s'appelait-elle ?
– Je ne sais plus », dit Bac.

25

Que la Fortune nous envoie.

Le toubib lui a donné du Xanax, *mano a mano*, comme on échange un secret ou une faveur, sans ordonnance, pour l'aider à dormir. Et il lui a recommandé de « consulter ».

Il l'a retenu une dernière fois par la manche, le maigre petit monsieur : « Faites-le. Voyez quelqu'un. Ça va revenir, c'est sûr. En pire. » Et Guérin continuait à vaguement sourire, on le sentait prêt à esquisser un savant pas de claquettes sur le carrelage des urgences pour pirouetter son effet.

C'est bien, ça, le Xanax, pense Bac, il pourra le donner à ses orchidées.

Sur son téléphone, il essaie de remettre la main sur le numéro de la femme avec qui il avait rendez-vous, il ne trouve rien, ni messages échangés, ni trace cellulaire. Mais il constate plusieurs appels en absence de Camille Pierrat. Qui, de guerre lasse, lui a texté : « Je t'attends chez toi, j'ai des infos. » Son cœur s'accélère, elle serait capable d'entrer par effraction, et il tente de réfléchir, mais sa tête semble si secouée, si balourde. Il appelle Pierrat, il essaye d'appeler Pierrat, mais c'est comme s'il ne savait plus exactement comment fonctionnait son téléphone. Après plusieurs tentatives, l'engin appelle. Bac demande à sa collègue où elle est. Camille l'attend en bas de chez lui, au Carolus, elle précise qu'elle est en train de tailler une bavette avec Ahmed, le patron…

« Dis-moi, Ahmed, il a un vocabulaire aussi fleurette que le tien. Tu sais ce qu'il vient de me dire ? Je lui racontais un de mes doss' d'homicide. Il a dit : "Eh beh ! Ça vaut son pesant de boutantes." C'est fou, non ? Qu'est-ce que ça veut même dire, boutante ? Bon. T'es où ? Ramène ton cul, frère. »

Abel Bac lui demande quel jour on est.

« On est jeudi. Pourquoi ? T'as l'air à la masse. Tu parles de façon chelou, Bac, t'es essoufflé ? »

Et Abel en marchant d'un pas convulsif vers sa place Clichy ânonne :

« On est jeudi, jeudi, jeudi, jeudi, jeudi, jeudi, jeudi, jeudi, jeudi, jeudi, … »

Mais dans la nuit on entend : « …je dis, je dis, je dis… »

Mila

26

Ils vont ;

Un beau loup gris aux yeux de perle verte lève dans sa patte une coupe de champagne, les bulles qui semblent monter à toute vitesse miroitent dans son regard. Il porte des habits de fête, une cravate fine et noire, assortie aux revers de sa veste. Il se tient penché, comme pris au milieu d'une conversation avec une louve, qui porte avec coquetterie un collier de pierres mauves, et, noué avec expertise, un foulard Hermès. Elle aussi a une coupe de champagne, posée à côté d'elle sur une petite table Empire. La louve assise dans un profond canapé en velours bleu est entourée d'autres de ses congénères, tous en habits de fête, dans ce salon chic où tombent du plafond des centaines de guirlandes, dessinant comme une fleur monstrueuse de papiers chatoyants, une débauche de flonflons,

bleu, blanc et rouge.

… toutes les guirlandes font exploser les couleurs de la France, la crudité de son rouge, la tendresse de son bleu, unies par le blanc qui prend des teintes royales d'or, éclairées par des centaines de photophores qui apportent à ce salon la pudeur d'un dîner aux chandelles, mais outragée par la ferveur d'un rassemblement nocturne et révolutionnaire à l'unisson de multiples petits drapeaux français fichés dans les interstices du mur, des meubles, accrochés aux fenêtres et agités (s'ils n'étaient en réalité immobiles) par la patte d'un des loups qui tient haut son fanion.

Comme emporté, enfiévré, ivre déjà.

Un loup ivre.

Sur les tables, dans des assiettes de porcelaine fine, attendent, encore chaudes, des frites et des saucisses, des pots rouges de ketchup, des bouteilles de champagne, il y a aussi des gâteaux en montagnes. Un ghettoblaster à cassettes diffuse un son vintage de vieux tubes franchouillards et joyeux. On imaginerait bien un des loups sauter prestement de ses quatre pattes hors de son fauteuil pour entrer dans la danse, c'est la salsa du démon.

Mila observe avec satisfaction son tableau vivant. L'effet est saisissant, morbide, dérangeant. Elle goûte aussi le silence ouaté propre à ce type d'hôtel particulier, où l'on a l'impression que toute civilisation est reléguée à une étoile lointaine. L'épaisseur des murs pèse sur les sens. Le carrelage en damier noir et blanc du hall surgit par flashes dans l'obscurité, à la faveur des lampes frontales que les assistants de Mila balaient de leur tête en empaquetant les dernières affaires. Impeccables fourmis. Elle a recruté des pros, ils sont silencieux, efficaces, concentrés. Ils exécutent son dessein, ils sont très bien payés. Ils n'ont pas même besoin de se parler : tout a été anticipé dans les plus infimes détails ; ils ne connaissent pas le son de sa voix, ni son visage caché derrière une cagoule noire. Elle paye au prix fort leur discrétion, et leur retour au néant.

Le sol lui fait penser à des touches de piano qui apparaissent et disparaissent, ou à des dominos éparpillés. Mila fixe une dernière fois la scène pour ne pas l'oublier. Elle a pris des centaines de photographies bien sûr, avec un Compact Leica, et des instantanés Polaroid. Ces images sont aussi importantes pour elle que l'installation en soi. C'est son histoire, les traces de ce qui redeviendra invisible. Les photos disent *ça a eu lieu*. Elles sont très prisées des collectionneurs. Mila a imposé depuis ses premières œuvres les photographies du processus prises par elle-même comme une facette essentielle de la performance.

Pour le moment, ce qu'elle ne veut pas oublier c'est l'effet physique que procure la vision de sa mise en scène. Elle s'en met plein les yeux. Car quand elle sortira du musée, ce sera terminé, ce sera la première et la dernière fois qu'elle la verra. Il ne lui restera que les images. Et c'est une caresse d'être toute-puissante au milieu de cette fête. D'être au-dessus, et en dehors du temps. Immortelle. Elle saisit une coupe de champagne posée sur un guéridon, et s'approche, sans rien déranger, du loup aux yeux verts pour trinquer avec lui.

Non, ce ne sont pas des dominos auxquels elle pense. Noir et blanc, c'est un échiquier. Elle est au centre de son œuvre.

Reine.

Abel

27

et le Cheval,

Camille Pierrat, le petit corps nerveux et solide perché sur un tabouret en skaï, semble arrimée au comptoir d'Ahmed, et accueille l'arrivée de Bac au Carolus tout sourire dehors ; pour Bac, elle tranche dans le décor comme un perroquet dans un vol de pigeons. Ce n'est pas qu'elle porterait une tenue bariolée non, mais elle est une intruse dans un paysage qui lui appartient. Bac fait un signe au patron : « Ahmed, tu me sers un café ? » Ahmed lui sourit, ce qui vaut pour accord.

« Toi tu bois des cafés à minuit ? lance-t-elle.

– J'ai besoin de me laver la tête.

– Mais pourquoi tu ne m'invites jamais chez toi, Bac ? Qu'est-ce que tu caches ? Un cadavre ? Une collection de godes ceintures ? »

Et son rire,

le rire de Camille, très différent de celui d'Elsa, cascade comme le roulement à billes strident d'un jouet ancien. Imperméable, Bac déboutonne son manteau, il a marché trop vite depuis l'hosto, comme un drogué, il s'est épuisé.

« Tu sais, l'autre truc qu'il a sorti, Ahmed, pendant que je t'attendais ? Je parlais d'un prévenu, en disant qu'il était impeccable, tu vois. Je disais : *C'est un mec qui a l'air impeccable*… Ahmed a répondu : "Impeccable, deux pécauds…" Mais qui dit ça ? Tu comprends ? Genre UN pécable, DEUX pécauds… Tu vois la blague ?

– Je vois très bien.

– Ouh là, t'as la tête dans le cul on dirait ?

– Oui. J'ai une question. Tu trouves que j'ai l'air horrifié ? »

Pierrat ne dit rien, surprise, quand Ahmed revient et annonce : « Café serré pour le condé ! » Camille observe son collègue, qui a effectivement un peu l'air d'avoir vu la Vierge. Mais Bac semble toujours avoir la moitié du cerveau qui gambade à l'est. En revanche, qu'il pose ce genre de questions, c'est inhabituel. L'habitude serait que Bac soit hermétique.

« Tu as surtout l'air fatigué, Abel. Qu'est-ce que t'as fait l'autre soir ? Ça vient d'où ce graffiti de cheval que tu m'as envoyé ?

– Tu pouvais m'appeler pour me poser la question, pourquoi tu débarques chez moi à cette heure-ci ?

– Je t'ai appelé, connard, trois fois. Tu n'as pas décroché. J'avais peur que tu te sois pendu. Alors, bonne fille, je suis venue vérifier, avec mon échelle.

– J'ai pris un verre avec une fille le soir de la photo. Une fille trouvée sur Tinder.

– Je n'en crois pas un mot ! Mais non ! Bac sur Tinder ! Ha ha. Il faut que je raconte ça aux collègues. Ahmed, apporte du champagne ! C'est la meilleure de l'année. Et alors tu lui as grattouillé le fond du gosier avec ta trique ?

– Mais c'est pas vrai…

– Ça va, on peut rire. Bon, quel rapport avec le cheval ?

– C'est compliqué mais, bref, c'est elle qui m'a parlé de ce graffiti. Je t'ai envoyé ce cheval parce que c'est celui trouvé à Beaubourg. Et la peinture était fraîche. Je suis tombé dessus rue du Faubourg Poissonnière. Il était magnifique. C'est le même plaisantin qui rentre peinard dans des musées.

– Putain, mon petit pote, tu ne crois pas si bien dire. »

Ahmed apporte du champagne. Pierrat se tait, soucieuse, vole deux gorgées de la coupette comme prenant son élan, et glisse enfin à Abel que son affaire a pris une autre tournure. Il semblerait que leur comique ait réitéré, mais l'affaire est encore gardée sous les radars, les journalistes vont forcément leur tomber dessus rapidement et en faire tout un cirque.

« Que s'est-il passé ? la presse Abel. Un autre cheval lusitanien ?

– Lusitanien ? Ça sort d'où, ça ? Écoute, je suis venue te voir parce que tu m'as demandé de me renseigner sur le cheval de Beaubourg et d'un coup tu me sors cette photo du cheval peint, dont personne ne connaît l'existence. C'est étonnant que tu sois tombé là-dessus… Tu te promenais dans la rue ? Tu faisais une balade romantique avec ta *date* Tinder ?

– Accouche, Camille, que s'est-il passé ?

– Un autre musée a été visité de nuit. C'est une histoire de fous. Je ne le connaissais même pas : le musée de la Chasse et de la Nature. C'est un petit musée rue des Archives, avec des armes, des tapisseries et des animaux empaillés. Ce genre de bordel. Un gars, ou des gars, si tu veux mon avis, se sont fait plaiz : ils sont entrés sans laisser de traces, rien n'a été volé, ni vandalisé, comme à Beaubourg. Mais dans une salle du musée, le visiteur a complètement refait la déco… Il y a… enfin… je ne sais même pas te décrire la scène. C'est comme si tu regardais un tableau, mais un tableau vivant, ou comme si tu entrais dans une fable de La Fontaine, avec des animaux habillés en humains, tout est installé comme dans un conte… Et les animaux ont l'air de danser, de chanter, de célébrer. Alors que rien ne bouge. C'est en même temps beau et… angoissant, tu vois ?

– De quels animaux tu parles ?

– Les gens qui ont concocté ce souk, ils ont apparemment pris des loups empaillés qui se trouvaient dans les salles du musée ; que des loups, et ils les ont *réunis* comme ça. Ils les ont habillés avec des vêtements chic et les ont installés, comme si les animaux faisaient… la fête, tu vois ? »

Abel, l'air soucieux, s'apprête à lui répondre, que non, il ne visualise pas vraiment ce qu'elle décrit, mais Camille l'arrête et continue sur sa lancée :

« Attends, tout ça ne serait pas si grave, à première vue. Pas de blessé, pas de casse. Comme avec le cheval à Beaubourg. N'empêche qu'il y a des huiles qui ne doivent pas du tout apprécier que des comiques entrent et sortent de bâtiments publics comme d'un hall de gare. Là où ça devient délirant, c'est que ce joli décor, les bibelots, les fauteuils, les verres, ça n'est pas du mobilier du musée. Les loups oui, mais le reste, non... Tu sais d'où ça vient ?

– Non.

– De chez François Pinault !

– L'homme d'affaires ?

– Oui, énorme patron, milliardaire... Et grand collectionneur d'art, apparemment.

– Comment ses meubles se retrouvent dans un musée rue des Archives ?

– Il s'est fait cambrioler son appartement parisien. La même nuit. Pinault n'y dormait pas, il était en déplacement. Tout est à lui. Et la cerise sur le gâteau, c'est qu'on lui a aussi piqué un tableau, genre Picasso ou un ponte du même tonneau. Les mecs ont fait une sorte de déménagement.

– Que je comprenne bien : un mec a dévalisé les meubles de François Pinault et les a emportés dans ce musée de la Chasse pour les y installer ? demande Bac, les sourcils ahuris.

– Oui, et il a assis sur les meubles chiadés de Pinault les loups empaillés, très bien sapés avec des vêtements qui appartiennent aussi à Pinault. Un des loups porte sa cravate de flanelle. Et son tableau à what-mille dollars décroché de son salon, eh bien il était raccroché au mur, pépère, dans le musée de la Chasse.

– C'est quoi le tableau ?

– Je ne sais plus, je l'ai noté quelque part, je vais te le retrouver.

– Et qu'est-ce qu'ils font ?

– Qui ça, ils ?

– Les loups, s'agace Bac, tendu.

– Eh bien, ils boivent un verre apparemment, tu vois, du champagne, et du très très bon, de la cave de Pinault soit dit en passant... Pas comme le champ' d'Ahmed. Et ils font la fête. C'est absurde. Non, tu vas comprendre... J'ai des photos. »

Camille Pierrat sort son téléphone portable et fait défiler des images sur l'écran, s'arrête puis tend l'objet à Abel Bac. « Vas-y, regarde. » Bac fixe les clichés des loups endimanchés, les drapeaux, les flonflons. Dans sa tête, les mots de Pierrat claquent comme des balles de squash dans une cage en verre. « Mais ils fêtent quoi... putain... le 14 Juillet ? » murmure Abel Bac. Pierrat rit à pleine bouche, dents en guirlande.

« Oui, il semblerait ! J'avais oublié de te le préciser. Mais ça me revient, le tableau volé, c'est à ce sujet... C'est un tableau sur la fête nationale. Regarde, tu le vois sur cette photo, au fond... » Pierrat cherche dans les notes de son téléphone. « Voilà, c'est ça, un tableau de Van Gogh. Ça s'appelle *Le 14 juillet*.

Ça, mon ami, ça vaut son pesant de boutantes, comme dirait Ahmed. En fait, ce sont des loups patriotiques », dit Camille Pierrat, qui lèche gentiment le fond de sa coupe de champagne, avant d'attaquer celle, intacte, d'Abel Bac.

Mila

28

qu'à l'herbe on avait mis,

De cette nuit à Paris, volée à ses parents qui partaient pour la Bretagne, Mila garderait des reliefs ambigus, oscillant entre la joie et la nausée. Elle avait envoyé valser. Cela avait d'abord été *la meilleure soirée de sa vie*, comme le déclarent les adolescents avec emphase quand ils éprouvent des sensations nouvelles. Mila en ferait une carte postale mentale qu'elle accrocherait en elle comme dernier souvenir heureux d'une vie coupée net.

Le film que les Russes étaient allés voir dans un petit cinéma appelé Le Champo analysait une œuvre de l'artiste Marina Abramović, une performance intitulée *Rhythm 0*. Mila ne savait pas que des gens faisaient des choses comme ça. Elle aurait été incapable de se l'imaginer, elle avait le sentiment de débarquer d'une autre planète. Cette femme, Marina Abramović, était semble-t-il une artiste célèbre, qui utilisait son corps comme support de ses œuvres. *Rhythm 0* était le nom d'une de ses expériences réalisées dans les années 1970, l'aboutissement d'une série de performances qui avait commencé avec *Rhythm 10*, puis *Rhythm 9*, *Rhythm 8* jusqu'au zéro.

Et trente ans plus tard, elle avait l'impression de débarquer de Vallé la bouche en fleur, en ayant dix-sept ans et dix-sept wagons de retard sur tout. Elle savait qu'elle ne savait rien. Mais *rien* vient du mot *chose* en latin, comme le répétait à l'envi M. Verdier, cette réplique devenue une running joke dans sa classe. Et pantelait en elle ce soir-là, en sortant du cinéma parisien, le sentiment inouï que la vie allait à toute vitesse, que la curiosité offrait des monts et des vertiges. Comme si l'urgence des corps adolescents à se cogner et s'éprouver trouvait dans cette échappée un point culminant.

Dans la galerie Morra à Naples en 1974, Marina Abramović se tenait debout au milieu du studio. Au préalable, elle avait disposé sur une table soixante-douze objets. On y trouvait des plus divers : des fleurs, une plume, du rouge à lèvres, de la peinture, du parfum, une fourchette, des allumettes, du vin, une scie, du savon, du gâteau, du raisin, un marteau, du miel, des ciseaux, de l'alcool, un rasoir, un chapeau, un fouet… Et même un pistolet chargé d'une seule balle véritable. Les gens venus avaient pu lire sur un panneau accueillant à l'entrée : « Performance / Je suis l'objet / Pendant cette période je prends toute responsabilité ». Les spectateurs avaient six heures devant eux, entre 20 heures et 2 heures du matin pour faire ce qu'ils voulaient d'elle. Ils pouvaient utiliser tout ce qui se trouvait sur la table, ils pouvaient disposer de son corps. Peu importait ce qui se produirait, l'artiste ne réagirait pas. Tout était permis.

Que fait-on quand la liberté est totale ?

En sortant de la salle, leur surexcitation à tous, les Russes, avait été électrique, ils avaient parlé de plus en plus fort et toute la nuit, de bistro en bistro, *vite vite* comme signifie *bistro* en russe, ils avaient parlé des lendemains à bâtir, de leurs corps avides, d'elle, Abramović, de Gogol, Boulgakov et Dostoïevski… et de l'art, mais qu'est-ce que l'art, bon dieu ? Inspirés et choqués par le film sur l'artiste yougoslave, leurs impressions, leurs questions et consternations avaient nourri leurs bouches tout autant que les bières blondes chaudes et la vodka fraîche qui avait fini par recouvrir la nuit.

Vodka !

Ils avaient chanté dans la rue, ils s'étaient enlacés sans autre pulsion que de se sentir si fiévreux ce soir de juillet 2000, où l'on payait toujours en francs et où l'on fumait dans les cafés à s'en faire saigner la bouche ; ils avaient réussi à escalader les grilles du Luxembourg, avec ses pointes acérées, c'était une prouesse, mais rien ne les arrêterait ce soir-là, ni les pieux, ni les cœurs, et les jeunes gens s'étaient promenés sous les arbres consolateurs bras dessus bras dessous, les corps chauffés à blanc, comme cette statue de Faune débridé croisée dans le jardin, qui semblait l'inviter, elle, Mila, à entrer dans la danse et à ôter tous ses vêtements. Corps à corps effervescents des amis anxieux de se rapprocher et de s'enfiler comme des perles le long du ruban d'une même passion, dans ce Paris tonitruant de klaxons rejouant une victoire pleine de guillotines et de lendemains prometteurs. Et Mila enhardie s'était décidée, à pile ou face, à finir la nuit avec Paul, dont le surnom russe était Féodor, que la vodka avait rendu irrésistible, ce serait son feu d'artifice. Féodor, avec sa chemise mal ajustée et son duvet d'homme qui dessinait un désir. *Je suis l'objet*. Et les images d'horreur de la performance de Marina pulsaient dans ses orbites comme une drogue d'un paradis capitulé.

Mila était vierge, sa vie sexuelle balbutiait de doigts furtifs en soupirs prometteurs, elle n'avait que dix-sept ans, mais elle sentait que certaines nuits exigeaient les franchissements, et en avant la Tumbalalaïka.

Et pour peu elle pensait que cet instant à Paris pourrait ne jamais finir, que ses amis tout juste bacheliers et elle pourraient y rester tous ensemble et ne jamais vieillir. Piégés dans les flonflons du 14 Juillet et le mauvais champagne que les passants buvaient dans des gobelets et dans les rues de Paris. Comme épinglés à l'intérieur de la perfection d'une œuvre d'art.

Comme s'ils étaient en fait, à leur insu, les mannequins d'une performance sophistiquée, et que la véritable question était de savoir où se situait le réel.

Abel

29

Assez peu curieux

Abel Bac avait quitté Camille un peu brutalement. Il s'était presque enfui. Le trouble qu'il avait ressenti à la vue des photos de cette scène de vandalisme dans le musée, il ne pouvait pas le partager avec elle. Après le cheval, ça ? Cette mise en scène grotesque avec ces animaux grimés ! Mais surtout... un 14 Juillet. C'est là qu'Abel avait vacillé, quand il avait vu les images avec tous ces symboles de fête patriotique. Bien sûr, un 14 Juillet. Il n'était pas fou. Maintenant, il comprenait parfaitement pourquoi le cheval de Beaubourg lui avait semblé familier, tout s'accordait. Mais qui pouvait donc faire ça ? Et qui lui faisait ça, à lui ? *Le Parisien* sur son paillasson, ce n'était pas un hasard. Quelqu'un jouait à cache-cache avec lui. Il savait que s'il partageait avec Camille son sentiment d'être lié à ces *trucs*, ces « installations » comme dirait sa voisine

Elsa, il aurait l'air complètement paranoïaque. Mais ça le démangeait, comme les poux sur sa tête, qu'il était visé jusqu'au cou, qu'il en faisait partie, que la personne qui entrait la nuit dans les musées pour foutre le Bronx le faisait pour lui faire perdre la raison. Sciemment, délibérément.

… avec méticulosité.

Comment raconter à Camille ? Comment raconte-t-on une histoire ? C'était impossible. Il lui avait juste dit qu'il était épuisé, qu'il devait aller se coucher, qu'il n'en pouvait plus. Il l'avait laissée au Carolus. Il ne lui avait pas dit qu'il venait des urgences, qu'il avait subi une absence, ou une crise, il ne savait pas qualifier ce qui lui était arrivé.

Il ne se confiait pas. Abel ne se confiait à personne. Et ç'avait été ainsi toute sa vie d'adulte, il s'était encagé, barricadé. La propension qu'avaient les gens à se répandre sur eux-mêmes, à s'explorer en permanence, cela le fascinait et le dégoûtait. Le dégoût n'était pas un jugement, il ne jugeait pas à mal les gens qui s'ouvraient comme ça aux quatre vents à leurs meilleurs amis ou aux pékins assis à côté d'eux dans le bus, non, mais cela lui amenait une répulsion, un souffle polaire sur l'échine. Malaise. Les gens qui racontaient leurs petits soucis du quotidien… le retard du train, la chaudière qui lâchait, le voisin qui faisait trop de bruit ; les gens qui détaillaient leurs ennuis de santé, qui exhibaient leur problème de peau, de dents, de cheveux ; les gens qui balançaient comme des grains de riz jour de mariage des détails de leur vie sexuelle, qui paradaient leurs conquêtes, qui parlaient de bite, de cul et de chatte, d'à l'envers, derrière et à l'endroit ; les gens qui parlaient de leur thune, de leurs vacances, de leur voiture, de leurs tampons hygiéniques ; les gens qui parlaient de leur enfance, qui racontaient les deuils endurés, les gens qui disaient des choses comme « Moi, il m'a brisé le cœur » et qui parlaient d'humiliations, de têtes envahies, de bipolarité ou de burn-out.

Les gens devenaient *techniques*.

Quelle force, en même temps. Cela faisait tant d'années qu'Abel n'avait laissé approcher personne de sous sa peau. Il ne disait rien. Il ne racontait rien. Et rien c'était rien. Il n'avait pas d'amis proches. Qu'est-ce que cela pouvait faire ? Ils pouvaient parler des affaires sur lesquelles il bossait avec Camille, il pouvait sourire des anecdotes racontées par les collègues ou être mal avec eux quand les anecdotes étaient glauques. Il pouvait dire qu'il avait fait l'armée avant d'entrer dans la police. Il pouvait dire qu'il habitait à Paris, place Clichy, au quatrième étage.

Il ne pouvait pas dire qu'il aimait les orchidées, qu'il était insomniaque ou qu'il n'arrivait presque plus à coucher avec des femmes. Il ne pouvait pas raconter les cauchemars qu'il faisait, toujours les mêmes, qui empoisonnaient son sommeil. Qu'il se sentait espionné. Il ne pouvait pas dire qu'Éric l'attendait dans ses rêves, qu'Éric était tapi à la lisière de toutes ses nuits. En embuscade.

La dernière femme avec qui il avait couché, enfin vraiment couché, avec déshabillage, pelotage, pénétration et bonsoir chez vous, cela remontait… Il calcule dans sa tête, tente de trouver des repères, pour cela il se remémore les enquêtes sur lesquelles il a travaillé. Ce sont ses bornes. Cela remontait… à l'enquête sur la femme défenestrée rue de Clignancourt par son conjoint. Du cinquième étage. Il y a trois ans. À ce moment-là, il avait couché avec une collègue des stups après un pot de départ. Elle avait initié la brèche. Il avait suivi, il était allé chez elle. Elle avait deux enfants en garde partagée, un garçon et une fille, il s'en souvenait, et ce soir-là ils étaient chez leur père, comme elle le lui avait expliqué. Son appartement était un vrai chantier, elle était dans un moment pas très cadré de sa vie, avait-elle dit également, utilisant ces termes précis, et lui pensait : « Arrête de me parler, qu'on en finisse. » Il était tenté de se barrer, il était mal à l'aise. Mais il fallait qu'il y aille, qu'il fasse ces gestes : ces mains, ces bras, ces bouches, ces trucs attendus, aller au bout de l'affaire. Alors, il l'avait fait comme en apnée. Elle était jolie, enfin c'était ce qu'on appelle unc belle femme, et elle était patiente.

C'était *une belle orchidée pas très cadrée*.

Alors il avait enlevé les boutons du haut de sa chemise blanche, elle avait fait péter d'un geste ceux du bas, il s'était frotté contre son corps étroit et pointu, elle était un peu trop maigre, anguleuse, mais il s'était frotté jusqu'à ce qu'il bande, et puis il avait léché son cou qui avait un goût de sel, et il s'était dit qu'il allait lécher ses aisselles et, ce faisant, il avait découvert de petits poils fins qu'elle ne rasait pas, et il avait aimé ça, d'un coup, c'était bon. Alors il avait léché ses petits poils fins, et son excitation avait précipité l'accomplissement.

En sortant de chez elle au matin (en fuyant ?), il s'était senti fier et triste. Comme s'il avait réussi un examen, mais dans une matière imposée qu'il n'aurait pas choisie.

Avec qui aurait-il pu partager des choses si intimes ? Avec Camille ? Qu'il vivait avec la sensation d'avoir tant de vermine sur la tête qu'il se faisait des shampooings toxiques toutes les semaines ? Qu'il s'en pelait le cuir chevelu.

Oui, il était fasciné par ce que les gens révélaient d'eux-mêmes en permanence comme en hurlant avec un mégaphone. Fasciné par les réseaux sociaux, les longs tunnels de phrases et de clichés clinquants comme des réverbères dans une boîte noire ; images de soi partout comme des miroirs pendus en place des feuilles des arbres, il était subjugué par les selfies, qui forçaient à se regarder soi, qui rendaient chacun spectateur agissant de sa personne imparfaite, selfies qui obligeaient à la douceur, au pardon de soi, selfies qui disaient l'absence, la fission du noyau. Combien avait-il pu, Abel, en décortiquer dans les procédures ? Les selfies des autres, les téléphones pleins comme des œufs rances et doux, de secrets et de petits arrangements, de suspicion et d'impudeur.

Il aurait tant aimé faire cela, se prendre en photo à bout de bras, plonger ses yeux, à travers la lentille morte, dans les yeux d'un autre qui aurait envie de le regarder, qui serait intéressé par son geste, quelqu'un qui regarderait sa photographie.

30

de semblables amis,

Abel est épuisé mais il sait qu'il ne trouvera pas le sommeil, parce que Éric l'attend dans le viseur. Il faut qu'il se lave, longtemps, que l'eau chaude fasse son œuvre de l'engourdir, de l'échiner. Il monte tout doucement les marches menant à son appartement, il n'a pas allumé la lumière, comme s'il craignait que sa voisine surgisse, elle semble jaillir sans arrêt comme un pantin fou monté sur ressorts hors de sa boîte. Il monte si lentement, comme s'il pouvait parvenir à avancer à reculons.

Il aperçoit son palier. Ses orchidées l'attendent, elles. La pensée de ses fleurs le caresse. Comme l'idée de se blottir sous un duvet par nuit froide.

Il anticipe chacun des mouvements qu'il va faire, comme on compte les étapes d'un plan pour s'échapper. Entrer dans son appartement, fermer la porte, vérifier que le petit placard à droite de l'entrée est bien verrouillé (c'est là qu'il enferme son arme de service, et même si présentement il ne la possède pas, il a dû la rendre lors de sa suspension, il sait qu'il va vérifier d'un geste le cadenas du placard, car il fait ce geste, peut-être, depuis presque toujours) ; il va embrasser d'un regard ses fleurs, il va se déshabiller... En entrant chez lui, Abel Bac voit une lettre qui a été glissée sous sa porte et qui l'attend. Une enveloppe blanche, à son nom. Pas de timbre, pas d'adresse, elle a été glissée sous la fente directement par son émissaire. Il y a marqué *Abel Bac*; c'est joliment écrit, comme... comment dit-on déjà ? Oui, de la calligraphie. C'est écrit au stylo bleu, à la plume, du bleu sombre indissociable des souvenirs des cahiers d'enfance. Abel Bac ne reçoit jamais de lettres, hormis les factures EDF et les charges de copro. Cette lettre contrecarre l'enchaînement rassurant des gestes qu'il avait prévu de faire en arrivant chez lui. Tendu, il l'ouvre, comme cela, sans cérémonie, dans l'entrée de son appartement, entrée qui donne directement dans le salon de son deux-pièces, là où vivent ses orchidées. Il déplie la feuille couverte de la même écriture vintage. Et il se met à lire...

Un Renard jeune encor, quoique des plus madrés
Vit le premier cheval qu'il eût vu de sa vie.
Il dit à certain Loup, franc novice : Accourez,
Un animal paît dans nos prés,
Beau, grand ; j'en ai ma vue encore toute ravie.
Est-il plus fort que nous ? dit le Loup en riant.

Fais-moi son portrait, je te prie.
Si j'étais quelque peintre ou quelque étudiant,
Repartit le Renard, j'avancerais la joie
Que vous aurez en le voyant.
Mais venez. Que sait-on ? peut-être est-ce une proie
Que la Fortune nous envoie.
Ils vont ; et le Cheval, qu'à l'herbe on avait mis,
Assez peu curieux de semblables amis...

La fable se déroule, impavide, et le papier n'est pas signé.

31

Fut presque

Très doucement Abel Bac replie la lettre, puis il la range avec précaution dans sa poche, et tout aussi lentement il regarde derrière lui. Il n'y a rien, rien d'autre que les placards de sa cuisine ouverte sur la pièce à vivre, le plan de travail immaculé, il n'y a personne. Il s'attendait presque à ce que quelqu'un apparaisse, qui serait entré chez lui par effraction, celui ou celle qui se joue de lui, sa mère revenue d'entre les morts, ou Éric et son fusil, surgi lui aussi des ombres, pourquoi pas. Au point où il en est, il pourrait même accueillir l'irrationnel.

Mais non, bien sûr, il n'y a rien dans sa cuisine, il n'y a rien de vivant, sauf quelques orchidées perchées sur les étagères, installées là quand leur nombre fut tel qu'il dut se résoudre à coloniser tout l'espace. Il n'y a rien d'humain ici. Sauf lui.

Il sait, Abel, que ce poème glissé sous sa porte, enfin cette fable, est lié à ce qui s'est passé à Beaubourg, le cheval, et les loups déguisés de ce musée bizarre, rue des Archives. Il le sait. Quelqu'un lui fait de l'œil, lui adresse un signe tordu, un itinéraire à suivre. Et les fleurs de son appartement, si belles, si exaltées, semblent le zyeuter elles aussi. Comme si chacune de ses orchidées portait des yeux en bouton, des milliers d'yeux qui se demandent, spectateurs pervers, si Abel va se décider à agir. S'il va arrêter d'être passif. Mais Abel a à nouveau dix-huit ans, et il est si maladroit. Peut-être n'a-t-il jamais cessé d'avoir dix-huit ans, il est resté figé ce jour-là, là-bas, et la vie s'est déroulée sans lui. Il ne se déshabille pas pour se laver comme il l'avait prévu, il salue mentalement ses plantes, et il ressort de son appartement, toujours avec calme, dos à la porte, avec lenteur, comme on s'y prend instinctivement pour ne pas fâcher un adversaire bestial, qui attend de vous le faux pas. Volée de marches, il ne réfléchit même pas, qu'est-ce que c'est nouveau pour lui de faire quelque chose sans réfléchir. Il monte et s'avance, sans hésitation, jusqu'à la porte d'Elsa.

Et il frappe fort.

« C'est le milieu de la nuit, vous aussi vous vous êtes trompé d'étage ? » dit-elle en ouvrant grand à Abel. Elle a l'air à peine surprise. Elle porte un pyjama trop large pour elle, qui la fait ressembler à un petit dictateur lunatique. « Si je puis me permettre, vous avez la tête du *Cri* de Munch », ajoute-t-elle en le laissant passer, sans qu'il y ait eu besoin entre eux de dire : *Est-ce que je peux entrer ? — Oui vous pouvez entrer.*

« Je peux vous faire un thé, propose Elsa, ou nous servir un verre de rhum…

– Un thé, merci », articule Abel Bac tout en s'asseyant, plutôt tout en tombant dans un large fauteuil qui fut beau, qui fut en cuir, et qui aujourd'hui s'apparente à un tas de jute, de paille et de ressorts dégingandés.

« C'est moins drôle, répond Elsa à Abel tout en s'affairant dans sa minuscule kitchenette afin de déterrer quelque part un sachet de thé, et une ou deux tasses. Vous connaissez *Le Cri* de Munch ? s'enquiert-elle, la tête dans son placard.

– Non.

– Si, en fait, vous le connaissez forcément, c'est un des tableaux les plus célèbres au monde, vous l'avez déjà vu, sur des affiches, dans des films, simplement vous ne savez pas que vous le connaissez, d'accord ?

– D'accord.

– Vous connaissez le film d'horreur *Scream* ?

– Oui.

– Eh bien, le masque du tueur, qui est devenu si iconique, vous vous souvenez ? Il s'inspire du *Cri* de Munch.

– Et je ressemble à ça ?

– Oui. »

Elsa éclate de rire, son rire perché et torrentueux, qui commence à sonner, pour Abel, comme un son familier, un bruit rassurant. Le rire d'Elsa.

Il a l'impression d'être entouré de femmes qui rient.

Elle trempote énergiquement un sachet de thé sans étiquette dans une tasse d'eau tiède, puis dans une autre, et tend l'une des tasses à Abel, elle est désolée parce qu'elle n'a pas de bouilloire, elle a mis de l'eau chaude directement du robinet. « Ça ne va pas être dingue, précise-t-elle, mais c'est vous qui vouliez un thé. » Elle dit à Abel que Munch était un peintre norvégien, et que *Le Cri* est le nom d'un de ses tableaux, que c'est un beau nom de tableau, sans prétention, même si en vérité il en a décliné cinq avec ce sujet, alors il y a cinq Cris. « Comme si Vinci avait peint cinq Jocondes, voyez. Et sur ce tableau, on voit un homme hurler en se tenant la tête dans les mains. Il ressemble plus à un fantôme qu'à un homme. Ou un crâne. Sans cheveux. Ses yeux sont exorbités, et il se tient devant une étendue d'eau, sur une jetée, avec une balustrade. On dit que c'est le fjord d'Oslo derrière lui, mais moi j'ai toujours eu l'impression qu'il se tenait sur le pont d'un bateau. Au-dessus de lui, il y a un ciel rouge cramoisi, un ciel violent, comme marbré de sang. Munch a dit qu'il avait peint ce tableau après une promenade avec des amis, où soudain il avait entendu, du moins ressenti, un immense cri, comme si la Nature elle-même s'époumonait et qu'il avait été saisi d'une effroyable anxiété… Alors Abel, oui, vous avez l'air de quelqu'un soumis à une grande anxiété, si je peux me permettre, et vous avez l'air terrassé, depuis combien de temps n'avez-vous pas dormi ?

– Vous l'avez vu ce tableau en vrai ? répond Abel tout bas car, en comparaison, Elsa parle fort.

– Oui, je l'ai vu. C'est drôle que vous me posiez la question, parce qu'à l'instant, quand je vous en parlais, j'avais oublié que je l'avais déjà vu ailleurs que dans les livres. Il est si connu que j'ai escamoté ma propre expérience sensible. Ça fait sens, ce que je dis ?

– Je ne sais pas.

– Bref, je parle trop… Oui, à Paris, quand j'étais adolescente, j'ai vu ce tableau, c'était à la fin des années 90, je ne sais plus l'année exactement. Il y avait une exposition au musée d'Art moderne, je crois, sur les peintres scandinaves, elle s'appelait quelque chose comme *La Lumière du Nord*, ou un titre approchant. C'était magnétique. Un joli nom pour une exposition. Joli, âpre. J'y étais allée avec ma classe et notre prof d'arts plastiques. Et il y avait *Le Cri* de Munch. C'est la première fois que je l'ai vu. D'ailleurs, c'était peu de temps avant qu'il soit volé.

– Il a été volé ?

– Oui, au début des années 2000, avec un autre tableau très beau et sombre de Munch, qui s'appelle *La Madone*. On pensait même qu'ils avaient été détruits. Et je me souviens que quand je l'avais lu dans la presse, j'avais l'impression qu'en volant ce tableau qui m'avait tant étonnée adolescente, c'était à moi qu'on avait volé quelque chose, personnellement. Que l'on m'avait fait un affront. J'étais en colère. J'avais envie de leur péter la gueule.

– Et les tableaux ont été sauvés ?

– C'est amusant, tu en parles comme de personnes. On se tutoie, non ? On avait dit qu'on se tutoyait… Oui, ils ont été retrouvés plusieurs années après. Et ils sont toujours là. Munch était un type assez désespéré, tu vois, malade, mélancolique. La balustrade du tableau, c'est le garde-fou pour ne pas se jeter dans le vide. Il n'était pas à l'aise avec les femmes. Il a même voulu tirer sur une de ses amantes ! Finalement il s'est tiré dessus. Tu aurais pu enquêter sur lui, si tu avais été un de ses contemporains ! En fait il s'est juste blessé à la main, c'est symbolique pour un peintre ! Bon, ce thé est dégueulasse. J'ai l'impression de laper l'eau des chiottes. Je sors le rhum, désolée. J'ai du gin aussi. »

Abel Bac se sent bien, il se repose dans ce fauteuil inconfortable mais engloutissant et dans le brouhaha de cette femme qui lui parle sans discontinuer de choses lointaines, de peintres et de peintures brumeuses, sans même lui demander pourquoi il a frappé chez elle au milieu de la nuit.

Comme si être civilisé, c'était justement ne pas demander à quelqu'un pourquoi il ose interrompre notre sommeil, mais boire en toute décontraction un thé au goût de semelle, à 3 heures du matin. Il se sent bien, parce qu'être chez Elsa lui semble tenir à distance tout ce qui se passe dehors et qui l'inquiète, la lettre dans sa poche, Camille Pierrat qui le harcèle, ses rendez-vous Tinder désastreux, sa suspension de la police. Les loups fêtant le 14 Juillet…

Sa panique.

Rien ne panique chez Elsa, dans ce minuscule appartement qui ressemble à un décor de cinéma, où la plupart des meubles paraissent fabriqués en trompe-l'œil, et il accepte qu'elle verse un peu de rhum à même sa tasse de thé, l'alcool se mélangeant à l'eau tiède, et la gorgée piquante du poison finit de l'engloutir dans une torpeur de traqué pour un instant mis à l'abri.

Mila

32

sur le point

Avec l'aide appliquée et tâtonnante de Féodor, elle avait fait dans la nuit un sort à cet hymen encombrant. C'était le 14 juillet 2000, Mila était à Paris, elle avait dix-sept ans. Tous les mots qui lui venaient étaient en russe et avaient le suc tragique d'une chanson de Barbara. Et cela s'apparentait pour elle à un remake des *120 journées de Sodome*. Elle était triomphante, elle était libérée, elle venait de naître. Le tout avait pris quinze minutes et moins de dix fébriles poussées de bassin du complice, si gentiment habillées de maladresse. Mais ce souffle à deux, tovarich ! c'était le vent du large.

Elle s'était redressée, déesse dans la prime conscience de ses pouvoirs, et avait laissé Féodor à sa somnolence pour aller fumer une cigarette sur le balcon de la tante de Rose, Mila qui ne fumait jamais. Mila qui venait de faire l'amour pour la première fois.

Et il lui semblait que c'était la seule chose appropriée à faire maintenant, de griller une cigarette. Elle avait trouvé un paquet de Lucky Strike à moitié plein sur le sol, éventré et aguicheur, tout en enjambant les corps adolescents échoués un peu partout dans l'appartement parfait et étranger, comme un tableau figé de l'accalmie d'une bacchanale. Sur le balcon, elle s'était concentrée en manipulant le briquet, tout en lenteur ; et en aspirant la fumée agressive elle avait aimé et interrogé son corps nu, corps désiré et inquiétant, sorcière, dans un dédoublement perturbant du corps maltraité de l'artiste Marina Abramović.

Au début de la performance de Marina Abramović, les trois premières heures, les spectateurs sont intimidés et amusés. Bienveillants, curieux, ils apportent une rose à Marina A., pour voir. Ils lui posent un baiser sur la joue, la serrent dans leurs bras. S'encanaillent gentiment comme d'inoffensifs moineaux inconscients du piquant de leur bec. Tout étonnés de cette poupée vivante et passive, ils câlinent et se tempèrent, encore domestiqués par le pacte de civilisation. Il leur faut bien trois heures.

Le temps fait œuvre et la performance de Marina Abramović dérape. Elle ne réagit pas ; vraiment, pas. Comme promis. Très bien. Les spectateurs découpent ses vêtements aux ciseaux, ses seins nus apparaissant comme des phares, ou comme les *lustres éclatants* de Rimbaud dans la lumière de la galerie napolitaine. Ils lui entaillent le cou, un homme boit son sang, le suçant à même la peau.

Ils la manipulent, la secouent, l'allongent sur la table les jambes écartées. Un homme plante un couteau dans le bois de la table entre ses jambes, près de son pubis. Ils l'enduisent de nourriture. Les spectateurs chauffés à blanc s'organisent en deux camps, comme à l'instinct dans toute guerre, ceux qui veulent la protéger et ceux qui veulent l'abuser.

On, parce qu'à ce moment c'est un *on* informe, la même masse des gens qui regardent les pendaisons ou tondent les femmes, un pronom dans lequel nous nous dissolvons. On lui écrit *END* sur le front, avec le rouge à lèvres. Quelle fin ? Quand un spectateur s'empare du pistolet et le pointe sur la tempe de Marina en maintenant le doigt de l'artiste sur la détente,

… alors le galeriste intervient, il se précipite, pousse l'homme, s'empare de l'arme et la jette par la fenêtre. Il avait promis à Marina de ne pas intervenir pendant les six heures de performance. Il y a des promesses intenables.

Mila, qui vient de faire l'amour pour la première fois, passe les images dans sa tête. Encore et encore. C'est ce que nous sommes au fond, ce troupeau-là. C'est une vérité, c'est brutal, c'est troublant. Elle se sent alertée, changée, éveillée. Elle vient de faire l'amour, sa peau transpire de gouttelettes maniaques.

Six heures sont passées, la performance prend fin, Marina Abramović sort de sa catatonie, couverte de sang, de nourriture étalée sur elle par les autres et les yeux noyés de larmes, elle s'avance vers les spectateurs pour leur parler. Pour entrer en contact. Et tous fuient. Incapables de la voir vivante. Honteux d'assumer le face-à-face.

Mila se coule à la place de Marina, elle s'imagine être manipulée, écartelée. Elle est souillée et toute-puissante. Parce qu'elle aurait elle-même écrit les Tables de la loi. Elle veut tout changer, tout comprendre. Elle veut jouir et dénoncer.

Elle a dix-sept ans.

Elle allume une autre cigarette, fière, lorsqu'elle remarque que son portable clignote (celui confié par son père). Et annonce dix appels en absence. Il est 4 h 10 du matin, une diffuse frayeur se répand en elle.

Elle ne reconnaît pas le numéro. Elle rappelle malgré l'heure. Elle entend trois bips d'attente. Tuuuut... Tuuuut... Tuuuut... « Allô, c'est la gendarmerie de Vallé... »

Ils sont morts sur le coup.

Elle et Lui.

Le gendarme n'a pas cherché ses mots quand Mila a décliné son identité au téléphone. Il a simplement demandé si elle était seule, elle a répondu : « Je suis avec des amis. » Alors il a dit les choses vite, clinique. On ne ménage pas de suspense quand on annonce la mort à des proches.

Ils, *Elle et Lui*, n'auraient pas eu le temps de se rendre compte de quoi que ce soit. Comprendre : ils ne se sont pas vu mourir. Mais qu'y a-t-il à comprendre ? Un homme a tiré sur ses parents, pendant le bal du 14 Juillet à Vallé. Ils ne sont pas les seules victimes à déplorer. Le gendarme voulait prévenir Mila au plus tôt, avant qu'elle le soit par les titres de la presse demain. Mila, qui ne s'appelle pas encore Mila. Il lui présente ses condoléances.

Mais à cet instant-là, Mila n'écoutait pas les détails, elle répétait : « Mais non, ce n'est pas possible. Mais non ce n'est pas possible. » De plus en plus vite et de plus en plus fort. Jusqu'à ce que les corps des Russes éparpillés dans l'appartement de la tante de Rose se réveillent, se lèvent et s'approchent du cri, et qu'ils fassent, chœur antique autour d'elle, un filet solide de leurs bras tendus. Et Mila, qui n'était pas encore Mila, n'expliquait rien à ses camarades mais hurlait : « Où est mon foulard ? Je veux mon foulard ! »

Et, dégrisé, Paul qu'on appelle Féodor en classe de russe, qui venait de faire l'amour avec elle, a cherché vite et trouvé en fouillant dans le sac de Mila un foulard qu'il lui a apporté, un foulard imbibé de N° 5, le foulard laissé par sa mère, lui qui venait tout juste de faire l'amour pour la première fois de sa vie avec le corps de cette fille, qui à présent vagissait comme une démente, le foulard contre son nez.

Quand Marina Abramović est rentrée à son hôtel de Naples, cette nuit-là, après sa performance *Rhythm 0*, elle s'est regardée dans un miroir, elle qui avait vingt-huit ans, elle a vu qu'une mèche entière de ses cheveux noirs était devenue blanche pendant la performance.

Le stress.

Abel

33

d'enfiler la venelle.

« Le rhum c'est quand même meilleur que le thé, non ? » Abel Bac ne répond pas. Il semble somnoler dans le fauteuil, comme un chat blessé, Elsa pense qu'il fait peur à voir, et elle se sent mal.

Il a l'air de quelqu'un qui ne peut plus rentrer chez lui. Il s'est littéralement échoué chez elle, acculé. Elle se dit qu'ils devraient se parler *vraiment*. Sans jeu, sans évitement. Et elle pense à cette phrase idiomatique : *Il faut qu'on se parle vraiment*. Ce cliché langagier des couples ou des familles en crise qui, en disant cela, désirent provoquer un chambardement, un changement de décor ou d'atmosphère. Comme si d'habitude on se parlait *faussement*. Comme si se parler en prenant des pincettes, en mesurant la susceptibilité de l'autre, en calculant les pièges des aveuglements et des failles narcissiques, c'était se parler avec fausseté. Elsa se dit d'un coup, face à un Abel torpide, que cette expression cliché est violente, ou alors que ce sont les vérités qui le sont. Elle a envie de le secouer, Abel. Et au moment où elle s'apprête à faire un peu péter les digues entre eux (l'embrasser ou le gifler ? Tout lui dire ? Pourquoi pas ?), Abel se redresse comme s'il s'éveillait et lui dit, jailli de nulle part, qu'il a été suspendu de son travail.

« J'ai été suspendu de mon boulot. Il y a une semaine environ, et je ne comprends pas pourquoi. Enfin, si, je sais pourquoi, mais je ne comprends pas qui est à l'œuvre pour me nuire. Depuis, tout se transforme autour de moi. Je dormais peu avant, mais là je ne dors plus du tout, alors je me dis que peut-être j'hallucine tout cela ? Que je deviens fou ?

– C'est quoi ton travail ? demande Elsa avec douceur.

– Je suis flic. Depuis presque vingt ans. J'ai fait l'armée quand j'étais jeune, après j'ai passé le concours pour l'école de police.

– Et tu travailles où ? enchaîne-t-elle, parce que c'est le genre de questions qu'il faut poser, pense-t-elle.

– À la 1re DPJ, je suis lieutenant. Je pensais que je pourrais bientôt passer capitaine. Non pas que cela ait tant d'importance pour moi, mais c'était quelque chose de réel. Ça formait une sorte de sens, ou de linéarité. Tu vois ?

– Oui, je vois. Une forme de sens.

– Là, tout s'est arrêté.

– Pourquoi as-tu été suspendu ? » demande alors Elsa, avec logique, Elsa qui se sent mal de lui poser toutes ces questions, elle ressent physiquement la gêne à entrer en lui, et pourtant la gêne n'est pas son genre, mais maintenant c'est trop tard, il faut y aller. Abel explique que c'est difficile d'en parler. Mais il y va, il raconte que sa hiérarchie a reçu un appel anonyme malveillant à son sujet, un appel qui dénonçait le fait qu'il avait menti sur son dossier de candidature. Il a été ensuite prévenu assez brutalement que des vérifications étaient en cours et que, le temps de l'enquête, il était suspendu.

« Et vois-tu, suspendu, c'est exactement ce que je ressens : être maintenu au-dessus du sol, ne plus toucher terre. N'avoir aucune prise. Être pendu avec un nœud lent, qui asphyxie sans tuer.

– Qu'est-ce que tu attends, Abel ? Il n'y a rien à faire ?

– J'ai reçu une convocation pour lundi prochain, à la première heure. Je vais être auditionné. Je devrais y aller avec un avocat. Enfin, c'est la procédure.

– Tu as pris un avocat ?

– Non.

– Pourquoi ?

– Je ne sais pas. C'est ce que ma collègue, Camille, me demande. De prendre un avocat, de me bouger le cul, comme elle dit. Elle aime bien jurer. Elle jure tout le temps.

– Elle a l'air bien, ta collègue… dit Elsa. As-tu une idée de l'identité de la personne qui aurait pu passer ce coup de téléphone ?

– Non, aucune.

– Pardon d'être cash, mais as-tu menti sur ton dossier, Abel ? »

Au lieu de répondre, Abel lui dit qu'il a trouvé une lettre étrange glissée sous la porte de chez lui. C'était tout à l'heure. Et c'est après l'avoir trouvée qu'il est venu frapper chez elle. Parce qu'il voulait être sûr que ce qu'il vivait était bien réel, qu'il avait besoin, comment dire, d'un témoin. Et il dit à haute voix, mais comme s'il se parlait à lui-même : « C'est drôle, c'est moi le flic, et là c'est sur moi qu'on enquête. » Il lui tend la lettre qu'il avait glissée dans sa poche. Elsa l'ouvre, la lit : « C'est tout ? Il n'y a que ça ? Rien d'autre dans l'enveloppe ? » Abel Bac hoche la tête.

« Mais c'est une fable de La Fontaine ! dit Elsa.

– Donc elle existe bien, cette lettre ? Je ne rêve pas ? demande un Bac rendu un instant juvénile par sa détresse, se dit Elsa.

– Bien sûr qu'elle existe, je l'ai entre les mains.

– Bien, répond Bac. Oui. C'est une fable. *Le Cheval, le Loup et le Renard.* » Il se redresse de son avachissement protecteur dans le fauteuil défoncé d'Elsa. Et il répète : « Le Cheval, le Loup et le Renard.

– Qu'est-ce qu'il y a ? s'inquiète Elsa.

– Non, c'est juste que... comment dire ? C'est qu'il y a ce cheval à Beaubourg et...

– Et quoi ?

– Disons qu'on m'a parlé de loups ce soir, mais je ne peux pas entrer dans les détails. C'est troublant.

– C’est un jeu, tu penses ? Une devinette ?

– Il y a peut-être quelqu’un qui joue avec moi. Ou alors je m’égare… Et il manque le renard.

– Attends, Abel… Est-ce que tu sais dans quelle rue se trouve Beaubourg, sur l’arrière du bâtiment ? » remarque Elsa, tout échauffée, les épaules droites et le cou, beau et long, tendu vers lui.

Abel regarde les yeux d’Elsa, qui semblent pétiller avec une dérangeante intensité.

« Oui, je sais, dit Abel. »

Et il ajoute :

« C’est la rue du Renard. »

34

Seigneur,

Les mots restent flottants entre eux, Abel et Elsa, mots menaçants et pleins de miroirs où papillonnent des reflets, chatoiements ambigus de silence, de non-dits, de peut-être. Abel cherche le bien-être qui l'avait empli en s'abritant chez sa voisine, car à présent le charme est rompu. Elsa lui fait un peu peur. Il ne saurait dire ce qui s'est produit entre eux, à l'instant, ou depuis qu'il est arrivé, pour qu'il se sente à nouveau en danger. Peut-être est-ce simplement parce qu'il se confie à elle, et que chaque morceau de lui qu'il laisse partir le déshabille et le fragilise.

Il se demande quel âge a Elsa, elle pourrait être de ces femmes dont on sait qu'elles font plus jeune qu'elles ne sont réellement. Les femmes sur le visage desquelles se superposent un masque de fraîcheur et une entité vieillie perceptible.

Elle fait double. Il devrait partir maintenant, redescendre les quelques marches jusque chez lui, où il pourrait jeter cette lettre anonyme contenant cette absurde fable.

Elsa lui fait penser à une femme rencontrée dans un de ses dossiers quelques années plus tôt. C'était suite à un signalement scolaire concernant une petite fille de six ans, avec suspicion de maltraitance. L'affaire aurait dû être traitée par la brigade des mineurs, mais suite à un imbroglio nocturne, elle avait atterri chez eux, sur le bureau d'Abel Bac.

La petite fille était chétive mais époustouflante de grâce, elle semblait se déplacer sans toucher terre, une présence éthérée, qui ne faisait pas de bruit, qui ne laissait aucune trace. Les soupçons se portaient sur le père, de possibles attouchements ou comportements maltraitants, car l'enfant faisait des malaises à répétition, elle maigrissait, elle passait son temps à être emmenée en urgence à l'hosto, mais les médecins ne trouvaient rien. C'était ce rien inquiétant qui avait hanté Bac. Les médecins pensaient à une cause psychologique, à des réactions psychosomatiques, et le père était bizarre, fuyant, absent.

La mère, en revanche, c'était quelque chose.

Elle aussi d'une grâce indescriptible, une beauté envahissante, qui empêchait de regarder frontalement dans les yeux. À l'inverse de son physique renversant, elle était douce, surinvestie, concernée, accablée par le mal-être de sa fille, elle semblait encore plus en détresse que la petite. Quand Bac avait suggéré de possibles comportements paternels inappropriés, il s'était attendu à ce qu'elle fasse barrage, qu'elle se soulève d'indignation, car c'était généralement ce qui se passait dans ce type de configuration. Mais cette mère avait semblé soulagée, comme s'il lui ôtait une épine colossale. Elle devait savoir quelque chose.

Abel s'était beaucoup investi dans ce dossier. Trop. Un mauvais signe, qu'il n'aurait pas dû ignorer, c'est qu'il avait prénommé une de ses orchidées d'après elle. Elle, la mère si gracieuse.

Il lui avait même donné son numéro de portable personnel, pour qu'elle puisse le joindre à tout moment, si elle sentait un danger pour elle ou sa fille. Le père était hermétique : en garde à vue, il n'avait rien lâché. Il s'indignait, il semblait débarquer d'une autre planète. Et plus il clamait son désarroi et son innocence, moins Bac parvenait à le cerner, à le lire.

Elsa lui fait penser à cette femme, non parce qu'Elsa est d'une beauté spectaculaire, comme la mère de cette petite fille, mais parce qu'elles étaient toutes deux de ce type de femmes qui changent la couleur d'une pièce dans laquelle elles pénètrent, parce qu'avant même qu'elles parlent, les particules de l'air semblent se préparer et retenir leur souffle pour le clou du spectacle. Ce type de personnes dont la rencontre hasardeuse, inopinée, vous cogne et ne vous laisse plus en paix. Et vous le savez à l'instant même, mais c'est trop tard, vous hésitez à vous protéger, déguerpir ou au contraire à accueillir cette violence le plus possible, car c'est extra.

Elsa et son rire difforme, Elsa et son parfum qui vous pourchasse, Elsa qui sait tout sur tout, qui paraît s'amuser comme une gamine espiègle de chaque situation, Elsa dont l'existence semble presque imaginaire.

Quand Abel dit que oui, il sait dans quelle rue se trouve le musée de Beaubourg, énonçant calmement mais avec un frisson dans le dos que c'est la rue du Renard, Elsa jubile et semble sur le point de dire quelque chose d'important, il voit l'intensité de son regard, la tension de ses bras et de ses clavicules fines qui apparaissent dans l'entrebâillement du col de son pyjama d'homme trop grand, et son téléphone sonne, le téléphone d'Elsa.

Comme une mauvaise coupure publicité, qui laisse tout de même le temps à Abel de se demander qui donc appelle à cette heure-ci, en pleine nuit ? Mais il est vrai que lui-même a débarqué de manière cavalière à une heure indue.

Elsa semble paniquer, elle décroche, expédie son interlocuteur en quelques mots, elle a l'air de savoir parfaitement qui l'appelle et pourquoi. Elle dit qu'elle est occupée, qu'elle rappellera demain. En reposant son téléphone d'un geste trop vif, elle percute la tasse d'Abel (pleine à moitié de mauvais thé et de bon rhum) qui vacille et tombe sur ses genoux à lui, Elsa se précipite pour *faire quelque chose* (rattraper la tasse ? l'essuyer lui ?), d'un coup elle touche Abel, elle frémit à ce contact, elle tire un peu sur sa chemise pour empêcher le liquide de se balader, mais tout empire, lui blêmit, il a l'impression qu'elle est sur lui, comme sur un cheval, qu'elle s'insinue en lui, il manque d'air, il dit trop fort, trop vite : « Ça va ! Ça va ! C'est bon ! »

Mais Elsa est partout, comme une liqueur poisseuse, l'écarlate gluant d'un vernis à ongles.

Alors, Abel se lève et prend congé, comme il a fui Camille Pierrat au bar du Carolus une heure plus tôt, et son rendez-vous Tinder, Michelle, il se souvient maintenant, elle s'appelait Michelle, la fille ! Il voudrait le dire au docteur Guérin des urgences : « Je me souviens de son prénom ! »

Il se désengage, il dit je vais rentrer chez moi, me changer, euh je veux dire, me coucher, pardon de t'avoir déréglée euh... dérangée. Et Elsa a beau s'agiter, protester qu'elle est désolée pour la tache, qu'il devrait rester encore un peu, qu'il ne la dérange pas du tout, elle ne peut rien faire d'autre que le laisser partir.

Abel, le cœur toqué, se réfugie chez lui, dans sa clairière d'orchidées, il s'allonge à même le sol, au milieu d'elles, sans allumer la lumière, pour s'imprégner du calme de l'existence de ses fleurs, champ de pétales vifs et de feuilles humides, comme on gobe un cachet, résolument, un anxiolytique ou un somnifère, équilibriste sur un filin, l'abîme autour.

Mila

35

dit le Renard,

Le 14 juillet 2000, à Vallé, le bal commence un peu avant 20 h. Au début, ce sont surtout les musiciens qui se chauffent depuis l'estrade montée comme tous les ans sur la place, à côté du bar-tabac appelé Ici tout est mieux et de la boulangerie qui fait l'angle.

Comme tous les ans les musiciens se lancent dans des vieux tubes, « Les Champs-Élysées », « Aline », « Capri c'est fini », pour déplier leurs doigts et leurs voix et accompagner les Valloises et les Vallois grappés sur les tables tout autour de la place, et ceux assis par terre, qui à l'unisson attaquent un repas roboratif, poulet-frites, merguez moutarde, moules, pitas kebabs, pour lester des estomacs qui se préparent à l'ivresse promise, c'est la joie sans surprise des rendez-vous inébranlables. La joie de droit. On ne change pas les habitudes, cela tient les murs debout. Les étoiles de juillet apparaîtront vers 22 heures, en même temps que les feux d'artifice, et alors ces ignitions deviendront ferveur commune, grand-messe.

À 21 h 40 passées, un jeune homme débouche de la rue Raymond-Aron, à l'ouest de la place, personne n'y prête trop attention tant les gens circulent, pour s'agiter, pour discuter, pour dansoter… Tout de même, des gens commencent à le regarder, car il est monté majestueusement, sur un cheval. Et les gens pensent que cela fait partie de la fête. Le jeune homme descend de son cheval, au coin de la place, sans prendre le temps de l'attacher,

un beau cheval blanc,

… et le jeune homme, après avoir débarqué de la rue Raymond-Aron et mis pied à terre, il marche vers la première table, il se fige quelques secondes, et puis il arme un fusil qu'il tenait le long de sa hanche et que personne n'avait remarqué, occupés à bourdonner tous ensemble, à se griser, c'est la fête nationale. Il tire dans la tête d'un type assis à une de ces tables de pique-nique en bois léger et un peu *cheap* qui s'étalent sur le tour de la place, tables en rang d'oignons, où les gens qui s'y sont assis, sont voisins, amis et même ne se connaissent pas *vraiment*.

Le type, qui tournait le dos au jeune homme armé, n'a rien vu venir et il s'est affaissé dans son assiette. Il y a eu un temps de pétrification dans ce coin de la place, pendant que de l'autre côté, avec le gentil bazar ambiant, les autres gens continuaient à faire ce qu'ils faisaient bien : manger, rire, danser, parler fort. Il faut dire qu'un coup de feu ça ressemble au bruit d'un pétard. Puis le jeune homme a levé le fusil à l'épaule et visé la tête d'une femme, statufiée, *frozen* comme disent les Américains, gelée, avec la bouche ouverte du *Cri* de Munch. Pan.

Il a ensuite visé sa voisine de table,
à la tête elle aussi,
et ça ne faisait que trente secondes qu'il était là.

Après que Mila est partie pour Paris dans la voiture de son ami Jérôme, conduite par Thomas, ses parents, Elle et Lui, qui étaient restés plantés sur le trottoir pour voir la voiture s'en aller, pour dessiner de leurs bras des saluts d'au revoir à leur fille, s'étaient sentis un peu bêtes tous les deux, un peu seuls même, tant ils n'étaient plus habitués à accueillir l'imprévu.

Ils partaient chaque année en Bretagne avec leur fille, aux mêmes dates, mi-juillet, et tout était réglé, si l'on peut dire, comme du papier à musique. Et là, ils se retrouvaient dans leur maison de Vallé, en pleine journée, sans enfant, sans plan préétabli. Ils auraient pu partir dans l'heure, ne rien trop changer de l'agenda, mais ils auraient pu aussi, sur un coup de tête, s'ouvrir une bouteille de très bon vin, de celles conservées dans un petit cellier sous l'escalier pour les belles occasions, faire péter le bouchon et faire l'amour dans la cuisine, comme ça, debout à la hussarde, et pourquoi pas.

Elle et Lui n'avaient pas encore cinquante ans, ils avaient conçu Mila, qui ne s'appelait pas encore Mila, à l'aube de leur trentaine, ils s'étaient rencontrés cinq ans plus tôt dans le métro parisien, quand Elle avait été bousculée par un type qui courait, qu'Elle avait fait tomber ses affaires par terre, que Lui qui se trouvait à attendre la même rame, l'avait aidée à ramasser lesdites affaires, en s'enquérant d'Elle : « Tu vas bien ? » « Oui, merci », avait-elle répondu, c'étaient les années 1970, les jeunes s'étaient mis à se tutoyer, Elle, bravache, avait proposé un café, elle lui trouvait de beaux yeux et une douceur ; Lui avait souri, ils étaient allés prendre ce café.

Ils en avaient pris beaucoup des cafés, avaient terminé leurs études, de lettres modernes pour Elle doublées du Conservatoire national de musique, de commerce pour Lui, études qui les avaient tous deux menés à Paris – Lui qui venait de Bretagne et Elle de Charente-Maritime –, puis acheminés à se rencontrer dans le métro, comme ça fortuitement.

Ils n'avaient l'un et l'autre aucune attache particulière à Vallé, ni dans le coin d'ailleurs, mais Lui s'était fait recruter par EDF, pour une mission à Orléans, c'était un bon poste, il avait accepté, Elle l'avait suivi, et ils avaient trouvé une petite maison à Vallé donc, bourg *plein de charmes* (comme Elle s'était exclamée, la première fois qu'ils l'avaient visité) de dix-huit mille habitants, en bord de Loire, à trente minutes à l'est d'Orléans, et cela leur avait paru évident.

Elle avait accouché de leur fille unique à l'hôpital d'Orléans en 1982, Elle et Lui s'étaient mis d'accord assez vite sur un prénom féminin, pour le cas où c'était une fille, mais le jour de l'accouchement, Lui avait soudain changé d'avis, « J'aimerais finalement l'appeler… Tu sais ? À cause de ce livre que tu avais fait tomber dans le métro quand on s'est rencontrés… » Elle n'avait rien contre les revirements, et oui, elle se souvenait du recueil de poèmes qu'elle tenait dans la main quand elle s'était fait bousculer, c'était un joli prénom, et puis Elle était touchée, sans parvenir à se le formuler, de cet inattendu élan de romantisme de sa part à Lui, pendant que les contractions se rapprochaient jusqu'à la torture, Lui qui décidait de marquer le nom de sa fille, qui n'était pas encore née mais presque, de l'accidentelle rencontre de ses parents, de fabriquer dans le prénom de sa fille comme une trappe, un message d'amour caché dans un tiroir à double fond, non pas l'amour pour sa fille qu'il sentait déjà poindre à toute blinde, mais son amour pour l'étudiante en lettres et musicologie qu'il n'avait pas prévu de rencontrer et qui s'était assise en reine sur sa vie banale, ses velléités et, oui, sur son cœur point préparé.

Mila qui n'était pas encore Mila avait écopé d'un prénom dont elle n'avait jamais su l'origine hasardeuse, parce qu'Elle et Lui ne lui avaient jamais raconté cette histoire, ils l'auraient peut-être fait plus tard, ou pas, comment savoir ?… Certains secrets frissonnent comme des phares dans la tête, parce qu'ils ne seront pas partagés.

C'était quelque chose qu'elle s'était dit, Mila : sur trente-six mille communes en France, pourquoi avait-il fallu qu'ils choisissent celle-là, ses parents ? La ville où aurait lieu l'une des rarissimes tueries de masse commises par un seul individu que le pays, voire l'Europe, aient connu au vingtième siècle. Ça l'a toujours laissée songeuse, ces multiples choix arbitraires que nous faisons en permanence, telle une armée de morceaux biscornus d'un puzzle sauvage. L'essence même de l'absurde implacabilité du fait divers.

Ce qui avait amené l'artiste Mila à faire de la contingence l'un des fils rouges de sa pratique artistique pendant près de vingt ans.

La contingence, la possibilité qu'une chose arrive ou n'arrive pas, qu'un être existe ou n'existe pas.

Abel

36

vos humbles serviteurs

Elsa lui fait penser à la mère de la petite fille gracieuse et souffrante, songe Abel. Lors d'un énième passage aux urgences de la gamine, un psy un peu astucieux qui s'intéressait à son dossier depuis le début émit une hypothèse. Un syndrome avec un nom à coucher dehors. Un truc assez rare : quand un parent maltraite insidieusement un enfant, en l'empoisonnant à petit feu par exemple, rien de visible, afin d'attirer la compassion et l'attention sur lui-même par l'entremise de l'enfant. Apparaître le parent accablé et dévoué d'un enfant malade. Le psy avait expliqué à Abel Bac qu'un élément lui avait mis la puce à l'oreille. Lors d'une nouvelle hospitalisation de la petite, la mère toujours aussi belle et éplorée avait insisté sur le fait qu'elle venait en plus de se faire cambrioler et qu'elle avait surpris le voleur à la tâche en pleine nuit, que son mari était absent, et qu'elle avait bien failli se faire attaquer. Son récit était assez alambiqué, et dérangeant car sa fille était au même moment dans un état critique, ayant perdu connaissance suite à son malaise.

Cette mère en faisait trop.

Tout était trop, chez elle.

Il lui arrivait tant de malheurs, et pourtant elle était fraîche, si élégante. Comme apprêtée pour la mort.

Et ce psy avait également avoué à Bac qu'il avait été troublé par elle, qu'il avait eu envie de la sauver, qu'il s'était mis à penser à elle. Souvent.

Puis le psy avait fait tomber son couperet : « Ça s'appelle un syndrome Münchhausen par procuration. C'est la première fois que j'en vois un en vrai en dehors de mes manuels, ou des romans d'ailleurs… C'est rare. Ou alors ce n'est pas si rare, mais on ne les détecte pas », avait-il ajouté, résigné et un peu cafardeux.

La petite fille avait été retirée à ses parents.

Un an plus tard, Abel Bac avait pris de ses nouvelles, elle se portait comme un charme, elle n'avait plus aucun problème de santé. À ce jour, la mère était toujours en détention provisoire. La brigade des mineurs avait repris le dossier. L'enquête n'était pas close. Il y avait notamment une suspicion d'homicide antérieur. Cette femme avait eu un premier enfant, avant la petite fille, décédé juste après la naissance. D'une mort subite du nourrisson. Les enquêteurs réévaluaient la question d'un infanticide passé inaperçu, à la lumière rétrospective de sa personnalité et de ses troubles. Bac serait amené à témoigner lors du procès.

Même s'il restait suspendu de ses fonctions ? se demande-t-il. Ou démis ?

Quand il avait appris la tournure que prenait le dossier, il avait été confus. Ébranlé. À ce moment-là, il n'avait déjà plus la responsabilité de cette affaire, mais il la suivait de loin, gardait un œil et une oreille. La mère, il ne l'avait jamais revue.

Son premier enfant, le nouveau-né, c'était un garçon, il s'était renseigné. Mort à vingt-deux jours. Chez lui, Bac avait jeté aux ordures l'orchidée à laquelle il avait donné le prénom de cette femme. Une fleur splendide.

Pourquoi Elsa lui fait-elle penser à la mère de cette petite fille ? réfléchit-il avant de sombrer, enfin, enfin, dans le sommeil.

Mila

37

Apprendraient volontiers

Les loups qui bambochent au musée de la Chasse n'ont pas encore fuité dans la presse. Ce n'était pas ce qui était prévu. Mila va agiter son contact journalistique du *Parisien*. Et demander à ses assistants d'alimenter leurs faux comptes Twitter et Instagram pour que l'info commence à circuler. Il faut que ça aille vite. Tout est pensé au millimètre, personne ne fera dérailler sa machinerie. Il faut déjà qu'elle enclenche son prochain tableau, c'est pour cette nuit. Elle avait décidé d'enchaîner ses « tableaux » vivants si rapidement que cela empêcherait le spectateur de reprendre son souffle. Un voyage en trois étapes, tels les paliers de plus en plus profonds d'une plongée en apnée. Une privation d'air qui oblige à se concentrer pour y voir clair. Mila pense au tableau de Millais qu'elle avait découvert à la Tate quand elle vivait à Londres. Ophélie qui se noie au milieu d'une nature violemment lyrique. La joliesse morbide de ce tableau si anglais avait frappé Mila, qui ne faisait que flâner. Les musées faisaient d'excellents squares où baguenauder pour s'aérer les idées. Il faudrait que les musées soient ouverts comme des parcs, des lieux de circulation libre où l'on irait boire un café avec un collègue, ou faire sa pause sandwich en lisant un livre. Et s'allonger par terre pour une petite sieste.

Ophélie sur le tableau chante des cantiques en attendant la mort, pauvre Ophélie, ses fleurs rouges mouillées à la main, résolue. Ses longs cheveux qu'on imagine se coincer dans les roseaux. Sa tête ressemble déjà à celle d'un cadavre sur une table d'autopsie, bouche béante et yeux mi-clos, d'un bleu gelé.

Bleu où la lumière est captive.

Millais l'avait inspirée pour sa série des *Noyés* en 2017. Sans qu'elle revendique jamais l'hommage. Mila ne donnait pas d'interviews, ellc ne répondait pas aux questions. Elle faisait parfois des communiqués, petits textes factuels, et par la voie d'intermédiaires. Pour cette série sur la noyade, Mila avait installé des baignoires dans différents lieux publics en Grande-Bretagne. À Londres, Manchester, Cardiff et Reading. Des corps y étaient immergés (des mannequins très crédibles) et leurs peaux étaient entièrement tatouées de passages tirés des pièces shakespeariennes, ils étaient énucléés, et leurs orbites emplies de vraies fleurs cousues. Des fleurs d'eau. Des nymphéas et des lotus.

« Et bientôt ses habits, lourds de ce qu'ils buvaient,
Tirèrent la pauvresse de son chant mélodieux
Vers une mort boueuse. »

L'atelier que Masson lui a loué à Paris près de l'église Saint-Georges, Mila l'a voulu entièrement vide et éclairé par le jour tombant des baies vitrées. Elle se fait l'idée d'un ventre où se réfugier. Elle n'y dort pas le soir, mais s'y repose en journée, alors elle a installé une tente au milieu de la pièce, garnie d'un matelas et de coussins. Avec un rétroprojecteur de poche, elle projette au-dessus d'elle, sur la toile de la tente, non pas les étoiles mais les photographies de ses Scènes : le cheval déboussolé dans la bibliothèque de Beaubourg, ses loups qui boivent au son des canons. Elle a pris des centaines de clichés. Elle y cherche sa vérité, dans le détail ondulant de ses toiles animées. Elle se laisse pénétrer par l'impact de ses images jusqu'à la transe. C'est plus fort que la drogue. Elle laisse tourner dans ses oreilles le CD *De Stijl* des White Stripes dans un discman rescapé des années 1990, le volume à toute balle, elle fixe les photos de son œuvre qui tournent comme un manège, elle s'enivre de la mélodie de ses instantanés, leurs gammes, leur grammaire, c'est son travail, elle est plus que Mila, elle plane au-delà d'elle-même.

Mila construit des tentes dans tous les ateliers qu'elle occupe. Un ventre dans un ventre où elle fait corps avec les chromos de ses installations. Elle s'est inspirée de l'œuvre de Tracey Emin appelée *Everyone I Ever Slept with*. Tracey avait monté une petite tente bleue dans laquelle elle avait écrit les noms de toutes les personnes avec qui elle avait couché dans sa vie. Mais coucher au sens littéral. On y trouvait tout autant les noms de ses amants que celui de sa grand-mère avec qui elle aimait dormir ou ceux de ses fœtus.

Mila réfléchit à sa déclaration. Un texte qu'elle va balancer sur tous les réseaux. Il sera communiqué quand le troisième et dernier happening sera achevé. Elle va enfin prendre la parole. Elle ne l'a jamais fait aussi directement, en utilisant le *Je*. Elle ne s'est jamais expliquée, vantée ou excusée. Elle disparaît dans ses œuvres, elle se sent être partout et nulle part. Comme si elles ne lui appartenaient jamais vraiment. Ses œuvres se suffisent, elles ne comportent aucune *notice explicative*. Mais elle arrive au bout, même si personne ne le sait encore, ce triptyque sera sa dernière création, il n'y aura plus de Mila après. Alors elle doit parler avant de se taire. Et nommer pour la première fois. Choisir le nom du baptême. Toutes ses œuvres ont été nommées par la presse ou les critiques artistiques. Jamais par elle-même. Comme pour les tueurs en série qui écopent de noms choisis par les policiers ou les journalistes. Le tueur du Golden Gate, l'étrangleur de Boston, l'ogre de Rostov… Les victimes aussi parfois reçoivent des noms, telle le Dahlia noir. Certains se baptisent eux-mêmes comme Jack l'Éventreur, mais il faut pour cela prendre le risque d'une communication directe avec les enquêteurs.

Les noms de ses créations ont toujours semblé provenir d'une même voix : Les Incendies, Les Martyrs, Les Noyés, Les Horloges, Les Foulards… Toujours au pluriel, alors que chaque série correspondait à une unité, toujours un mot générique, simple et descriptif. Et ces mots sont devenus une armée. Dans le cocon de ses tentes, en osmose avec les photographies prises lors de toutes ces installations, Mila leur a donné d'autres noms. Des noms intimes et secrets. *Les Foulards*, baptisée ainsi par un journaliste, était sa première œuvre. Une œuvre qui s'ignorait. Elle n'était pas anonyme, elle était juste inconnue. Elle allait devenir Mila après. C'était une pulsion, un défouloir, elle n'était rien. Elle n'était qu'agressivité. Elle se sentait bizarrement forte. Elle essaye de se souvenir de qui elle était à l'époque et de comment ses Foulards étaient nés.

L'album *De Stijl* des White Stripes était sorti aux États-Unis au mois de juin 2000. Ça avait révolutionné la musique. C'était un mois avant le massacre de Vallé.

Camille

38

Comment on vous appelle.

Camille Pierrat se regarde dans le miroir de sa salle de bains. Elle vient de se sécher les cheveux pour leur imprégner un mouvement, une fantaisie ondulante qui paraîtrait naturelle. Elle jauge le résultat, sans solide conviction. Elle a appliqué une ombre sur ses paupières, une touche de brillance à ses lèvres. Elle tourne le visage à droite, à gauche. Creuse un peu les joues, bombe la bouche, se regarde par en dessous, les yeux levés comme en supplique, comme une chatte en chaleur, elle pense.

Camille Pierrat ne se maquille jamais pour aller bosser. Elle attache ses cheveux en queue-de-cheval, ni trop haute (minette), ni trop basse (cadre exécutive), mais au milieu du crâne. Neutre, pense-t-elle. Elle se passe le visage à l'eau gelée, comme pour refroidir les rides qui s'aventureraient, elle badigeonne rapidement une crème hydratante de supermarché pour éviter les tiraillements liés à l'eau froide. Elle est prête.

Mais aujourd'hui, elle ne travaille pas. Et elle est en colère. Elle n'aime pas bien les gens qui se complaisent dans leur folie, ou qui larguent les amarres alors qu'ils peuvent encore pagayer. Elle n'aime pas non plus courir après les gens, qu'on la plante. Or Abel Bac réussit ces derniers jours à compiler tous ces travers qui l'agacent. Il l'a abandonnée la veille au soir au Carolus avec la brusquerie de quelqu'un qui vient de voir un fantôme. Sans explication. Il ne l'a pas remerciée d'être venue jusque chez lui pour le checker et lui apporter des infos. D'habitude, Bac est bourrin mais il est poli. Elle ne demande pas merci, ça va, elle ne fait pas les trucs pour qu'on la complimente, mais quand même il pourrait ne pas la tèje sans arrêt, comme si elle n'était rien, ou pire, qu'elle n'existait pas vraiment. Il a clairement une tête marquée et des réflexions erratiques. Il avait la main bandée, comme s'il s'était bagarré. Elle n'a pas posé de questions, mais elle n'est pas conne. Et puis Bac est allé sur Tinder ! Quelle blague ! Le mec ne sait même pas télécharger une application. Le mec utilise encore un plan de Paris en papier.

...Et là, d'un coup, il s'inscrit sur Tinder ? Merci l'embrouille de con. Peut-être qu'il l'enfume, qu'il lui raconte n'importe quoi ? Très à la lisière, Camille a l'intuition absurde qu'il est mêlé aux conneries qui se passent dans les musées. Ce qui est impossible, bien sûr. Bac a autant d'accointance avec les artistes mon cul sur la commode qu'elle avec une danseuse seins nus du Plaisir Pigalle.

Camille a rendez-vous aujourd'hui avec un pote de sa promo de l'école de police qui est à la BEFTI, la brigade des fraudes technologiques. Elle entretient de bons rapports avec lui. Elle l'appréciait déjà pendant leurs études. Le mec n'est pas casse-cou, mais assez marrant, il se sape *fancy*, genre un peu british, décalé, il sait organiser les fêtes, et il est très fort en droit. Elle a toujours pensé qu'il s'était un peu égaré là, avec eux, elle l'aurait bien vu devenir procureur, il aurait été impec. Et classieux. Ils doivent se retrouver tous les deux pour déjeuner, il lui a proposé une cantine italienne à Barbès, avec un nom Migonne-Cocotte à la mode, qui se trouve dans ces rues barbésiennes hésitant entre vegan-yoga et le marché des biffins, fourmillant au rythme d'un cœur vif, une pagaille schizophrénique. Elle n'est pas mécontente de le voir, ils ne se sont pas captés depuis au moins un an, et puis elle l'a appelé il y a quelques jours pour lui demander un service.

Alors Camille s'est maquillée.

39

Le cheval,

Camille est mal depuis que Bac s'est fait vider du service. Elle n'arrive pas à lâcher l'affaire. Son absence contamine son espace mental, le reste l'ennuie. Et pourtant, qu'est-ce qu'elle lui en avait voulu quand il l'avait ignorée après le soir où ils s'étaient un peu serrés. Ça lui avait pesé longtemps sur l'estomac. Comme si c'était elle qui avait voulu le violer. Elle y était allée parce qu'elle avait senti une ouverture, elle n'était pas une cassos non plus, les mecs en général ne se faisaient pas prier. Camille avait entendu une chanson à l'autoradio, où une meuf avec une voix joliette disait un peu minaude qu'elle avait *perdu ses baisers*, ça l'avait frappée. Perdre ses baisers comme on perd ses clefs, ou qu'on perd son temps. Elle avait ressenti un truc comme ça Camille, assez pointu, quand Bac l'avait snobée. Elle cherchait son approbation, à Abel, ou son regard. Le consentement d'Abel. Il n'est pas le plus sexy ni le plus sympa des mecs avec qui elle bosse. Mais il est Bac. Il ne ressemble à personne d'autre qu'Abel Bac. Plein de fureurs trempées dans du silence. Elle a envie de tout comprendre de lui.

Au resto, ils ont commandé des burratas aux raisins secs et vinaigre de colza bleu, c'est son pote qui a choisi, il a l'air de venir souvent ici, ils ont enchaîné sur des bruschettas aux sardines pimentées et leurs fleurs de roquette, et il a eu l'air de penser que c'était bien assez et Camille avait déjà envie d'un MacDo, mais elle n'a rien dit. Ils ont enfilé les salamalecs : comment va le boulot, les gros dossiers récents, la dernière sortie du ministre de l'Intérieur sur *la violence policière*, ils ont ravivé à propos quelques souvenirs d'école, *Putain tu te souviens le soir où haha* ; Camille s'est dit qu'il vieillissait bien, il était *en forme*, elle le lui a dit et l'a regretté dans le même mouvement tant l'aura de son assurance se répandait sur la nappe bistro amidonnée ; oui, en effet, il a confirmé que de son côté ça *allait bien*. Ça sentait bon une promo *claquante*, sans en dire trop, elle, du coup, ne s'est pas étalée sur sa vie, où ce n'était pas misère, mais ça ronflotait un peu, et puis son contentement à lui avec son bistro italien chiadé où il avait l'air d'être un taulier, ça la gonflait sur les bords ; après les sardines et avant le café, ils ont évoqué le suicide d'un gars de leur promo, qui avait fait un entrefilet dans *Le Parisien* quelques mois plus tôt, ça avait piétiné le moral de Camille, le type n'était pas un vainqueur, il ne l'avait jamais été, mais c'était plutôt un bon gars, disons avec une colonne vertébrale stable et un peu de rigueur morale, et le fait qu'il ait bouffé son canon de service n'était pas du tout réjouissant, elle n'allait pas mentir, ils avaient brusquement rebondi sur un autre *topic* parce que le suicide c'était plombant pour terminer le déj', bref ils étaient arrivés au limoncello dans un slalom social correct (ni trop, ni trop peu) et ils étaient passés aux choses sérieuses.

« OK, j'ai fait ce que tu m'avais demandé. Et tu m'en dois une pour plus tard. Mais laisse-moi te poser une question, Camille : pourquoi tu veux te rencarder en off sur ton collègue ? C'est pas très casher. »

40

qui n'était dépourvu de cervelle,

Non, ce n'était pas casher, on n'enquêtait pas les uns sur les autres, c'était de toute évidence une loi d'airain. S'il y avait un fruit pourri, on réglait ça en famille. Mais on ne se faisait pas de coups bas. Camille lui avait passé ce coup de fil parce qu'elle savait qu'il avait gardé une amitié serrée avec un collègue à l'IGPN. Elle n'avait pas pu résister. Maintenant c'était trop tard, Camille avait enfreint le code, elle était allée renifler dans les affaires cracra de Bac. Elle se sentait pute. En plus, elle était redevable à son complice, très mauvaise position. Elle avait envie d'oublier ce qu'elle avait entendu, de rétropédaler, rembobiner et de pouvoir débarquer, fraîche, au Carolus pour charrier Abel sans arrière-pensée. Elle pouvait difficilement demander à Bac *out of the blue* : et au fait putain mec, mais t'es qui exactement ?

Camille est foutrement bien placée pour savoir que personne n'est ce qu'il prétend être. C'est la base. Combien de nanas avait-elle auditionnées, qui n'en revenaient toujours pas de s'être fait péter les dents d'un coup par un mec avec qui elles vivaient depuis des années, sans que rien puisse présager cela. *Mais c'est impossible, il est incapable de faire ça*. Ouais ben là il t'a défigurée ma grande. Donc rendons-nous à l'évidence. On avancera plus vite. Les mecs nickel dont le disque dur était l'autoroute open bar de Pédoland. Sans parler de ceux qui tuaient leur gonzesse et dont les voisins n'avaient rien perçu, rien soupçonné, rien entendu. *C'était un homme sans histoires, gnagna*… Y a des moments, Camille avait envie de leur gueuler dessus : « Mais personne n'est sans histoire, foutre merde, ou alors c'est que c'est une putain de plante en pot ! » Elle avait auditionné des clients avec des doubles vies, dix téléphones ou cinq gonzesses. Des ados qui butent un camarade pour voir si c'est comme à la télé. C'était ce qui était moche d'une certaine manière dans les procès d'assises : le déballage option supermarché du sordide. Il ne restait rien aux gars, mais alors nada, tout est soldé, ratissé ! On avait lu chacun de leurs SMS, leurs mails, épluché leurs comptes, leurs carnets, leurs chéquiers, leurs allées et venues, révélé leurs plaisirs coupables et leurs manies indicibles, examiné le contenu de leurs ordonnances, la marque de leurs capotes et de leur lubrifiant. Un procès d'assises, ça écorchait. Les prévenus autant que les victimes, ou même leurs proches, se retrouvaient nus. Et lui qui ne bandait pas, et elle qui mouillait trop, tout était bon pour comprendre. Comprendre les putain de gens sans histoires, donc.

Il faut bien une démocratie pour passer autant de temps à sonder un type qui a déjà reconnu jour un qu'il a tué sa femme. Mais pourquoi l'a-t-il fait ? Comment l'a-t-il fait ? Dans quel sens il l'a tirée sur le sol ? Par les bras ? Par les pieds ? Et pourquoi a-t-il enterré la tête sous un rosier en fleur et pas sous les jacinthes ? On veut l'exactitude, on veut les secondes où ça a basculé comme si on s'était trouvé dans la pièce et même plus, dans sa tête, dans son bras qui a serré pour étrangler. On s'immerge dans les ombres mais on refuse la zone obscure. On veut des *spotlights* pour balayer les recoins terrifiants. Combien de coups de marteau sur la boîte crânienne ? Il l'a violée avant ou après qu'elle a cessé de respirer ?

On veut savoir ce que c'est, les yeux de celui qui meurt et les yeux de celui qui tue.

On veut leur couleur, on veut respirer les iris, on veut goûter la dilatation de la pupille.

Comprendre, c'est prendre avec nous. C'est se l'incorporer.

Abel Bac avait été suspendu suite à un coup de fil anonyme très bien rencardé aux services *ad hoc* pour révéler que ce flic aux parcours et états de service *impeccables*, *irréprochables*, n'était pas né sous ce nom-là, et qu'il avait sciemment occulté sa réelle identité.

« Les Français, on adore dénoncer ! » s'était marré le copain de promo de Camille Pierrat.

Camille ne s'était pas du tout marrée. Elle était devenue pâle.

Il avait eu beaucoup de mal à gratter l'info, avait-il souligné, ç'avait l'air d'être une patate chaude ce doss', insistait-il, comme pour mieux illustrer encore le grand service qu'il lui rendait, et le temps précieux qu'il avait gaspillé pour elle.

« Mais putain, il n'aurait jamais pu s'inscrire à l'école de police sans fournir tout son background, ça ne tient pas du tout, s'était insurgée Camille.

– Tu le connais depuis longtemps, ton Abel Bac ?

– Ça n'a pas de rapport. On ne peut pas s'inscrire à l'école de police en mythonnant sur qui on est. Je l'ai faite cette inscription, toi aussi. C'est impossible.

– Faut croire qu'ils évaluent sérieusement la possibilité, parce qu'il y a eu du checking, tu penses bien, avant de renvoyer ton collègue.

– Mais il n'est pas renvoyé ! Il est sus-pen-du !

– Ils doivent être en train de faire des vérifs. Mais il y a un endroit où ça a merdé. Soit c'est une boulette, soit ça cache un antécédent plus préoccupant. À mon avis, il est très mal barré. Eux aussi, d'ailleurs, c'est pas un truc que tu veux voir dans la presse… Avec le climat terroriste, la parano des attentats, imagine, un flic à l'intérieur du poulailler, qui a accès à tout, et qui n'est pas qui il prétend être.

– Tu délires. Bac est un mec droit de chez droit. C'est simple, c'est le mec le plus carré du service, jamais une embrouille ou un arrangement, jamais il ne parle mal à un suspect, jamais il n'enfume une procédure.

– Bon, tu vois, il est louche. »

Camille avait alors redemandé un limoncello. « Celui-là, c'est pour la maison », avait répondu le patron.

Les jours où Camille ne bossait pas, en temps normal, elle n'en profitait pas pour trahir un ami. Non, généralement elle faisait du sport, de la natation à la piscine de Ménilmontant ou du running aux Buttes-Chaumont. Elle aimait bien aussi aller seule au cinéma, et enchaîner deux ou trois séances d'affilée. Elle goûtait cette sensation d'entrer dans une salle obscure en pleine journée, quand le ciel bleu est haut dehors, les gens affairés, les humeurs vivaces de Paris l'après-midi, et de sortir après la dernière séance, dans la nuit tombée sans nous. Gavée d'images et de lumières. Subir l'étrangeté du choc entre les atmosphères des films et celle réelle qui l'attend après le dernier générique.

En sortant du déjeuner à l'Italien, elle est effarée, tendue. Elle hésite à aller bosser, pour se sentir en contrôle, pour ôter son vacillement. Mais d'un coup, elle se voit avec son maquillage et sa chemise près du corps, et elle se déteste. Son copain de promo, il s'était bien rencardé, alors elle les a les infos qu'elle cherchait : où Abel Bac est né, quand, dans quelle ville. Vallé, donc. Jamais entendu parler de ce bled. Enfin, non, en vrai, ça lui évoque quelque chose.

Comme un vieux *fait divers*.

Abel

41

Leur dit :

14 juillet 2000, ce matin-là, Abel, qui ne s'appelait pas encore Abel, avait ouvert les yeux bien trop tôt avant son réveil. Il n'avait pas même eu besoin de vérifier l'emplacement des aiguilles, il savait qu'il devait être entre quatre heures trente et cinq heures du matin. Il le savait, car il connaissait intimement les heures de la nuit, leurs particularités, leur texture, leurs mutismes. Entre quatre et cinq heures, l'opacité du silence du creux de la nuit commençait à s'effranger, de loin le moteur d'une voiture colportait une rumeur, la cloche de l'église semblait tinter plus aigu, l'éveil des bêtes sourdait du côté rural de la ville, paradoxalement l'extinction des réverbères s'accompagnait d'une charge électrique qui clapotait du haut en bas de Vallé. C'était l'aube.

Immobile dans son lit simple, il était à l'affût de la moindre sensation étrangère qui viendrait combler son insomnie, l'aider, comme on dit, à passer le temps. L'été serait long, à l'image de tous les étés qu'il avait connus, ici à Vallé, coincé entre sa mère et le mur ; acculé par la simplicité de cette mère et torturé par le souffle du monde pour lequel il ne possédait pas le bon ticket d'entrée.

Dans ses heures d'insomnie, il s'imaginait être une pierre, il en recouvrait les duretés granitiques, il était vivant mais pétrifié, seule sa conscience gambadait, déchaînée et cruelle, impossible à mettre en cage ou à réduire au calme. Pendant que son corps, lui, obéissait à l'arrêt, si sage qu'il pouvait tracer le contour de chacun de ses muscles, qu'il pouvait en parcourir les bosselages et les dépressions, sa cervelle battait les champs de ce qu'il était, de ce qu'il avait fait, et du peu dont il rêvait.

Deux semaines plus tôt, il avait eu son bac. Il l'avait obtenu du premier coup et enrobé d'une mention bien. Sa mère était contente, elle avait toujours eu comme un doute, non pas à son sujet, Abel, qui ne s'appelait pas encore Abel, mais au sujet des gens comme eux, qui habitent plutôt au bas des villes. Elle avait acheté pour l'occasion une bouteille de champagne. Elle n'en avait jamais bu de sa vie, pas même à son mariage, car elle ne s'était pas mariée. Que son bac soit un bac pro ne changeait rien à ses yeux, les yeux de sa mère, le bac c'était le bac, c'était plus que ce qu'elle avait jamais obtenu, elle qui avait arrêté les études au collège et avait fait des ménages la plus grande partie de sa vie, sauf pendant la période où elle avait rencontré le père d'Abel, elle était alors serveuse dans une crêperie qui s'appelait *Chez la Mère Muc*, et elle était tombée enceinte mais le type n'était pas resté macérer dans le coin.

Abel, qui ne s'appelait pas Abel, avait eu son bac professionnel en productique mécanique, option décolletage. Ses copains aussi, ainsi que Juliette, l'unique fille de la classe. Un seul avait échoué, mais il avait manqué les cours une partie de l'année, et il était un peu cinglé disaient les autres, *un peu louftingue sur les bords*. C'était vrai et faux, songeait Abel ce matin-là, qu'il était cinglé, Éric. Il agissait parfois un peu curieusement, mais Abel traînait beaucoup avec lui, ils s'entendaient bien, et somme toute Éric avait ses bons côtés, il était astucieux. Il connaissait l'Histoire, les guerres mondiales, les grandes batailles, Napoléon, tout ça. À la vérité, il était plus intéressant que ses autres copains de classe. Et Abel savait que s'il n'avait pas eu son bac, Éric, ce n'était pas parce qu'il était plus bête que les autres, mais parce qu'il ne s'était pas présenté à toutes les épreuves. C'est tout. Alors il avait été éliminé.

Abel avait bu le champagne avec sa mère le soir des résultats, pas la bouteille en entier, mais ils avaient trinqué ensemble, et elle avait voulu parler avec lui, comme il faut se parler dans les quelques moments solennels qui jalonnent une vie, devait penser sa mère. Lui, Abel, avait déjà bu du champagne, et plusieurs fois, parce que ça arrivait que les gars du lycée pro s'incrustent dans les soirées des bourges du lycée Paul-Bert, le lycée du haut de Vallé, et là c'était tout autre chose, l'ambiance, mais ça Abel ne l'avait pas raconté à sa mère, ni ce soir-là, ni un autre. Pour être invité dans ces soirées, il fallait bien qu'il y ait des passerelles. Les activités sportives et la MJC en étaient, et l'église, aussi. Lui, Abel n'y allait pas, mais certains de sa classe comme Éric avaient toujours été au catéchisme, Éric était très investi, et par le caté il avait rencontré des jeunes de Paul-Bert, et parfois il était invité à des fêtes, alors il emmenait Abel et d'autres de leur classe, il est vrai aussi qu'Éric était nettement plus beau qu'eux tous réunis, et ça devait en créer une autre, de passerelle, auprès des filles bourges de Paul-Bert. Même s'il n'était pas très liant, Éric, et qu'il était un peu *louf*.

Les gens disaient qu'il ne se lavait pas, qu'il s'entaillait les bras avec un opinel, que sa mère était une folle de Dieu et une commère. Abel la croisait, on ne pouvait pas passer à côté, parce qu'elle vous interpellait sans cesse pour discuter, et qu'elle avait les cheveux d'un drôle de blond fauve. Et sa mère, à Abel, la voyait souvent, parce qu'il lui arrivait de donner des coups de main pour nettoyer l'église. Sa mère disait à propos de la mère d'Éric : « Qu'est-ce qu'elle parle ! » Elle s'appelait Marie-Josèphe, la mère d'Éric. Marie-Jo. Elle avait dû retomber dans la foi sur le tard, alors elle mettait les bouchées doubles.

Ce matin-là, où Abel écoutait dans son lit l'écoulement des heures avant de se lever, c'était le matin du 14 juillet.

À Vallé, il y avait tous les ans un bal sur la place du Marché, pour la fête nationale. Ça commençait vers 20 heures, un *band* local payé par la mairie jouait des tubes de variété française, « La salsa du démon », du rock d'Eddy Mitchell, les gens mangeaient sur le pouce des saucisses grillées et des frites, les jeunes qui n'étaient pas partis en vacances commençaient à se pinter la gueule assez tôt et se mettaient à danser avant même que la nuit soit tombée, il y avait des petits drapeaux français plantés sur les tables et des guirlandes bleu blanc rouge en papier crépon accrochées aux réverbères, vers 22 heures, la musique s'interrompait pour que le monde réuni puisse profiter des feux d'artifice tirés depuis le fort Rantal sur la hauteur de la ville : le maire de Vallé, un divers droite débonnaire qui tenait sa mairie depuis plus de vingt ans en mode pépère, ne chipotait pas sur le budget pyrotechnie. Il était aimé. Ça envoyait du lourd, et puis après les feux, la musique reprenait, on basculait sur des hits festifs, Ricky Martin et Madonna, et là tout le monde était bien échauffé, c'était sympa.

Abel, qui ne s'appelait pas encore Abel, y allait chaque année, il y retrouvait les potes, et il buvait lui aussi la bière tiède qu'il fallait faire descendre vite pour pousser l'ivresse à prendre ses quartiers. L'année dernière, il avait flirté avec une fille de Paul-Bert, ils avaient dansé, elle était super souple, il avait été un peu débordé, ne sachant trop comment amener l'affaire, mais au moment des feux d'artifice Abel s'était jeté à l'eau, si l'on peut dire, et lui avait roulé une pelle. Avec la langue et longtemps. Il s'était même aventuré à toucher subrepticement ses seins, la fille était joyeuse, elle s'appelait Johanna, elle était en première comme lui, mais en première L à Paul-Bert. Après le bal, ils ne s'étaient pas vraiment recroisés. En tout cas, ils ne s'étaient pas roulé d'autres pelles.

Dans l'année, il s'était beaucoup branlé en pensant à Johanna. Et au souvenir vif de sa manière de danser la lambada, l'imagination ne s'était jamais tarie dans la tête d'Abel de tout ce qu'il aurait pu lui faire. Peut-être allait-il retrouver Johanna ce soir au bal du 14 Juillet, qui aurait un an de plus et autant d'ardeur de gagnée, ou bien trouverait-il une autre Johanna. Ça ne se bousculait pas non plus, les fêtes, dans son bled, alors le 14 Juillet, c'était quelque chose. Sa mère n'y venait jamais, ce n'était pas son truc, elle était discrète, *elle ne se mêlait pas*, comme elle disait. Le soir, tous les soirs de sa vie à peu de chose près, elle regardait la télévision ou écoutait la radio. C'était son évasion. Il arrivait parfois qu'elle dîne avec une amie, sans façon à la table de la cuisine de l'une ou l'autre, entre femmes. Pour autant qu'Abel préférait être seul en quête d'une Johanna ou pour descendre les bières et le mauvais crémant avec les copains qui venaient d'avoir leur bac, il était embêté de n'avoir jamais vraiment demandé à sa mère de venir, lui avoir enjoint de sortir, d'aller avec lui faire la fête, toute la ville faisait la fête ce soir-là, c'était l'orée de l'été, le début des grandes vacances. Toute la ville. Abel avait dix-huit ans, il n'allait pas tarder à mettre les gaz, il fomentait de partir à l'étranger avec un sac sur le dos, de prendre des trains au hasard, d'aller chercher d'autres langues et d'autres gens, alors ce serait bien d'aller au bal ensemble, avec sa mère, pensa-t-il, *pour une fois*.

Abel et Mila

42

Lisez mon nom,

… et ça ne faisait que trente secondes qu'il était là, le jeune homme avec son fusil. Le sang dans les assiettes, encore plus de rouge pour le 14 Juillet.

Calmement, le jeune homme porte son fusil à l'épaule et vise les têtes, pan, pan, pan, sans plus d'émotions qu'à un stand de fête foraine où l'on veut gagner des nounours.

Hommes, femmes, enfants, sans distinction. Il abat ceux qui sont les plus proches, ceux qui se trouvent commodément dans son champ de tir.

Alors soudain la masse se réveille, furieuse, sort de sa torpeur et quelques-uns se jettent vers le tueur, il n'est plus un jeune homme maintenant, il est le tueur, il est l'assassin, il est l'horreur qui pleut sans préambule,

au cœur de la fête, et de la légèreté

comme une balle tirée dans un habitacle de voiture dépasse les cent décibels et rend sourd quelques-uns se jettent sur le tueur pour faire cesser l'averse de mort.

Alors une masse fait face au jeune homme tueur et agrippe ses bras pour faire tomber le fusil, les deux entités s'y accrochent et les gens autour ne savent que saisir, les bras se lancent dans une confusion chaude, et un ultime coup part, pan. Et c'est le jeune homme tueur qui s'effondre, l'arme retournée contre lui. Les gens hurlent. Une plainte se hisse jusqu'au ciel, pendant que la foule compresse avec des mains agitées les blessures mortelles de ceux qui gisent,

au même moment où
pendant que le cheval de frayeur hennit,
du fort du haut de la ville,
qu'on appelle le fort Rantal,
partent comme des fleurs bruyantes,
telles des orchidées hallucinatoires,
les feux d'artifice du 14 Juillet.

Mila

43

vous le pouvez, messieurs;

Après le 14 juillet 2000, il y eut des semaines et des semaines qui revêtaient la même couleur pour Mila. Un gris ou un bleu. Un flou, avec des nuances, des aspérités, des grains, mais sans flash.

C'était irréel, ils étaient morts, Elle et Lui, et Mila prenait conscience qu'ils ne s'étaient jamais bien connus. Ils avaient manqué de ce temps où les enfants devenus adultes changent de braquet d'un coup pour voir les parents comme ils sont : des hommes ordinaires parmi une foule étendue, ayant fait de nombreux choix discutables, pris de bonnes et de mauvaises décisions. Et Mila à la frontière de l'enfance, qui avait dix-sept ans, aurait eu besoin de quelques années encore pour voir ses parents autrement que comme Elle et Lui. Un notaire qu'elle ne connaissait pas, ami de ses parents et désigné par eux préventivement, avait pris le taureau par les cornes. Ils avaient été du genre prévoyant, et la mort est une chose administrative. Mila avait tout signé, à l'endroit où le notaire le lui indiquait, sans lire, sans voir autre chose que ces grisés et ces bleutés devant ses yeux en lieu et place du monde. La maison de Vallé avait été mise en vente et rapidement vendue ; de cette maison, Mila n'avait rien gardé, tout avait été donné, trié, bradé par d'autres qu'elle, des bénévoles, des gens gentils qui voulaient aider, les vêtements, la vaisselle, les meubles, les pathétiques bibelots d'Elle et Lui, souvenirs matériels piquetés de traces de leurs existences que Mila ne pouvait pas, pour l'heure, considérer. Sidérée qu'elle était de ce qu'on avait fait à la tête de ses parents, à leur visage, à ces pauvres corps.

« Rien.

– Vous êtes sûre ?

– Rien, je ne veux rien.

– Il y a les albums de photos.

– Poubelle. »

Ses parents n'avaient pas de journaux intimes, ni de lettres d'amour anciennes, il n'y avait pas de tiroirs à double fond avec des mystères à désépaissir, ils étaient dans la mort ce qu'ils avaient été de leur vivant, des honnêtes gens sans secrets, le mystère résidait maintenant dans leur mise à mort, mais à cette résolution, ils ne pourraient pas participer. Le notaire avait bien tenté de l'intéresser, Mila, de la prévenir, de la secouer, avant de tout bazarder. Mais c'était peine perdue. C'était comme du feu, qui la brûlait. Et tous leurs objets laissés derrière eux étaient des flammèches, des étincelles de ce feu. Elle avait même refusé d'entrer dans la maison après le massacre de Vallé. Parce qu'il s'agissait de cela, un massacre. Elle n'avait pas encore dix-huit ans, elle était mineure, Mila avait été récupérée, comme un bouchon follet qui s'éloigne en flottant à la surface de l'eau, par une amie de sa mère. Une femme qu'elle n'avait jamais rencontrée et qui habitait à Paris, un trois-pièces dans le quinzième arrondissement.

L'amie s'appelait Carole, elle avait connu sa mère il y a un temps infini, quand elles étaient toutes deux à la fac, elles s'étaient peu vues dans leurs vies d'adultes, mais n'avaient jamais brisé le lien. Elles s'appelaient tous les mois, pour papoter à cœur prompt et attraper le temps passant ; elles ne manquaient jamais de s'envoyer des cartes postales de leurs destinations touristiques, Mykonos, Le Caire ou l'Aveyron ; elles étaient restées l'une pour l'autre un repli possible, un abri.

Et Carole faisait exactement ce qu'il fallait, c'est-à-dire rien. Elle laissait Mila être dans un coin, en attendant que le gros de la douleur cesse de marteler. Elle devenait cet abri qui n'avait jamais été nettement formulé à haute voix avec son amie, le repli possible en cas de gros temps qu'on pense être une idée, une belle idée, elle devenait l'abri non de son amie, mais de la fille de son amie, c'était un peu la même chose, par extension. Comme les serments invisibles si forts dans l'air entre les gens qui se sont choisis : « On ne se voit pas très souvent, mais tu sais, tu pourrais m'appeler au milieu de la nuit pour enterrer un cadavre, et je rappliquerais tout de suite. » C'était un peu ça, elle avait été appelée au milieu du jour, au milieu d'une dent cariée sur laquelle il fallait poser une couronne, Carole était dentiste, pour enterrer des cadavres en quelque sorte.

Mila n'était plus que cela, en transit.

Passé la stupeur, elle n'avait pas pleuré, elle était au-delà ou en deçà des pleurs, dans une zone perdue, grise et bleue, jardin d'hébétude, elle ne parvenait qu'à s'écouter respirer, elle suivait des heures les flux de sa respiration, bulles de souffle comme accrochées à ses veines, et elle pensait qu'Elle et Lui ne respiraient plus, et qu'elle n'avait jamais songé à cela, qu'ils étaient des êtres qui respiraient.

Mila ne ferait pas médecine, elle ne recoucherait pas avec Féodor pour transformer l'essai tâtonnant. Elle n'était allée à aucune des marches blanches, elle n'avait pas parlé aux médias, elle n'avait pas lu les journaux, elle avait fait incinérer ses parents, laissé les urnes au funérarium et n'avait prévenu personne, sauf le notaire et Carole, qui lui servait tant bien que mal de tuteur de fortune, comme pour une jeune plante arrachée par une bourrasque, et que l'on tente, contre toute évidence, de refaire tenir droit.

Mila, qui n'était pas encore Mila, qui était en train de devenir Mila, attendait, en respirant à petites goulées le parfum qui s'enfuyait dans le foulard de sa mère.

La seule chose, la seule, qu'elle avait gardée.

44

Mon cordonnier l'a mis autour de ma semelle.

Carole, l'amie de la mère de Mila, avait tout lu, elle, tout scruté, tout regardé. Le moindre article qui paraissait était aussitôt parcouru avec sidération, puis relu plus calmement, puis relu encore et encore, pour y traquer une information, un détail, une nuance nouvelle. Immédiatement tous les grands journaux nationaux avaient dépêché leurs spécialistes de presse judiciaire, pour s'installer à Vallé, y camper, s'y fondre, pour savoir. « Le massacre de Vallé », « La tuerie du 14 Juillet », « Le bal sanglant », « La fête du cauchemar »... Il y avait eu beaucoup de couv', beaucoup de titres sensationnels. Carole gardait tout à son cabinet de dentiste, afin que Mila ne tombe pas dessus, peut-être pour plus tard, pour elle Mila, qui aurait envie un jour de savoir, mais elle savait au fond qu'elle collectionnait cette paperasserie d'abord pour elle-même, parce qu'elle ne parvenait pas à penser à autre chose, elle ressentait aussi la griserie malsaine d'appartenir à cette catastrophe, elle avait été l'amie d'une des victimes, et elle s'était faite gardienne, maintenant, de cette grande adolescente peu sympathique, qu'elle n'avait jamais vue ailleurs que sur les photos que son amie lui avait envoyées, au début surtout, des photos d'un bébé souriant, puis d'une petite fille facétieuse, comme le sont souvent les enfants saisis sur les photographies, puis il y avait eu moins de photos, parce que son amie et elle s'appelaient et se voyaient surtout pour se parler d'elles-mêmes, pour capturer dans cette amitié les filles qu'elles avaient été, les femmes qu'elles devenaient et non pas pour s'extasier sur des enfants, des maisons et des voyages, parce que leur amitié, en réalité, était assez raffinée et dénuée de petites médiocrités, comme celle de faire un étalage des bonnes fortunes.

Et Carole de se dire, face à l'invasion de son trois-pièces bien agencé avec balcon et ascenseur dans le quinzième arrondissement par cette adolescente mutique de dix-sept ans :

« Certes, mais qui le serait, sympathique, à sa place ? »

45

Le Renard s'excusa

Mila relit son texte. Sa déclaration. Encore. Pour la dixième fois. Elle cherche le rythme, l'évidence. Une simplicité. Il faut que ça glisse. Elle est très stressée. Cette nuit, elle va ordonner sa dernière installation, acte ultime du happening, bouquet final, il ne faut pas qu'il y ait de problème technique ou d'imprévu. Tout est calibré, le musée est dans le coup, ils lui font confiance, toute la matière de l'œuvre a été récupérée et stockée dans de grands camions, y compris les pièces maîtresses qu'une petite équipe de pros a « empruntées » *un peu* illégalement. Elle a rendez-vous dans trente minutes avec ses assistants. Elle a peur. Elle n'aime pas le sang.

Déclaration de l'artiste Mila
La Vita nova

Certains d'entre vous se demandent depuis des années qui je suis. Qui est Mila ?

Je dis certains d'entre vous, car I'm no fool, *contrairement à ce que certains prétendent, j'ai conscience que ma notoriété est grande à l'intérieur d'un petit cercle.*

Je suis l'auteure des happenings de ces derniers jours dans les trois musées parisiens.

Qu'il est bon pour une fois de dire : Oui, c'est moi.

Et cette œuvre est celle de la Vita nova.

Dans ce nom, pour ceux que les lettres chatouillent, vous pouvez reconnaître bien sûr un hommage à Dante, et à sa première œuvre, Vita nuova. *On connaît l'*Enfer *de Dante, c'est devenu un cliché, une expression vidée, un indice culturel, on oublie ce premier recueil de traces anciennes qu'il a assemblées à la mort de celle qu'il aimait. Un chemin de mémoire. Les peaux de souvenirs que l'on recoud, forcément, pour qu'ils épousent notre réel, en tout cas son goût et sa couleur. Le souvenir est une œuvre comme une autre. Une création.*

Vita nova est MON souvenir. Il est ce qui a fait naître Mila. Il est ce que j'ai perdu et gagné le même jour.

Je sais que vous m'en voudrez, comme d'habitude. Et je vous emmerde, comme d'habitude.

Vous direz que j'ai trompé les musées, que je me suis senti tout permis avec arrogance, l'inconséquente Mila. La morbide, la vendue, la faussaire, la dégoûtante, la fantômette.

Mais je me suis toujours tout permis, n'ayez aucun doute là-dessus. Je ne cherche pas votre amour.

Et aujourd'hui, je ne suis plus à vendre.

Un indice cependant, parce que je vous aime bien, oui, parce que vous m'avez tenu chaud, même dans le bain flou de vos indignations, donc je peux vous le confier : le tableau est un artifice pour cacher le cœur. Mon triptyque nocturne n'est pas l'œuvre véritable, elle est un message, un poème adressé à un homme, qui l'ignore. Un homme qui, comme moi, a cessé de grandir le jour de son traumatisme. Je voulais me venger, je voulais qu'il soit coupable et qu'il souffre, parce que nous avons toujours besoin d'un coupable. En construisant ma vengeance comme un habit sophistiqué sur mesure pour lui, je me suis trompée.

Il est l'ami que j'aurais, toute ma vie, aimé rencontrer. Maintenant, c'est trop tard.

Un jour, racontait un de vos grands critiques littéraires français lors d'un de ses cours magistraux, un jour, c'est le milieu de la vie.

Ce n'est pas mathématique, le milieu, il est difficile de connaître précisément la date de sa mort (à moins d'avoir prévu très en amont de la provoquer), mais un jour c'est le milieu de la vie, nous comprenons que c'est le milieu sans besoin effectif de deux moitiés égales, car ce que l'on a été jusque-là, ce que l'on a édifié, doit se terminer pour basculer dans autre chose.

Précisément pour ne pas mourir quand on est encore vivant.

Alors il faut embrasser cet aval, cet autre pan de colline. Dans mon cas, sans doute, redevenir cette personne qui n'est pas Mila. Je verrai bien, c'est la vie nouvelle.

Je vous souhaite du plaisir, bande de sagouins.

Avec mon affection,

Mila

Ce texte suffira. Il ne faut pas qu'il soit trop long; évasif mais pas abscons. Être simple. Elle ne fait pas ce texte pour qu'ils comprennent, elle le fait pour elle, elle l'écrit pour lui. Nécessité que certains mots existent et de dire au revoir à la première personne.

Après le troisième happening, Masson balancera tout. Il y sera obligé. Elle aimerait bien voir sa tête, à Jérôme ! Alors les critiques étoileront ses actes de sens ou de folie. Sa dernière œuvre. Mais ça ne la concernera plus. Elle sera loin. Elle ne rendra pas ses comptes.

Sauf à Abel Bac, peut-être.

Le doux caillou dans sa chaussure.

Quelque part à la Préfecture

46

sur son peu de savoir

« Vous êtes qui, redites-moi ?

– Je suis la directrice du musée d'Orsay.

– Un équipage de police va arriver. Ne raccrochez pas. Je vais transférer votre appel. »

Quand l'opératrice du centre Information et Commandement de la police de région parisienne (CIC), un des nombreux centres qui reçoivent tous les appels au 17 en France, a pris sa pause cette nuit-là, elle a fait signe à son collègue Omar, qui était fumeur comme elle. Entre eux, c'était un rituel huilé. Elle, Julie, rapportait des chocolats, lui, Omar, un thermos de café. Et toutes les trois heures, ils descendaient ensemble les quatre étages de leur plateau à la préfecture de police pour retrouver la rue, faire une pause clope et évacuer la tension engendrée par les appels successifs.

Prendre le frais.

Une des frustrations qu'ils partageaient était de ne jamais savoir la suite des appels qu'ils avaient reçus. Est-ce que ça s'était bien fini ? Est-ce que la personne avait été prise en charge ? Est-ce que la situation était sous contrôle ? Omar trouvait ce sentiment terrible. Il avait dit à Julie une fois : « C'est comme si on t'obligeait à lire un livre, en sachant que tu ne pourras jamais le terminer. » Les appels demandant une intervention n'étaient pas les plus nombreux. Sept ou huit appels sur dix pouvaient être superficiels : des gens qui cherchaient une info ou faisaient une blague, mais aussi des paumés, des personnes âgées, des gens seuls, en crise, en manque, beaucoup d'appels de personnes qui ne supportaient plus le bruit que faisaient leurs voisins, quelques appels de délation aussi, des propos racistes qui fusaient, des gens au bout du rouleau, sous médocs… Il fallait faire le tri très vite : situation d'urgence ou non, besoin d'intervention ou non. Puis, éventuellement, diriger l'interlocuteur vers un autre numéro d'aide.

Les ordinateurs fatiguaient les yeux, chaque policier du CIC avait trois écrans devant lui, un pour faire des recherches, un autre avec une carte géographique pour situer les voitures de patrouille et la provenance des appels, et un dernier pour remplir le cas échéant la fiche Pégase, qui était la fiche de renseignement qu'on transmettait à l'opérateur qui ferait la jonction radio avec la patrouille de police la plus proche.

Quand Julie et Omar prenaient leur pause, ils débriefaient des appels de la soirée. Ça faisait soupape. Une petite excitation montait de raconter à l'autre les appels qui sortaient de la routine, comme une compétition tacite entre eux : « Moi, j'ai eu tout à l'heure un type qui... » « Et moi, tu ne vas pas le croire, il y a eu cette dame folle qui commence par me dire que... »

Certaines nuits, il n'y en avait aucun dont on pouvait rire un peu, juste de la douleur au kilomètre. Omar avait eu la semaine dernière un « suicidant » en direct, il en était encore ébranlé.

L'autre frustration que les deux collègues partageaient était d'être parfois traités comme des standardistes, alors qu'ils étaient gardiens de la paix. Mais ce soir, ils n'allaient pas revenir là-dessus.

Ce soir, c'est Julie qui a décroché la timbale, et elle est assez fébrile de raconter à Omar l'appel qu'elle a géré provenant de la directrice du musée d'Orsay.

Au début elle a cru à une blague, un de ces appels fantaisistes qu'ils recevaient trop souvent, la femme au téléphone était paniquée et s'emmêlait les pinceaux, Julie lui avait demandé si elle appelait pour un cambriolage, c'est ce qu'elle avait cru comprendre, elle parlait très vite, et l'agente avait fini par reconstituer peu ou prou qu'une sorte d'expérience artistique avait mal tourné au sein du musée, et qu'il fallait venir immédiatement, Julie avait rempli sa fiche Pégase et envoyé une patrouille, elle avait essayé de dénouer les propos confus de son interlocutrice.

« Qu'est-ce qui a mal tourné ? Il y a des blessés dans le musée ? demande Omar.

– Je ne comprenais rien, elle me parlait d'une artiste célèbre, mais aussi d'écrans télé, de fleurs et de feux d'artifice. J'ai essayé de la recadrer et oui j'ai demandé s'il y avait des blessés, et là elle m'a répondu : "Je ne sais pas, mais il y a des bouts de corps humains."

– Comment ça, des *bouts de corps* ? » répète Omar tout en dirigeant le bec du thermos vers le godet de sa collègue pour la resservir de café, dans l'idée sans doute inconsciente de prolonger cette pause, qu'elle ne s'achève pas, parce qu'ils sont bien tous les deux, qu'ils ont mérité de s'arrêter un peu, et qu'il aimerait avoir d'autres détails sur cet appel de directrice de musée affolée, elle a attisé sa curiosité, même s'ils ne sauront pas comment cela se termine, et il se dit, Omar, que c'est Julie qui a décroché ce soir l'appel le plus bizarre.

Mila

47

Mes parents, reprit-il,

Mila avait dix-huit ans et elle survivait, se forgeant pour elle-même une vie assez proche de celle d'un poisson d'aquarium gagné dans une fête foraine. Elle se nourrissait en attrapant des choses comestibles et prêtes à l'emploi dans le frigidaire de Carole. Elle tournait en rond. Elle passait du lit au canapé au fauteuil puis au lit, la journée était achevée. Son esprit s'entraînait à faire butée à toute tentative d'effraction de souvenirs. C'était en soi un exercice de vigilance épuisant, de ne penser à rien. Elle mettait le même jean, la même chemise et le même pull chaque matin, jusqu'au moment où Carole les subtilisait à son insu pour les passer en machine à forte température, alors, sans se fâcher, elle se rabattait sur une autre paire de jeans. Elle ne se coiffait pas, ne se lavait pas, elle ne pleurait pas. Elle ne répondait pas au téléphone fixe (ce qui posait problème à Carole, qui devait gérer la logistique en étant réduite à une communication très partielle avec cette ado désertée), elle ne regardait pas la télévision, n'écoutait pas la radio, ne lisait pas un livre.

La seule imagerie qu'elle ne pouvait contrôler était la fabrique de ses rêves. Mila rêvait. Mila rêvait de Marina Abramović couverte de sang et de nourriture, un poignard entre les jambes, elle rêvait de feux d'artifice qui explosaient contre ses tympans, elle rêvait de têtes coupées, de corps à l'agonie et de train manqué. Elle manquait beaucoup les trains dans ses rêves. Elle courait, elle s'acharnait mais elle échouait. Le train partait toujours sans elle. Mila se réveillait parfois en nage, les yeux éclaboussés, alors elle savait que quelque part dans son sommeil, elle pleurait.

Elle ne voulait pas entendre les prénoms de ses parents, Carole l'avait compris, ils étaient Elle et Lui. Ils étaient morts. Carole prenait en charge cette présence avec la résolution du propriétaire d'un poisson rouge. Elle la nourrissait, lavait quand ça puait, trouvait cela ennuyeux et ne s'en offusquait pas plus que cela, elle n'allait pas *flusher* Mila dans la cuvette des toilettes. C'était *comme ça*.

Alors, Carole travaillait beaucoup, remplissant au maximum son agenda de dentiste, et le soir, elle sortait plus souvent et plus tardivement qu'avant d'avoir hérité de cette tutelle. Elle ne pouvait plus inviter d'amis chez elle, c'eût été embarrassant et mortifère pour tout le monde, donc Carole allait au restaurant, au théâtre, elle restait dormir chez ses flirts. Mila l'avait obligée à être moins casanière et à mesurer le goût et la chance de prendre de l'oxygène en dehors du bocal.

Cette situation primitive de Mila dura environ une année. Un matin, elle sortit de l'appartement.

Carole était déjà partie travailler. Et Mila découvrit comme une terre inconnue le quartier dans lequel elle habitait, le quinzième. Paris.

Mila habitait à Paris. Elle n'en avait pas vraiment pris conscience. Elle le savait, mais c'était une information vidée de substance. Dans la rue, elle taxa une cigarette à un quidam. Elle n'avait pas d'argent. Elle ne put prendre un café à l'une des terrasses gaies qui s'étiolaient un peu partout, mais elle en avait presque eu envie. Et puis il fallut rentrer, car elle commençait à ressentir un vertige, c'était beaucoup d'un coup, cette tombée dans le monde.

Mais elle n'avait pas de clé pour rentrer chez Carole. Elle demanda à une personne arrêtée dans la rue de l'aider, il fallait trouver le numéro d'un cabinet de dentiste et le joindre. Elle dit au bon Samaritain qu'elle avait un souci et qu'il fallait qu'elle appelle sa mère. La personne à l'air gentil chercha dans l'annuaire d'une cabine téléphonique le nom de la dentiste, appela avec sa carte et dit à Carole au bout du fil :

« Madame, je vous passe votre fille, qui a l'air d'être perdue. »

Carole, ça lui avait fait un coup de poing dans le plexus solaire d'entendre ça. Elle se recomposa et acquiesça comme si tout cela était normal.

Elle ne pouvait pas s'éclipser en plein milieu de ses rendez-vous, elle demanda à Mila si elle se sentait capable de venir jusqu'à son cabinet. « Prends le bus, lui dit-elle. Resquille, je paierai si tu te prends une amende. » Et Mila était parvenue à traverser Paris.

Cet après-midi-là était très chargé pour Carole, elle proposa à Mila de rentrer chez elles avec les clés ou bien de l'attendre dans son bureau le temps qu'elle termine la journée. Dans une économie de mots maximale, Mila indiqua qu'elle l'attendrait dans son bureau.

« Il y a des magazines, si tu veux. »

Mila, après être restée sans bouger dans un fauteuil une bonne heure, eut soudain l'envie de fouiller. Elle ouvrit les tiroirs, parcourut les étagères, fureta dans tous les recoins, comme un petit animal non éduqué.

Et elle trouva. Toutes les coupures de presse.

Sur le massacre de Vallé.

Mila fourra le tout dans un sac et partit, sans bruit.

48

ne m'ont point fait instruire ;

En constatant l'absence de Mila, Carole avait légèrement paniqué. Elle avait appelé son propre téléphone fixe dans l'espoir qu'elle soit rentrée et daigne décrocher, mais évidemment les sonneries s'étaient égarées dans le vide. Elle avait hésité à appeler la police pour signaler une disparition inquiétante. Mais c'était excessif, Mila était majeure, elle était libre de circuler à sa guise. Par ailleurs le double des clés qu'elle lui avait donné n'était plus là. Peut-être Mila était-elle simplement retournée à l'appartement ? Carole se dit qu'il fallait qu'elle se fasse aider. Elle n'avait ni le temps ni les compétences pour pousser cette post-ado à sortir de son effroi. Et qu'à force d'attendre sans rien faire, Mila allait peut-être finir par se jeter sous un bus.

Ce jour-là, ce moment-là, Carole s'en voulut. D'avoir attendu. Attendu que ça passe.

D'avoir nourri son poisson rouge en regardant de l'autre côté.

En arrivant chez elle, en montant les escaliers jusqu'à son étage, elle se répétait comme une pensée magique : « Faites qu'elle soit là, faites qu'elle soit là, faites qu'elle soit là… », ça ne s'adressait à personne en particulier, Carole était athée et peu intéressée par ces questions, mais enfin.

Et Mila était là.

En petite tenue et couverte de traces noirâtres, elle était là.

Au milieu du salon.

Carole avait d'abord senti une décharge de soulagement, puis elle s'était mise à regarder son appartement, qu'elle avait intégralement fait refaire (peinture-papier-peint-carrelage) deux ans plus tôt par Leroy Merlin.

Tous les murs ainsi que les sols étaient à présent recouverts de papier journal. Mila avait collé avec on ne sait quelle matière gluante les feuilles de journal sur toutes les surfaces, y compris le canapé et les tables, l'encre de mauvaise qualité avait bavé partout. On eût pu imaginer qu'un groupe de ramoneurs avait été lâché dans l'appartement pour un sabbat. Une poussière grise avait recouvert jusqu'à l'atmosphère. Et Mila était pleine d'encre.

« Tu vas bien ? demanda Carole, effarée.

– Oui, répondit Mila, calme, presque douce.

– Et si on allait au restaurant pour dîner ? »

Carole, en faisant cette proposition, pensait à toute

vitesse qu'il fallait agir avec la plus grande normalité dans les moments les plus anormaux.

« D'accord, dit Mila avec nonchalance. Il faut que je m'habille. »

Pendant que Mila s'était éloignée pour se rhabiller, Carole contemplait le désastre avec épouvante. Tous ses murs saccagés. Les photos atroces des unes mises en valeur comme un morbide kaléidoscope. Et puis elle perçut en elle un sentiment curieux, qu'elle alla extirper pour le mettre à la lumière afin de l'observer et de l'identifier.

Qu'est-ce que c'était ?

Eh bien, d'une certaine manière, oui, d'une certaine manière, Carole trouvait ça *beau*.

49

Ils sont pauvres

Le jour où Mila recouvrit le salon de Carole avec les articles qui racontaient la mort de ses parents, fondue parmi d'autres morts, et accepta de sortir au restaurant, fut un tournant. Non pas qu'elle devînt causante ou aimable, mais elle mit fin, sans autre forme de procès, à sa vie de poisson rouge. Et Carole fit appel à une société de nettoyage qui s'activa trois jours entiers pour récupérer l'appartement, pendant lesquels elle et Mila logèrent dans un hôtel du quartier. Mila ne s'excusa pas, ça coûta à Carole une petite fortune, c'était une société de nettoyage spécialisée dans les tâches ardues, ils intervenaient souvent sur des scènes de crime.

Mila se douchait, s'habillait et sortait. Elle portait toujours des jeans et des tee-shirts, mais elle les lavait elle-même. Elle rangeait ce qu'elle utilisait ou déplaçait dans l'appartement. Parfois Carole avait même l'impression que personne ne vivait là, ou alors une entité bien floue, comme un fantôme dans une maison de campagne. Mila disparaissait des journées entières. Carole ne savait pas ce qu'elle fabriquait. Mais elle rentrait le soir, parfois au milieu de la nuit. En fait, elle était en vie. Alors Carole ne chercha pas à s'immiscer.

Elle constata que Mila s'était mise à voir des gens, elle acceptait quelques invitations de ses anciens amis du lycée. *Elle allait à des fêtes*. C'est en ces termes que Carole en discutait avec une de ses amies qui s'enquérait souvent de sa protégée.

« Elle va à des fêtes. »

C'était un sésame. Carole aurait pu tout aussi bien dire : « Elle vient d'entrer à Polytechnique. » Pour Carole, Mila avait basculé du bon côté.

Elle cessa presque tout à fait de craindre de trouver une Mila morte suicidée en rentrant chez elle. (Pendant un temps, elle avait dégagé de son appartement un certain nombre d'objets qui eussent pu se transformer en arme létale.)

Carole n'appelait pas Mila, *Mila*...

Elle l'appelait par son prénom de naissance, celui que son père avait proposé en dernière minute à la maternité, dans un sursaut de romantisme entre Elle et Lui. Carole ne connaissait pas non plus le groupe des Russes, ni grand-chose de la vie de la jeune fille qui lui était tombée dessus. Comme nous l'avons dit, elle et son amie, la mère de Mila, avaient beaucoup d'autres choses à se raconter quand elles s'appelaient. C'est souvent une idée reçue que les parents aiment parler de leurs enfants.

Mila, avant de les accrocher comme des guirlandes en crépon ou des ex-voto, avait lu tous les articles trouvés bien camouflés dans le cabinet de sa tutrice. Elle s'en était repue.

Alors, elle avait éprouvé cette chose puissante qu'elle ne connaissait plus, la colère. Et cette colère la poussait le matin hors du lit, hors de sa vase, hors de l'appartement de Carole. Et elle marchait dans Paris, beaucoup, sans carte et sans connaître le territoire afin d'ébrouer d'elle toute cette colère, comme le fait un chien trempé pour se débarrasser de l'eau qui le colle. Et elle s'était mise à éprouver des *envies*. Elle avait envie d'écrire cette colère sur les murs, sur sa peau, elle avait envie de cracher cette colère et de faire des dessins de ses crachats, elle avait envie de figurer cette colère et d'en faire un spectacle. C'est à cette époque-là qu'elle se fit arrêter par les flics.

Partie de nuit en expédition, Mila était parvenue à s'occuper de cinq statues. Il y avait le buste d'Apollinaire sculpté par Picasso dans le petit jardin à côté de l'église Saint-Germain, le centaure de César rue de Sèvres, le buste de Dalida à Montmartre (dont le frottement des seins est, paraît-il, un puissant porte-bonheur), le lion de Denfert-Rochereau. C'est à la cinquième que ça avait mal tourné: la Jeanne d'Arc place des Pyramides.

Mila avait dessiné (plutôt tracé) sur les statues de grands traits bien droits à l'aide de ruban adhésif rouge (elle avait dégoté dans un magasin de bricolage cet adhésif de chantier ultra-résistant et très épais) ; ses « traits tirés » enrobaient les statues et se projetaient sur le sol comme des ombres de feu ou des failles sanglantes. Ensuite elle avait noué autour du cou de chacune des statues un grand foulard (ils étaient fabriqués à l'aide de chutes de tissus achetés pour rien au Marché Saint-Pierre), enfin elle avait fait couler le sang depuis leurs oreilles à l'aide d'un bidon de peinture carmin. Ça avait une sacrée allure. Mila était satisfaite.

Jeanne d'Arc, ce n'était pas passé. Ça avait foiré. Elle n'avait pas été assez rapide et une patrouille de flics l'avait fermement appréhendée et emmenée au poste. Elle avait écopé d'une comparution immédiate pour dégradation de biens publics et elle avait eu le réflexe de faire appeler Jérôme Masson du groupe des Russes, qui venait de passer le barreau. Il avait rappliqué pour l'assister en tant que conseil. Mila s'en était sortie avec une amende et un rappel à la loi. Elle n'en dit rien à Carole.

Elle ne s'appelait pas encore Mila.

Deux semaines plus tard, un Jérôme excité comme une puce appela Mila pour lui faire savoir qu'un journaliste assez connu avait écrit un article sur la dégradation des statues. Des photos avaient été prises par des passants avant que les services de la mairie ne viennent nettoyer le bazar, et ce journaliste les avait collectées. Il couvrait les événements culturels pour *Le Monde*, et il habitait sur la place de la statue de Dalida, dont il avait constaté l'outrage. Son article s'ouvrait sur ce choc, et il développait, très inspiré et inventif, sur le geste dont il avait été témoin et sur ce qu'il avait découvert par la suite de la profanation des autres statues. Il donnait une lecture engagée. Et faisait des rapprochements ingénieux entre le Centaure, le Lion, Apollinaire et Dalida. Il cherchait des nœuds, des sens et des symboles. Le poète et la chanteuse étaient deux écorchés vifs, morts brutalement. Il imaginait que le Centaure, l'homme-cheval, était une projection du poète en guerrier et que le Lion était une lionne mythologique, il inventait une histoire. Et l'article se terminait sur une énigme : qui était donc l'artiste nocturne dont la colère avait transfiguré les statues ?

Mila était amusée, Jérôme en revanche était survolté. C'était plus excitant que son stage en cabinet d'affaires, il avait l'impression de faire partie d'une contrebande, d'être au cœur d'un événement. Ils étaient jeunes, encore.

Et Jérôme lui dit : « Il faut que tu revendiques ton action. » Il avait employé ce mot, *action*. Et Mila avait trouvé ça un peu ridicule. Elle-même n'avait pas mis de mot sur son envie, sur ce qu'elle avait fait. Masson insista :

« Envoie une réponse au journal !

– Pour quoi faire ?

– Pour t'expliquer.

– Je n'ai pas à m'expliquer.

– Pour raconter simplement.

– Je ne vais pas mettre mon nom, non plus.

– Justement, tu ne signes pas, ou tu signes d'un pseudonyme. C'est le prolongement de ton action ! »

Encore une fois, ce mot *action*.

Ce que Jérôme ne savait pas, et que personne ne saurait, c'est que les foulards accrochés au cou des statues – au cou de Guillaume Apollinaire, de Dalida, du centaure de César et du lion de Denfert – étaient imbibés de N° 5 de Chanel. C'est ce qui lui avait coûté le plus cher, entre les chutes de tissu, la peinture et les rouleaux de ruban adhésif : le parfum de sa mère.

« Tu n'as qu'à signer Mila ! C'est toi, sans être toi, non, Mila ? »

Camille

50

et n'ont qu'un trou

Camille Pierrat a payé sa visite à une journaliste de la presse judiciaire avec qui elle a un bon ticket. Elles se respectent. Chacune considère le travail de l'autre, dans son terrain d'action et ses limites, elles se renvoient des ascenseurs et se préviennent en off de la température d'une affaire avant la meute. La journaliste rencarde la flic sur une info problématique qui va sortir, la flic garde la primeur de certains détails pour la journaliste. Et parfois en bonne intelligence elles s'accordent sur une *fuite* qui servira les deux parties. C'est officieux, de bonne guerre et sans trace. Autant que possible, Pierrat préfère la voir que l'avoir au téléphone. On ne maîtrise jamais les appels téléphoniques, qui peuvent être enregistrés. Et puis, il y a des choses qui ne se disent que lorsqu'on respire le même air et qu'on peut se regarder en face. Sentir que l'autre ne fait pas d'entourloupe, joue franc jeu.

La journaliste fait ce métier depuis bien avant que Pierrat n'ait même pensé à s'inscrire à l'école de police, c'est une vieille de la vieille, elle est à l'ancienne, connaît le *game* comme sa poche, a suivi plus de procès d'assises qu'on ne pourrait en digérer tout en continuant à dormir, et Camille a toujours aimé lire ses articles. Elle se disait qu'elle écrivait bien, mieux que les autres, et un jour elle a compris que ce qu'elle aimait dans son écriture c'est qu'elle était juste et sans jugement. Elle racontait l'histoire et ne traitait mal ni les flics, ni les accusés, ni les victimes. Elle rendait, d'une certaine manière, le sordide moins amer. Et Camille avait du respect pour ça.

Pierrat est allée la voir dans le café en bas de sa rédac, pas celui où vont tous ses collègues, merci, faut rester discret, mais un petit rade planqué tenu par des Coréens où elles ont leurs habitudes, parce qu'elle avait besoin que quelqu'un lui parle de Vallé.

« Pourquoi tu t'intéresses à ce fait divers, Camille ? » Ç'a été sa première question, à la journaliste, après avoir commandé un thé vert avec des nougats. « Trop tôt pour le pastis », a-t-elle précisé dans la foulée. Parce qu'elle n'est pas conne, a pensé Pierrat. Elle sait que Camille ne se rencarde jamais pour rien et surtout pas sur une histoire vieille de vingt ans.

La journaliste se met à lui raconter : « Vallé, c'est LE fait divers. En mode Technicolor. Ça a squatté les unes un bon moment. On n'était pas habitué à ça. C'était trop grand, ça sortait d'un film. Vallé, c'était le bled sans histoires coincé entre la province et la grande banlieue, à moitié bourge et à moitié prolo. Tu as tous les ingrédients de la sidération : il y a une dizaine de morts, des gens lambda, bons citoyens, des couples, même un enfant, abattus à bout portant par un jeune homme, en fait un adolescent. En pleine rue. Des balles dans la tête, sans un mot. Comme choisis au hasard. Et tout ça, le soir du 14 Juillet. Tu imagines ? C'est la fête à Neuneu, tranquille, on bouffe des saucisses, on attend les feux d'artifice. Et surtout, toute la ville se rassemble, sur la même place, une fois par an. C'est comme une réconciliation. Un symbole. Les fils et filles de prolos s'encanaillent avec les nantis. C'est la fête nationale. Immuable. On est au cœur de la France. Et là c'est le carnage. Tout le monde a plongé dedans, toute la presse, c'était de l'ampleur du petit Grégory. C'était un fait divers qui appartenait aux Français. L'éclosion d'un mythe. Et les tueries de masse, comme ça, c'était rarissime en France. C'était un truc d'Américains. On avait en tête la fusillade de Colombine qui avait eu lieu l'année d'avant en 1999 dans le Colorado. Avec les deux ados paumés qui avaient tué au moins quinze personnes dans leur lycée. Spectaculaire. Et à Vallé, il y avait quelque chose de cet ordre, littéralement, comme un spectacle, une mise en scène sur une place publique, c'était l'horreur sur une scène de théâtre. Avec cette affreuse sensation d'absence de mobile, de morts dues au hasard.

Ce jeune homme, c'était un garçon du lycée technique de la ville, il était en terminale, un gars sans antécédents, mal dans sa peau, mais comme tous les gars de son âge. Un beau gosse à l'humeur sombre. Il n'avait pas été repéré comme problématique, enfin pas plus que ça. Mais cette année-là, deux semaines avant la tuerie, il n'a pas eu son bac. C'était le seul fait notable. Ce n'était pas un mauvais élève, mais il a dû commencer à dévisser, parce qu'il a loupé des épreuves, et il a été recalé.

– Comment il s'appelait ?

– Il s'appelait Éric. Quelque chose. Je me souviens juste de son prénom. Le prénom banal d'un garçon banal. Un bête prénom de quatre lettres. Il vivait avec sa mère, Éric, avec son beau-père et le fils de son beau-père. Ça devait être compliqué à la maison, sa mère l'avait eu très tôt, genre à seize piges, sans doute dans une situation pas recta. Et pas bien marrante. Enfin bref, elle s'était remaquée plus tard, mariée, et elle a viré toupie d'église. Est-ce qu'elle voulait se racheter de quelque chose, en tout cas elle ne devait pas être commode. Elle a dû faire payer à son rejeton ses erreurs de jeunesse. C'est ce qui est ressorti des témoignages. Une femme pas foncièrement méchante, mais en boucle sur elle-même, et langue de vipère. C'est ce que les gens ont raconté, et aussi qu'elle ne parlait pas de son fils.

Jamais. Comme si elle l'ignorait. Il était là, mais il n'existait pas. Elle le niait. Elle, elle était de ces gens qui font partie de la mythologie d'un bled, du folklore. Tout le monde la connaît, a une histoire sur elle, tout le monde dit : "Je me souviens un jour, elle faisait… elle disait…" Et les gens sortaient leurs anecdotes, des trois fois rien, des cancans. Et tout le monde possède une miette de l'histoire, comme un puzzle sans couleurs, mais personne en fait ne la connaît,

personne.

Tu vois ? »

Camille Pierrat dit qu'elle voit.

« Donc c'est la fête, tout le monde ripaille, il est genre 21 h 30. Ça s'échauffe gentiment. Et le gamin, Éric, débarque sur la place. Tiens-toi bien. Il débarque juché sur un cheval blanc. Comme un cavalier de l'Apocalypse.

Mais à ce moment-là, les gens ne font pas plus attention que ça, parce qu'il y a des gens déguisés, des cracheurs de feu, il y a des circassiens… c'est la fête, bordel. Donc le gamin, il débarque, monté sur son cheval, par une des rues de la place. Impérial. Très tranquillement. Presque sans faire trop de bruit. Il descend de cheval, il a un fusil. Et il commence sa besogne. Il arme, il vise, il tire.

Il a tué sept personnes sur la place. Au hasard. Ceux qui étaient à portée. Ça n'a pris que cinq minutes.

Et puis d'un coup, la foule s'est rebellée. Les gens ont fondu sur lui, passé la sidération. Et dans la confusion et la bagarre, ils ont réussi à détourner le fusil, en fait à retourner l'arme contre l'assaillant, et ils l'ont tué. C'est impensable mais il existe des photos de la scène. Les gens n'avaient pas de téléphones portables qui filmaient comme aujourd'hui. Mais c'était soir de fête, je m'en souviens très bien, une femme avait un appareil photo et prenait des clichés de la soirée pour le canard local, elle était juste à côté de lui. Et elle a mitraillé, elle a pris des dizaines de photographies de la tuerie. Elles ont filtré dans la presse. Trash.

– Pourquoi tu dis “Je m'en souviens très bien”, on dirait que tu y étais, demande Camille.

– J'ai suivi le procès, pour *Libé*. C'était un des premiers que j'ai couverts. L'atmosphère dans la salle était indescriptible. C'était comme tout un village qui pleure et qui vient réclamer justice. Mais il n'y a personne à pendre, parce que le type est mort.

– Mais qui est-ce qu'on jugeait alors ?

– Il y a eu une sorte de méli-mélo de responsabilités. Prétexte. Il y avait le gars qui lui avait procuré une arme, un petit dealer du bled d'à côté, sans épaisseur, il y avait aussi un gars qu'on soupçonnait d'avoir su et de n'avoir rien dit. Un copain de son lycée, à qui il se serait confié. On a retrouvé le brouillon d'une lettre que le tueur lui avait adressée, sibylline, mais dans laquelle on a estimé qu'il annonçait ce qu'il allait faire. C'était un jeune gars du même âge.

Je me souviens de son visage. Un beau jeune mec, lui aussi complètement paumé.

Quand la tuerie a eu lieu, il était aux premières loges, le garçon accusé d'avoir été au courant, à la table de pique-nique où les gens se sont fait abattre. Certains ont pensé que ça n'était pas un hasard. Que le tueur voulait que son ami assiste à ça. Ils y voyaient un aveu de complicité. Ou une déclaration d'amour. Les gens sont fous.

Et ce jeune type qui est là, son cul sur le banc des accusés d'un procès qui a besoin d'un coupable, n'importe lequel, eh bien sa propre mère a pris une balle dans la tête. Sous ses yeux. Comme ça, jaillie d'un angle mort. Et ce gamin s'est retrouvé sur le banc des accusés ! C'était insensé. Mais il fallait quelqu'un à juger. Il fallait un accusé expiatoire. L'audience a mal tourné. Les journalistes faisaient des papiers incendiaires. L'enquête avait été torchée. Les gens criaient dans le public quand les clichés ont été projetés, les photos étaient floues, c'était… Mais…

… c'était comme des tableaux abstraits.

Tu imagines : on jugeait un pauvre gamin qui avait perdu sa mère et qui clairement n'avait rien à voir avec la choucroute. Il était juste le bon copain du garçon tueur. J'étais en colère. J'ai encore le frisson du malaise quand j'y repense.

– Ils ont pris combien ?

– Que dalle. Le petit dealer a dû écoper de quelques mois pour trafic de stups, je ne sais plus, mais clairement il n'avait aucune idée du projet de son "client". Lui aussi devait avoir dix-huit piges. Il vendait de l'herbe le week-end en boîte de nuit et un peu de cocaïne, il avait vendu pour trois sous ce fusil qu'il avait dû piquer à son oncle dans un placard. Ce n'était pas un caïd ou un receleur.

– Et l'autre ?

– Rien du tout, heureusement. Il a été relaxé. C'était de la folie qu'il se soit retrouvé là-dedans, et on l'a tous senti dès le début. Quand il a été auditionné, il a dû raconter la scène. Il était du genre mutique, ce qui ne l'aidait pas, presque antipathique, et d'un coup il a parlé, comme s'il revivait la tuerie…

… et il a parlé de sa mère. Il a dit qu'il avait croisé le regard de sa mère avant qu'elle se prenne une balle. Et il a dit quelque chose comme : "C'est moi qui lui ai demandé de m'accompagner au bal du 14 Juillet. Elle n'y allait jamais. Et c'est moi qui ai insisté. Parce que je venais d'avoir mon bac." Camille, c'est une des rares fois où j'ai pleuré dans un procès. C'était une torture. Et là, ce gamin, il a commencé à s'agiter, et il est tombé d'un coup. Une violente crise de panique, il s'est mis à souffler comme s'il se noyait, c'était si bruyant, il a été sorti de la salle. Ça déchirait le cœur.

Et il paraît que les feux d'artifice ont éclaté à ce moment-là. Au moment, où les gens se faisaient descendre. D'un coup, les pétards et les lumières dans le ciel. Tu penses bien que le pauvre artificier à trois bornes de là n'avait pas idée de son timing.

C'était juste une histoire de gamin malheureux, en vrai, cet Éric. Il était renfrogné, il traînait un peu son spleen. Fasciné par des trucs chelous, les armes à feu, l'histoire des guerres, il faisait des dessins flippants qui ont été montrés au procès. Mal dans sa peau. Et puis il y avait la lettre qu'il avait écrite à son camarade. Un poème morbide. Ce n'était rien qu'un enfant qui n'était pas aimé par sa mère. Il ne trouvait pas sa place. Voilà. Parce qu'il n'avait pas été désiré. C'est vieux comme l'Antique. Et c'est devenu un chaos. Si tu savais le nombre d'affaires que j'ai disséquées, où l'on finit par abandonner l'idée de comprendre le mobile. Où les experts psy se contredisent… Pourquoi les gens font ce qu'ils font ? C'est dans les bouquins qu'on a la solution, pas dans la vie.

– Mais sa mère, son beau-père… Qu'est-ce qu'ils ont dit, au procès ?

– Ah oui. J'oubliais l'essentiel : ils étaient morts. Couic. Le gamin les avait déjà butés avant de se rendre au bal. En fait il avait commencé par eux. Et pas au fusil. Au marteau.

En partant de chez lui, il avait emporté, en plus de son fusil, un sac où il avait jeté trois affaires, dont une brosse à dents. Je n'invente pas. Comme s'il y avait un après. Un ailleurs possible. Y a pas d'ailleurs pour les damnés.

– Putain de merde, tout ce truc est à peine croyable. Et je ne m'en souviens pas du tout, comment ça se fait ? Enfin, j'étais enfant quand ça s'est passé… Mais quand même, c'est vrai que le nom de la ville, là, Vallé, ça me disait quelque chose…

… Ça me sonnait dans l'oreille.

– C'est vieux, et puis un fait divers chasse l'autre : je suis bien placée pour te le dire, je fais ce taf depuis longtemps. Mais ce qui est fascinant dans les faits divers, et ça ne loupe jamais, c'est que si tu les mettais dans un roman, les gens n'y croiraient pas.

Le réel est insoutenable. »

51

pour tout avoir

Avant de se séparer, les deux femmes sont restées de longues minutes en silence, le patron du rade a débarrassé leur table, et la journaliste avait à peine touché à son thé. C'était peut-être maintenant, l'heure du pastis. Camille Pierrat a dit qu'il fallait qu'elle s'en aille, qu'elle la remerciait d'avoir pris le temps de la rencarder, et d'un coup, comme frappée par une foudre, elle demande : « Comment il s'appelait le copain d'Éric, qui a reçu sa lettre et s'est retrouvé accusé au procès ?

– Attends, j'essaye de me souvenir, ça remonte... Un prénom assez peu fréquent, inhabituel... Non, je ne sais plus. Tu veux que je recherche ?

– Non, laisse tomber, je trouverai. »

Camille, après avoir payé leurs boissons, enfilait sa veste en se levant quand la journaliste lui dit d'un ton clair, pour la seconde fois :

« Pourquoi tu te renseignes sur cette vieille histoire, Pierrat ? »

Et Camille ralentit son geste de revêtir sa veste, comme pour alentir le temps, et trouver en elle si elle devait répondre ou non. S'il y avait quelque chose même à répondre. Et elle se taisait, peut-être allait-elle se décider à dire enfin quelque chose, mais la journaliste prit les devants :

« Ça a un rapport avec ce qu'il se passe dans les musées, c'est ça. »

Ce n'était pas une question. Pas vraiment. Camille Pierrat sourit tristement en lui répondant : « Je ne t'ai rien dit. »

Elsa et Abel

52

Ceux du Loup, gros Messieurs

Elsa sait que ça déraille avec Abel. Elle ne l'avait pas prévu, elle n'est plus habituée à ça. Elle a toujours été dans un contrôle absolu, même si ses actes suggèrent l'inverse. Elle fait dans le dérapage contrôlé. Elle a remarqué que souvent les gens trouvent ses réactions bizarres. Mais le fait qu'elle s'en fasse la remarque constitue la tendre frontière qui la sépare des fous, parce que les fous, eux, ne remarquent pas que les gens trouvent leurs réactions bizarres. Elsa, Elsa, c'est beau prononcé à haute voix, c'est l'anagramme de *salé*, et elle aime bien quand Abel dit son prénom. Ce prénom rouillé. Enterré. Cette musique morte avec les morts.

Tout ça, ce ne sont rien que des prénoms de quatre lettres. Abel, Éric, Elsa, Mila. C'est presque pareil. Elle n'a jamais compris que les gens ne puissent pas choisir eux-mêmes leur prénom. Les parents choisissent parce qu'ils y sont acculés, parce que l'état civil attend, alors il faut trancher comme le cordon ombilical, tricher, dans le meilleur des cas le prénom veut dire *bonne chance*, sinon il cache des pièges.

Et puis si on veut leur poser la question, ils ne sont plus là pour y répondre. Ils sont disparus.

Elsa, elle, a choisi d'être Mila.

Après le départ précipité d'Abel, sa cible, son seul ami, sa découverte, elle a picolé dans son absurde studio le rhum qui restait, en se servant de sa tasse à lui, pour mettre ses lèvres là où les siennes avaient été posées. Autour d'elle, il n'y a rien qui ressemble à une vie. Tout est faux. Sauf lui. Comment a-t-elle pu se tromper à ce point ? Il était le seul ange, et elle en a fait l'adversaire. Elle attend un signe de lui, un mouvement. Et elle ne pense plus qu'à ça. Elle ne pense plus qu'à lui.

Abel Bac. Frère. L'impossible amant. Parce qu'ils auraient pu s'aimer, non ? Reliés par la même fable et la même mort. Deux facettes d'une pièce. Pile et face.

Tout aurait pu être différent.

Tout aurait dû être différent.

Abel ne peut pas s'en souvenir, mais ils se sont déjà vus, avant, elle et lui. À Vallé. Lui n'a pas remonté toute l'histoire et débusqué les fossiles, comme elle l'a fait. Elle n'est qu'un point minuscule quelque part en voyage dans sa mémoire, rangé dans l'ombre des anecdotes oubliables. Et pourtant ils se sont parlé, et elle se souvient de son prénom d'alors, qui n'était pas Abel. Un beau prénom singulier. Ils ont agi de concert : devenir Abel et devenir Mila, pour survivre.

Survivre au 14 Juillet.

Elle va ouvrir la porte et elle va descendre les marches, les quelques marches. Toute sa vie depuis la mort de ses parents a été une sorte de MacGuffin. Et celle d'Abel ? Est-ce qu'il en rêve, des feux d'artifice ? Est-ce qu'il y pense chaque jour ? La différence est qu'il était au cœur du massacre, il a vu. Elle, Mila, était loin, à Paris, chassée de l'histoire la plus importante de sa vie. Elle n'a pu qu'imaginer, recréer.

Elle lui en a tellement voulu. D'avoir été là. De n'avoir rien fait. D'être cette chose faible, sans paroles, s'effondrant au procès. Elle l'a haï. Elle l'a choisi comme témoin de sa dernière œuvre pour le massacrer à son tour, le punir.

Aujourd'hui elle n'est plus sûre. Et dans sa tête, ça déraille. Elle ne peut pas revenir en arrière, c'est ce qui l'a forgée toute sa vie : on ne revient pas en arrière, on ne rembobine pas le film. Elle ne peut pas revenir au matin du 14 juillet et préparer son bagage pour prendre la voiture avec ses parents, la R21 blanche et partir en Bretagne, et manger les gâteaux de la station-service. Elle ne peut pas les sauver, Elle et Lui. Combien d'années faut-il pour accepter cela ? Combien de vies ?

Le problème, c'est ce sentiment insidieux quand elle est avec Abel, qui la prend tout entière et qu'elle ne connaissait plus : elle se sent bien.

Elsa va ouvrir la porte et descendre les quelques marches. Et elle ne va pas se regarder dans la glace. Son visage ne la mènera plus nulle part.

Maintenant, c'est la seule chose qui compte : elle a un spectateur, son parfait spectateur. Abel la regarde, même s'il ne la voit pas encore. Mais est-ce qu'un spectateur comprend tout ce que l'on a fait pour lui ? Et combien on l'aime.

53

l'ont fait apprendre à lire

Abel entend du bruit, des grattements contre le bois de sa porte, une présence de l'autre côté, déjà il sent le contour de son parfum. Il vit cette impression si troublante quand cela vous assaille : être intimement convaincu que l'on a déjà vécu ce que l'on est en train de vivre, une phrase, une odeur, tout un enchaînement de détails minuscules vous est connu ; mais vous ne savez plus la chute. C'est une scène que l'on observerait en surplomb ou à distance, comme le fait le spectateur d'une pièce de théâtre qu'il connaîtrait par cœur. Abel revit la présence intempestive d'Elsa.

Cette présence d'Elsa derrière sa porte, au milieu de la nuit, quand elle était ivre et s'était trompée d'étage. Ça lui semble avoir eu lieu il y a une décennie, c'était il y a quelques jours.

Il ressent une pulsation de douleur au-dessus des orbites, sur l'horizontale de ses sourcils, qui lance des flashes, le mal de tête, il a dans sa petite cuisine un tiroir empli de boîtes de Doliprane, pour ses orchidées et pour lui, mais il a beau dérouler le film des mouvements qu'il devrait faire : se lever du canapé, projeter son corps jusqu'au tiroir, prendre un comprimé de mille, verser l'eau dans un verre, avaler tout ça d'un trait et attendre le soulagement, il en est empêché, parce qu'il la sent derrière sa porte, Elsa, et que le monde idiot de ses mouvements à lui pourrait la faire fuir.

Cela lui apparaît contre-intuitif, mais il ne veut pas qu'Elsa fuie.

Abel est un homme organisé, clairvoyant. Il est capable de voir au-delà d'un contexte donné, d'imaginer ce qui se cache dans les plis. Abel sait qu'il est un bon policier, parce que son regard est peu pollué par les affects ou les préjugés. D'habitude.

Il est à présent incapable de dessiner une carte en lui pour se déplacer ; ni chemin, ni boussole, ni confiance, ni intuition, il est vraiment seul.

Elle va finir par frapper à la porte, lui ne bouge pas un muscle, il est dans le noir, assis sur le canapé, entouré de ses orchidées, tout respire mieux dans le noir, lui, ses fleurs, et Elsa aussi sans doute, doit aimer cela, se reposer dans l'obscurité. Il aimerait lui montrer les photos des loups empaillés déguisés dans le musée, loups maquillés comme dans une fable de La Fontaine. Il a étudié La Fontaine au lycée avec la professeure qu'il estimait, Mme Colombier. Ça faisait partie du programme du bac français cette année-là. C'est quelque chose qu'il avait érodé de sa mémoire, mais on peut évider tant qu'on veut, on ne fait que ranger sur des étagères que l'on croit hors de portée. À tort. C'est là, bien sûr. Il lui est resté le souvenir vif d'un mot employé par Mme Colombier, c'était un mot mystérieux et Abel, qui ne s'appelait pas encore Abel, l'avait retenu, comme on décide de garder à travers nous une chose qui nous plaît, une jolie chose que l'on collecte et que l'on s'approprie. C'était le mot *anthropomorphe*. Mme Colombier leur avait expliqué que c'était le procédé de prédilection de l'écrivain La Fontaine, d'utiliser des animaux pour parler des hommes, qu'*anthropos* ça voulait dire homme et que *morphê* c'était la forme. En grec, si son souvenir est correct. Et donc les animaux prenaient l'apparence des hommes. Comme les loups du musée qui rejouent un bal de 14 Juillet en buvant du champagne, un bal très précis. Abel Bac sait parfaitement lequel. Bordel de merde.

Il se souvient que Mme Colombier leur expliquait qu'il fallait aller chercher les mots cachés à l'intérieur des mots, et ç'avait été une sorte d'illumination, quand il avait compris que ce mot *anthropomorphe*, un mot incompréhensible et un peu hostile, cachait des mots simples, comme homme et forme, il s'était senti fort, moins perdu. Que les mots puissent être des puzzles, que les images puissent être des puzzles, et Abel appréciait les puzzles. Parce qu'à moins qu'on ait perdu des pièces avec les années, ça finissait par s'emboîter.

Et qu'on avait maintenant tous accepté sans autre forme de procès qu'un corbeau pouvait tenir dans son bec un fromage. Et Elsa lui dirait, songe Abel: « Alors pourquoi pas de la merde dans une boîte de conserve, ou la nature qui pousserait un cri d'angoisse ? »

Elsa qui est toujours là, sans bouger, derrière sa porte. Il n'a jamais fait entrer personne chez lui, et il avait failli avec Camille, mais il n'avait pas pu, on n'entrait pas chez lui.

Il ne voulait pas avoir à s'expliquer sur la présence surnuméraire de ses fleurs, ce serait pire que se déshabiller devant quelqu'un, mais Elsa allait finir par frapper, non ? et il faudrait bien prendre une décision.

Il attend les yeux fermés, son bras droit tendu va caresser du bout des doigts l'un des pétales d'orchidée, comme on chiffonne avec douceur le pelage d'un chaton sans y penser, pour apprécier sa chaleur et sa sauvagerie.

Et Elsa toque à sa porte.

54

Le loup,

Comme Abel ouvre la porte d'un seul coup, il fait peur à Elsa, qui recule d'un pas ; mais peut-être a-t-elle peur au fond parce qu'elle a trop bu, que venir le voir ne fait pas partie de son script, parce qu'elle a cédé son contrôle, pour vivre autre chose, se faire surprendre. Elsa ne se laisse plus surprendre, pas depuis qu'elle a changé de prénom. C'est elle qui est en charge de créer le *blast*. Et elle demande à Abel si elle peut entrer pour prendre un verre.

« Je n'ai pas d'alcool chez moi.

– Alors invite-moi à boire autre chose.

– Je n'invite pas les gens chez moi.

– Bac, fais-moi entrer. »

Elsa est pieds nus, elle est descendue jusqu'à lui sans chaussures, et comme Abel ne bouge pas, elle allume une cigarette en précisant que c'est très bien, elle a tout son temps. Bouche d'Elsa qui aspire la fumée, yeux d'Elsa qui n'ont pas quitté les siens, pieds d'Elsa fichés droit dans le sol du palier. Abel lui dit que l'on n'a pas le droit de fumer dans les parties collectives, et Elsa le regarde en souriant.

« Tu vas déclencher l'alarme incendie avec ta fumée, dit-il.

– Il n'y a pas d'alarme incendie dans cet immeuble vétuste, Abel. Donne-moi une raison intéressante de ne pas entrer chez toi, sinon je dors sur le pas de ta porte.

– Tu me gênes.

– Pourquoi ?

– Je t'ai évoqué que j'avais des fleurs chez moi, quand nous sommes allés ensemble à Beaubourg…

– Oui.

– Des orchidées…

– Oui.

– J'en ai beaucoup. Je veux dire, il y en a partout dans l'appartement. En fait, si je veux être précis, j'en ai quatre-vingt-quatorze…

– Très bien, dit Elsa en continuant à fumer, dispersant sans autre égard ses cendres sur le palier.

– Cela me gêne.

– Qu'est-ce qui te gêne ?

– De les montrer à quelqu'un.

– Tu n'as jamais, *jamais* fait entrer une personne chez toi ?

– Non.

– Comment tu fais pour coucher avec une femme ?

– Je vais chez elle.

– C’est sûr que si tu ramènes un plan cul et qu’elle atterrit dans la succursale d’un fleuriste, ça peut stresser.

– Bonne nuit, Elsa, dit-il en fermant la porte.

– Ça va Abel, fais-moi entrer. Il n’y a pas d’enjeu avec moi, non ? Tu le sais, non ? Regarde-moi.

– Ou alors il y a trop d’enjeux.

– *Touché*. Qu’es-tu en train de faire ?

– J’allais… j’ai besoin de faire un shampooing anti-poux.

– Ça te gratte la tête ?

– Oui.

– Montre-moi où.

– Putain, partout-Elsa.

– Moi aussi, Abel, ça me gratte, c’est peut-être toi qui m’en as refilé ? Alors on va faire ça ensemble », dit Elsa tout en passant sur le corps d’Abel, faisant fi de ses barrages, sa cigarette presque consumée, elle le pousse, elle le slalome, elle le déplace, elle le décide,

répandant un peu de sa cendre sur lui,

elle entre.

55

par ce discours flatté,

Elsa a allumé la lumière, avec autorité. Elle est chez lui. *Je suis enfin chez toi.* Et elle s'est figée, sidérée. C'est une petite pièce, elle pourrait danser trois pas d'un côté puis de l'autre et se cogner aux murs. Elle embrasse tout de son regard, elle tourne la tête à droite, à gauche, lève le menton, observe. Elle prend tout ce qu'elle voit, quand le regard devient collecteur, devient respiration, qu'il inhale, qu'il se gonfle et se charge, elle voit tout Abel. Aveuglé par la lumière crue, il est resté dans son dos, il attend, il n'y a rien à dire, il attend qu'elle se laisse pulvériser par l'incendie de ses fleurs, qu'elle se repaisse du pourpre et du parme, qu'elle confronte le jaune et le blanc, qu'elle s'étourdisse des taches et des ruptures que crient les pétales, qu'elle se saisisse des bouches, des ailes, des gouffres que forment leurs calices, myriade de têtes folles, d'ovaires offerts, de sexes écartés, impudiques et sauvages, ses fleurs...

...les bleus violents, les racines tentacules, les rouges pervers, les roses timides.

Elsa se tourne vers lui, le visage chaviré, au bord des larmes, maintenant c'est lui qu'elle regarde, comme si, pense Abel, Elsa le regardait pour la première fois. Ses lèvres tremblotent et Abel lui demande, sûr de lui, comme un vieux sculpteur certain de son effet: « C'est beau, non ? »

Elsa cherche ses mots, s'apprête et se ravise, enfin elle répond:

« Je n'ai jamais rien vu de tel, Abel. Jamais. »

« Viens avec moi », elle dit, et en le prenant au passage par la main elle l'emmène vers la salle de bains, dont la porte ouverte diffuse une vitreuse lumière bleutée. Il reste debout dans la minuscule pièce et son corps déployé y semble presque maintenu en cage, elle dit: « Je reviens. » Elsa rapporte une chaise qu'elle cale dos au lavabo.

« Assieds-toi, Abel. »

Abel s'assoit, il s'exécute, Abel obéit. Il lui a montré ses fleurs, elle peut faire ce qu'elle veut de lui.

Elsa déboutonne sa chemise, avec lenteur, sans précipitation, et chaque bouton ôté de sa fente découvre le torse mis à nu du flic en suspens, vulnérable.

Au dernier bouton, il frémit, comme si un courant d'air avait soufflé sans prémices sur sa face.

Alors Elsa fait passer la chemise au-dessus d'une épaule, puis de l'autre, en se penchant sur lui...

... en se penchant, la pointe de ses cheveux détachés passe sur son visage à lui, comme le rideau de perles qui habille la porte d'une vieille demeure s'agite soudain sans présence humaine. Il ne bouge que pour se laisser faire et respire le parfum de ses cheveux intrusifs, qui époussette son air d'une vive odeur de sapin. Et plus loin, comme du fond d'un décor, venue de sa gorge, surgit l'agressivité chantante du rhum. Et Abel goûte, de toute sa distance, l'odeur d'Elsa. Elle tire sur les manches et se débarrasse totalement de la chemise, qu'elle jette en boule sur le sol et Bac n'en revient pas.

« Calme-toi, Abel, et penche ta tête en arrière. »

Il penche sa tête, et sa nuque, au contact froid et dur de la faïence, s'alerte. Dans cette position, se dit-il, elle pourrait lui couper la tête, ou lui briser le cou, il est absolument à sa merci. Elsa remonte ses manches, elle ouvre les robinets, les deux, en même temps, fort. Elle cherche la tiédeur, la justesse, puis elle fait plonger le visage de Bac sous l'eau, il ferme les yeux, et elle plante ses ongles dans sa chevelure, elle va chercher jusqu'au cuir chevelu, chaque mèche, mouillant par le bout de ses doigts jusqu'au tréfonds du désordre de ses cheveux. Elle tire et caresse, elle saisit et fait glisser entre ses doigts, Bac entend la vie autour, mouillée comme du fond d'un aquarium, l'eau coulant par intermittence dans ses oreilles chuinte l'atmosphère mais par instants le déluge de l'eau claque comme pour le sauver de son apnée. Elsa essuie l'eau qui coule dans ses yeux, et ça ruisselle dans son cou et sur son torse. Il n'a pas froid.

Elsa coupe l'eau et le redresse, il est étourdi, il garde les yeux fermés, il entend le bouchon du flacon qui saute, et le liquide visqueux qui se répand sur sa tête, et Elsa prend tout, elle malaxe, elle pénètre, mèche à mèche, appliquée et tendue, ne rien épargner, elle possède et s'approprie, éperdue, tout emplie de cette calme voracité caractéristique, celle de l'amoureuse.

« Tu peux ouvrir les yeux, Abel. »

Elle le secoue, lui passe une serviette.

« À mon tour maintenant.

– Quoi ?

– Tu me laves les cheveux. »

Et Elsa enlève d'un coup le haut de son pyjama d'homme, trop grand et trop bleu.

Dessous, elle est nue.

Elle s'assied et penche sa tête en arrière, faisant saillir cette gorge en un précieux arc de cercle, comme un chemin.

« Maintenant, viens, Abel. »

Et Abel vient.

Camille

56

S'approcha ;

Abel, j'ai essayé de t'appeler plusieurs fois. C'est assez urgent. J'ai des trucs pour toi, des choses à te dire. C'est relou de tomber tout le temps sur ton répondeur. Rappelle.

Abel, je suis un peu inquiète. Ce n'est peut-être pas mon rôle. Mais enfin, tu m'as demandé de me renseigner, et là, ça s'enchaîne, tu vois. J'ai le tournis. J'aimerais vraiment qu'on se parle. Et pas ne t'envoyer que des messages vocaux, et du coup, ben parler toute seule, tu vois ? Un peu marre. Rappelle.

C'est le dix-huitième message que je t'envoie, Abel, putain de merde, tu fais chier. D'ailleurs, ta boîte vocale est pleine depuis des jours, je ne peux pas t'injurier dessus. T'es quoi ? Un putain de *ghost* ? Rappelle.

Bac, je te promets que c'est fini de te rendre des services, tu me prends pour qui ? Tu me demandes de me rencarder pour toi, gratos, sur mon temps libre, comme si j'étais ta bonniche ? C'est ça ? La bonne vieille Pierrat, bien conne, bien gentille ? Rappelle.

Bac, je te jure, je t'envoie une patrouille place Clichy, et je leur demande de péter ta fenêtre, si tu ne me donnes pas un signe de vie. Rien à foutre. Mais tu fais quoi là ? C'est quoi ton bail ? T'es avec une meuf de Tinder c'est ça ? Rappelle quand même. J'ai envoyé une patrouille, tu l'auras voulu. Connard.

Je n'ai pas envoyé de patrouille, ça va. Mais je te promets que d'ici demain, si t'as pas daigné me passer un coup de fil, je le fais sans stress.

Tu sais depuis quand j'essaye de te joindre fils de pute ? Ça fait vingt-quatre heures ! Je suis passée en bas de chez toi, y a pas de lumière, t'es où ?

Non, je ne lâche pas l'affaire, non, je ne lâche pas l'affaire. Tu vois, moi je suis quelqu'un qui ne lâche pas l'affaire. T'es quoi ? T'es qui ? T'es marabouté ? T'es fondu ? T'es où ? Pourquoi tu disparais ? Tu sais ce qui se passe ? Non, tu ne sais pas, t'es dans la merde, mec. Mais deep deep shit, mon frère. T'es grillé, je me suis rencardée. Rappelle, mais rappelle.

Abel, on m'a dit que c'était pas ton nom. Je suis désolée. T'es le mec le plus étrange que je connaisse. Mais je te connais quand même un peu… Je sais que je te connais. Dis-le-moi. Même si c'est pas ton nom, je m'en branle, on peut pas mentir sur ce qu'on est, pas à ce point-là. Je ne les crois pas. Moi non plus je ne dors plus. Tu sais bien ce que c'est toi, l'insomnie. C'est ta faute. Je n'ai pas envie de m'en foutre. Rappelle.

Mais t'es où ?!! Je suis allée partout pour te trouver.

Abel, c'est encore moi. C'est moi, Camille. Tu sais ce soir-là, quand on s'est embrassés, et que tu m'as rejetée ? Putain. J'ai eu tellement mal. Tu m'as pétée en deux. Comme si j'étais une brindille. Oui, c'est toi qui m'as rejetée. Tu m'as carrément poussée. Comme si je te dégoûtais. Je n'avais pas rêvé, je ne t'aurais pas embrassé si je t'avais senti indifférent. Je ne comprends rien. Tu n'as jamais rien dit. Tu n'as jamais fait un commentaire. Tu sais comme c'était dur ? Comme j'en ai chié ? Non, tu ne sais pas. Tu ne sais pas les nuits à y penser, savoir qu'on n'est rien, et qu'il faut quand même se lever, cuicui les petits oiseaux, et faire le taf, bam, parce qu'il faut bien le faire, parce que personne ne vit pour toi. Parce que personne ne souffre pour toi, Abel. C'est des conneries, en vrai. On est tout seul quand on souffre, quand on est une merde, et puis c'est tout, et faut se lever. Parce que c'est toi le bizarre de la bande. Ce n'est pas moi. Toi, tu planes, tranquille. Tu t'en fous, t'es au-dessus. Alors c'est de toi qu'on parle, c'est toi qu'on observe par en dessous. Nous autres, on se fond dans le décor. Je suis le décor, c'est ça ? Tu ne me vois pas ?!! Rappelle-moi, s'il te plaît… S'il te plaît.

Bac, je sais pour Vallé. Je sais *tout*.

C'est pour ça que t'as bloqué sur cette histoire de cheval ? Je n'ai pas compris, Abel. Je n'avais rien vu. Je suis larguée.

Ta mère est morte ce soir-là. Le 14 juillet. Elle était avec toi au bal. Elle s'est fait tirer dessus par le cinglé. J'ai compris. Et toi ? Toi, qu'est-ce qui s'est passé ? Le taré des musées, qui fait son bal des loups-vampires empaillés, ça a un rapport, c'est ça ? Ça a un rapport avec ce qui s'est passé à Vallé ? Est-ce que cette personne le fait pour toi ? Pour t'atteindre ? Tu ne peux pas disparaître, moi aussi j'ai besoin de comprendre. J'en ai besoin. Quelqu'un t'en veut ? Est-ce que tu veux que je t'aide ? J'ai peur pour toi Abel. Pour moi, aussi.

Je suis une pauv' meuf banale, c'est ça ? Je suis une brave meuf. Voilà mon rôle. Mais c'est pas vrai, ça, Abel.

Ce n'était pas ta faute. Je ne sais pas ce que tu as vécu, mais ça a l'air bien merdique. C'était ton pote, le tueur, c'est ça ? Tu étais ami avec ce type qui a dézingué tout le monde, tu ne savais pas qu'il allait faire ça. Tu étais innocent. Mais tu t'es retrouvé sur le banc des accusés. C'est pour ça que tu as choisi de devenir flic ? J'ai des bouts du puzzle. Mais j'ai pas tout. J'ai pas toi.

Qui est-ce qui choisit un nom aussi bizarre quand il change d'identité ? *Abel Bac* ? T'as pêché ça où ? Désolée, je te rappelle encore. Parce que je n'arrive pas à faire autre chose, là. J'ai l'impression d'être droguée. J'ai bu vingt-deux cafés, connard.

C'est la dernière fois que je te laisse un message, Bac. Si tu ne me réponds pas, j'arrête. Tu me casses les couilles. Je n'ai jamais de ma vie autant parlé à quelqu'un avec qui je me sentais aussi seule. Va te faire foutre.

Bac ? Putain, Bac ? C'est chaud ! C'est très très chaud. Il y a eu une troisième effraction dans un musée. À Orsay. Au musée d'Orsay. Je ne devrais même pas te prévenir. Je pourrais avoir de gros problèmes. Je vais avoir de gros problèmes. Je suis appelée dessus. Je suis en route. Cette fois-ci, y a un corps, Abel.

57

mais sa vanité

Sur la scène de crime, les techniciens en identité criminelle sont à la tâche. Ils ratissent, relèvent et collectent les éléments susceptibles de contenir de l'ADN. Le périmètre a été gelé. C'est la 3e DPJ qui a repris l'affaire, son terrain couvre la rive gauche. Même si Beaubourg et le musée de la Chasse ne sont pas dans leurs attributions, avec Orsay, ils récupèrent toute la mise. La directrice du musée d'Orsay, à qui on a filé un Xanax, a été emmenée rue Bastion pour être auditionnée. Pierrat sait qu'elle s'est fait remarquer parce qu'elle a fouiné hors des clous. Elle s'est fait tuyauter sur ce qui se tramait dans les musées, et c'est remonté : on l'a balancée. Elle sait qu'on l'a fait venir parce qu'il va falloir qu'elle rende des comptes. Pourquoi elle s'intéresse à une affaire qui ne la concerne pas ? Pourquoi elle aurait un coup d'avance ? Tu parles, elle nage le crawl dans le noir depuis un bail. En zonant autour des rubalises pour se donner une contenance, elle s'est arrêtée devant une toile. Qui l'a interpellée, en passant. Deux jambes écartées, un sexe féminin fente ouverte, poilu, tranquille. Là, simplement. D'abord elle s'est dit qu'elle n'avait jamais vu son propre sexe aussi bien. Que c'était assez curieux de voir ça comme ça. Avec les petits détails. Ensuite elle s'est dit que si elle faisait un cunnilingus à une femme, c'est ça qu'elle verrait de très près. Et qu'elle ne saurait pas trop par où commencer, alors que pour elle, guider, elle savait. Mais du coup, ce qu'elle sait est abstrait ? Enfin elle s'est dit que, sur ce tableau, il n'y avait pas de tête. C'était un corps sans tête. Et ça lui a fait penser aux criminels qui tentaient de découper les corps pour s'en débarrasser. La tête est toujours un problème. Elle a regardé le panonceau explicatif. *L'Origine du monde*. Eh ben, mon vieux.

Camille Pierrat contemple les tableaux, parce qu'elle a du mal à regarder ce qui se déploie dans le hall derrière elle. C'est déstabilisant. Et ce n'est pas tous les jours qu'on se promène dans un musée pour une scène de crime. Il faut qu'elle arrête de regarder ce sexe sans tête qui l'hypnotise. Elle a envie de pleurer. Elle s'est mise dans une sale situation avec son chef. Non seulement elle a décroché de son boulot pour poursuivre Abel comme une possédée, mais en plus elle a fouiné en dehors de ses prérogatives. Elle est tricarde. Elle se sent humiliée. Abel ne lui donne rien. Pourquoi fait-elle tout ça pour lui ? Elle le sait très bien, si elle arrête de se mentir. Parce qu'elle pense tout le temps à lui, qu'il l'obsède, et qu'elle ne se remet pas qu'il l'ait rejetée.

Parce qu'elle l'aime.

Le musée d'Orsay a été une gare. Quand on se tient dans son hall, on peut encore imaginer la foule qui devait s'y agglutiner, attendant les trains. Les familles et les solitaires pris dans la si curieuse tension d'être immobiles et au bord du mouvement, caractéristique du voyageur sur le point de partir. Certains lieux sont plus propices aux empreintes du passé, Orsay est tout à fait habité. Une croix sur une carte mentale, lieu où l'on arrive et d'où l'on s'éloigne, carrefour, c'était intelligent de le transformer en musée, passage ambigu de la mémoire. Un bâtiment dont on transforme la finalité doit s'inventer, il s'oblige à faire preuve d'astuces. Ce qui est beau à Orsay, c'est que le visiteur pénètre par le haut, l'ancienne gare s'ouvre à lui sous ses pieds, il n'est pas en position d'être écrasé mais dans celle de pouvoir cueillir. Il peut embrasser le champ entier d'un seul regard, descendre par l'escalier de droite ou celui de gauche, il n'est pas contraint. C'est une aventure.

En arrivant par le haut cette nuit si particulière, dans le hall de l'ancienne gare d'Orsay devenue musée par le vœu d'un président de la République – comme souvent ces hommes-là, si effrayés de n'être que leur fonction, se payent gratis une petite métempsycose en offrant leur nom à un musée qui naît –; donc en arrivant par le haut cette nuit-là dans l'ancien hall de la gare d'Orsay, on n'apercevait d'abord qu'un parterre de fleurs. Sentiment ambigu que celui du paysage artificiel. Se convoquaient instantanément les coquelicots de Van Gogh, cheveux rouges et ciel bleu de voyant et la surornementation de Klimt et peut-être aussi les cheveux de Frida Kahlo. Voilà, le musée d'Orsay était orné. Un musée brodé, fardé, comme saupoudré de milliers de fleurs. Le sol du musée en était si bien recouvert qu'il s'animait et frémissait. Des centaines de fleurs bleues, blanches et rouges, tout entourées de dizaines de miroirs ouvrant à l'infini la perspective. Ça lui aurait plu, à l'ancien président de la République. Des orchidées. C'est troublant à quel point c'est beau, les fleurs. On l'oublie.

Choquant comme un champ de parapluies ou une forêt de lampes. Une désagréable sensation de nature pervertie augmentée d'un irrépressible ravissement. De la voûte du plafond descendaient de larges écrans, solidement suspendus à un ingénieux système de câblages, écrans qui diffusaient en boucle un spectacle de lumières dans un ciel de nuit. La même vidéo mais avec quelques minutes de décalage entre chaque écran.

La belle rouge ! La belle bleue ! Des feux d'artifice pétaradant, explosant, sans répit mais sans bruit. Le son coupé. Privant l'immense hall de ce bruit de pétards si semblable à celui des balles tirées d'une arme à feu. C'est amusant comme quand on regarde un feu d'artifice dont on a coupé le son, on entend quand même le bruit. C'est en nous. Un bruit fantôme, comme la sensation d'un membre amputé.

Au fond du hall, point de mire de la nef, la grande horloge dorée – un des derniers vestiges de la gare – domine la scène comme une lune pleine et vigilante. C'est un troisième œil, d'où tombe, en suspens, un bouquet de bras et de jambes.

On attend des échafaudages pour que les techniciens les examinent de près avant de les décrocher. Pour le moment, les gardiens de la paix empruntent les couloirs en balustrades qui serpentent le long de la coupole pour s'en approcher et pour éviter de piétiner les fleurs, les épaules et la tête couvertes de paillettes d'or diffusées par des canons à neige, habilement répartis dans le hall-musée. Il est presque impossible d'évoluer sans risquer de polluer la scène de crime, dans ce musée détourné, à ceci près que les gens qui s'y sont réunis semblent, malgré eux, figés entre le grotesque et le sublime.

Abel et Elsa

58

lui coûta quatre dents ;

Elle était là, sur lui, à cheval sur lui, ses cheveux mouillés plaqués à ses épaules, et ses seins, ses seins qui semblaient ne jamais avoir eu à s'excuser de quoi que ce soit. Comment peut-on avoir des seins aussi libres ? Elle était là, sur lui, presque nue, et ça ne grattait plus. Ce n'est pas tant l'acte, ça peut être si banal une pénétration, si banal le commerce des corps, non, là, c'était toute sa peau à lui qui se couvrait de bleus à force de se cogner à ses os à elle, ses os si beaux sous la peau. C'était comme se faire passer dessus par un train, mais sur une vieille télé en couleurs. C'était sa hanche dans ses creux, ses genoux dans ses yeux, sa bouche qui avale le sang directement sur la pompe des poumons, en morsures. C'était la déchirure de la peau pour voir ce qui se trame en dessous de dangereux, c'était s'y rendre au danger, la bouche grande ouverte, une bonne fois pour toutes.

Voix d'Elsa dans l'oreille quand elle fondait sur son bassin, du beurre dans du beurre, le chaud, poisseux, qui recouvre, sa voix qui lui dit distinctement : « Tu sais, Abel, je te voulais. »

Et ses yeux qui signaient, pendant qu'elle le baisait dans tous les sens, ses yeux qui disaient je ne suis pas celle que tu crois.

Les yeux d'Elsa. C'est ça qu'il faut au sexe : le mystère. Sinon c'est un parking.

Après, Abel, il s'est barré. Sorti de la torpeur, il a eu l'air affolé, il s'est rhabillé et il est parti, elle lui a couru après… Elsa lui a couru après, dans l'escalier elle lui a fait un croche-pied, mais qui fait ça, dieu de dieu ? Il a dévalé les marches sur le cul, sur la tête, ça fait mal. Et elle criait : « Tu ne peux pas te barrer comme ça ! Reviens ! Reviens ici, Abel ! Ce n'est pas toi qui décides ! » Et les lumières commençaient à s'allumer chez les voisins, les portes à s'ouvrir, les bouches à jacter. Une honte, et en même temps, il a l'impression de s'être noyé dans une fontaine d'eau froide et d'être très réveillé. Cette furie a contaminé tout son appartement, toutes ses plantes. Les fleurs criaient.

Ça y est, maintenant, il n'a plus rien.

Qu'il est léger. D'un coup.

Alors il court, pour voir s'il peut encore courir, si son corps lui appartient, il enfile la rue de Douai, il y a des terrasses partout, il sent qu'il pourrait foncer à travers elles, s'écorcher dans les verres, et laisser cette peau à Dieu ou à la nuit.

Camille

59

le Cheval lui desserre

La directrice du musée d'Orsay avait tout mis noir sur blanc. Ce qui se passait dans les musées depuis une semaine, c'était prémédité. C'était l'œuvre d'une femme. Une *artiste*. Elle essayait de leur expliquer ça avec des mots pédagogiques, aux flics, mais on sentait bien qu'elle les prenait un peu pour des cons. Enfin pas pour des cons, mais pour des élèves gentils et un peu lents. C'était assez désagréable.

Camille Pierrat s'en va, il n'y a plus rien à faire pour elle ce soir. Elle est convoquée demain par l'IGPN pour l'enquête sur Abel Bac. Enfin, demain, c'est dans quelques heures. C'est un merdier XXL. Elle en aurait des choses à lui dire, à Abel, mais il n'a jamais répondu à ses appels. Il l'a laissée dans le feu. Camille rentre chez elle à pied, en faisant des détours. Elle longe les quais de Seine. La nuit est claire et ses épaules sont couvertes de paillettes dorées.

Leur cible est une artiste très connue qui s'appelle Mila. Même Pierrat en a déjà entendu parler. De ses exploits. Elle avait pendu des mannequins un peu partout dans Paris il y a quelques années. Ça avait buzzé jusqu'à elle. Comme un petit fleuve.

C'est une performance. Enfin c'était une performance, on lui a laissé carte blanche, c'est prévu depuis des mois. On était plusieurs musées à avoir accepté, mais de manière tout à fait non officielle.

Pourquoi ?

Pourquoi quoi ?

Pourquoi non officielle ?

Ça faisait partie de la performance. Il fallait prétendre à, comment dire, des effractions ? Elle nous proposait une œuvre en mouvement, qui devait se situer au sein des musées la nuit. Comme un cambriolage. Un artiste qui se serait réapproprié l'espace muséal, illégalement. Bref, on a accepté. C'était rodé. Toute la performance était prévue sur storyboard. Mais on n'avait pas le droit d'y assister, il fallait la laisser travailler avec ses équipes.

Et vous, vous donnez les clefs de votre musée, d'un bâtiment public, à une personne comme ça, pour qu'elle y fasse ce que bon lui semble ?

Il s'agit de Mila. C'est une des artistes les plus installées, les plus convoitées. Tout était millimétré. Elle nous proposait un événement artistique très... audacieux, nouveau. C'était comme si elle se servait des institutions comme cadres originels à sa création. Comme un chemin à l'envers, vous voyez ?

Non, je ne vois pas.

Comme si les musées devenaient la matière première. C'était une occasion fascinante. Et puis, je vous l'ai déjà dit, que j'ai eu l'aval de la ministre de la Culture. Je n'ai pas décidé ça toute seule, en me levant le matin, enfin. Est-ce que vous avez appelé le ministère ?

C'est en cours.

On était tous d'accord, Beaubourg, le musée de la Chasse et nous. Et Pinault. On a fait des dizaines de réunions préparatoires. On a même fourni une partie du budget pour les installations.

Et c'était planifié, le corps découpé ?

Bien sûr que non. Je suis très choquée. Je vous l'ai dit dix fois. Je ne comprends pas ce que c'est que ce délire. Vous êtes sûr que c'est un vrai corps ? Mila a l'habitude de travailler avec des mannequins plus vrais que nature. C'est récurrent chez elle.

Oui, on est sûr que c'est un corps. Il a été décroché de votre horloge, madame.

Enfin, elle est mondialement connue ! Si le pape vous demande de dormir chez vous, vous lui fermez la porte ?

Et quand est-ce que vous l'avez rencontrée, cette Mila ?

Je suis soupçonnée de quoi que ce soit ? Je comprends la gravité de la situation, mais j'ai déjà répondu à tout ça avec vos collègues. En long, en large et en travers. Je suis très fatiguée.

Répondez simplement à ma question. Avez-vous rencontré Mila ?

Je ne l'ai jamais vue, Mila. Personne ne l'a jamais vue.

Alors comment avez-vous fait vos réunions préparatoires pour ce projet ?

Tout est passé par son agent, enfin son avocat, maître Masson. C'est lui qui la représente depuis le début de sa carrière. Elle est hors cadre dans ce milieu. Son anonymat et le mystère qui l'entoure sont sa force de frappe. Vous l'avez contacté, Masson ?

Qu'est-ce qui était prévu dans cette performance ?

Mais tout ! Les fleurs, les feux d'artifice sur les écrans, les canons à paillettes… Enfin, pour être précise, les fleurs devaient être des lys, des iris et des roses. Pas des orchidées. Elle a changé ce point sans nous avertir. Donc oui, tout était prévu, mais pas cette horreur.

C'était pour représenter quoi ?

C'est elle qui sait. Trouvez-la et demandez-lui ! Les performances devaient être comme des tableaux, dans chacun des musées, un triptyque, un tableau en trois parties…

Quel était le but exactement ?

Je vous demande pardon ?

C'est quoi le but de tout ça ?

Eh bien… c'est l'art.

OK, madame, on va tout reprendre du début.

Abel, Elsa et Camille

60

Un coup ; et haut le pied.

C'est l'histoire d'un homme verrouillé. On est souvent clairvoyant pour les autres, bien peu pour soi. Quand Abel, qui ne s'appelait pas encore Abel, a été relaxé des charges qui pesaient contre lui, il ne s'est pas décidé à respirer. Parce que ça ne venait pas. Il vivait en apnée depuis le soir où il avait vu sa mère se faire abattre comme un chien par un jeune homme qu'il estimait, peut-être même qu'il enviait. Parce qu'Abel n'entrevoyait aucun mystère en lui-même. Il voulait réussir son bac, se taper une fille ou même plusieurs (c'eût été bien), voyager et après trouver un job correct. Ce n'était pas ce qu'il voyait chez Éric. Certaines rencontres interpellent sur-le-champ, sans que l'on puisse compter sur le recul ou l'expérience. Certains êtres augmentent l'intensité, agissent de manière imprévue, donnent à l'oxygène une couleur inoubliable. Et nous sentons qu'ils ne le font pas exprès. Nous nous rapprochons d'eux, petitement, comme en suggestion, pour voler de leur chaleur, pour exister à côté. Éric était ce genre de personne; et Abel aurait bien aimé être lui.

Abel n'avait jamais réussi à se remettre à respirer. Il avait l'impression que ce qui lui était arrivé n'était pas taillé pour lui, sa peine et son incompréhension dépassaient son champ de compétences. C'était trop grand.

Il s'était laissé mener. Par les assistants sociaux, les tuteurs, les avocats, auxquels il n'offrait rien de plus que mutisme et obéissance. La seule chose qu'il avait décidée, par lui seul et pour lui seul, c'était de changer de nom. Ce qu'il savait, c'était qu'il voulait couper Vallé de lui, et il ne parvenait plus à aimer son nom qui s'était retrouvé partout dans la presse, dans la bouche des autres, mâché et remâché. Être l'ami d'un tueur, être une personne qui a vu mourir sa mère. Ne pas être un tueur lui-même, car quand une poignée de gens avaient fini par tomber sur Éric, d'une seule force et d'un seul cri, se jetant sur son arme pour arrêter ce carnage, lui, Abel, était resté sidéré. Il était en face d'Éric, sa mère s'était effondrée sur le sol, et il n'avait plus bougé.

À cause de la lettre envoyée par Éric, on lui avait prêté une complicité. On avait pensé qu'il n'était pas étranger à l'événement. Lui, l'immobile, le candide, l'admirateur. La dernière fois qu'il avait parlé de tout cela, c'était au procès. Clôturant des heures de torture à répondre aux questions sur ce qu'avaient été les mois précédant le 14 juillet. Il avait essayé, sans que les réponses creusent un sens en lui. Il avait obéi aux officiers de police, il avait toujours été bon élève. Il était devenu un pestiféré. Il n'avait pas revu ses camarades bacheliers, ni ses professeurs, pas revu Johanna, ni Mme Colombier qui lui avait appris ce que veut dire anthropomorphe. Il était poursuivi, placé sous contrôle judiciaire, on l'avait parqué dans un foyer de jeunes hommes, délinquants pour la plupart, il avait un lit dans un dortoir, une table de nuit, une couverture, deux paires de draps et une avocate commise d'office qui lui rendait visite, et qui, il faut le dire, avait pris sa vie en main, un peu comme une sœur : la préparation de son procès, les affaires de sa mère morte à mettre en ordre (elle n'avait pas eu beaucoup d'affaires à gérer, sa mère), et surtout son enterrement. Abel avait eu peur dans les premiers temps car il ne pouvait pas payer cette femme, et quand il s'en ouvrait à elle, elle lui répétait qu'elle était commise d'office et donc qu'elle était payée par l'État. Abel n'arrivait pas à s'y faire, il craignait d'être en dette car, comme disait sa mère avec une voix affermie par la sagesse populaire, « mon fils, les gens riches sont ceux qui n'ont pas de dettes. »

C'est à elle, son avocate, qu'il avait demandé s'il pouvait changer de nom, et comment il fallait faire, elle avait recommandé de s'occuper de cela après son procès et promis qu'elle l'aiderait. À l'aune des délais de justice, son procès était arrivé vite : un an et demi après le 14 juillet. Lui trouvait ça long, mais c'est elle, son avocate, qui lui avait dit que, considérant l'ampleur du dossier, c'était vraiment rapide et c'était une chance. Abel qui ne s'appelait pas encore Abel n'avait pas d'avis.

Il avait peur d'aller en prison, sans comprendre pourquoi il serait enfermé. Ses auditions avec la police étaient une bouillie confuse, un magma de mots, de fatigue et de terreur. Angoisse de mal dire, mal faire. Il avait essayé d'être honnête dans la mesure où il est difficile d'être réellement factuel. C'est ce qu'il avait expérimenté. Oui, il avait reçu une lettre d'Éric quelques jours avant le bal. Oui, il avait été surpris qu'Éric lui écrive, il n'avait jamais fait ça avant, lui non plus. Ils ne s'écrivaient pas. C'est tout.

Ce qu'il avait essayé de relater aux gens qui le questionnaient, c'est que la lettre était arrivée et que sa mère l'avait d'abord mise de côté. Pourquoi ? L'avait-elle oubliée, égarée ? Lui, Abel, ne relevait pas le courrier, il n'en recevait tout simplement pas. C'était en toute logique sa mère et elle seule qui vidait la boîte aux lettres. Elle ne lui avait pas donné cette lettre. Le jour du bal, quand Abel avait insisté pour qu'elle l'accompagne, qu'il était revenu sur le sujet plusieurs fois dans la journée, sa mère, tout à trac, lui avait dit : « Au fait, une lettre est arrivée pour toi l'autre jour. » C'était tellement inattendu qu'Abel avait songé un instant : c'est peut-être mon père qui m'écrit.

Son père qu'il n'avait jamais vu, dont il ne connaissait pas même le nom. Il avait été traversé par cet espoir quand sa mère lui avait dit qu'il avait reçu une lettre.

Puis sa mère lui avait dit : « Je dois la retrouver, je te la donnerai tout à l'heure. » La journée avait passé, Abel pensait à sa lettre, mais bizarrement, il n'avait pas osé tanner sa mère pour qu'elle la lui donne. Pourquoi ? Il n'avait aucune réponse à donner à cela. C'était comme ça. Elle avait accepté de se rendre au bal, et un peu avant de partir ensemble, endimanchés, elle lui avait donné la lettre. Il ne voulait pas la lire devant elle, il avait dit qu'il devait aller aux toilettes avant de partir, et une fois enfermé aux WC, il l'avait ouverte. Il avait regardé de suite la signature, et en voyant *Éric*, il avait été déçu, puis troublé. Pas non plus troublé outre mesure, plutôt comme si un clignotant lointain s'allumait dans la tête pour signaler : « C'est étrange, non ? » Mais cela reste en arrière-plan. Il n'y a aucune urgence.

Comment savoir ce qui va changer votre vie ? Ils étaient marrants les flics, à retourner cette histoire de lettre en tous sens. Oui, il s'était dit « C'est bizarre », bien sûr, mais un fragment de seconde, en vrai il s'en foutait. Il était juste désappointé car il avait espéré autre chose. Il avait parcouru la lettre en diagonale, car sa mère l'attendait et il était censé être en train de pisser, il n'avait pas compris grand-chose au charabia, il avait rangé la lettre dans sa poche de pantalon par réflexe et *basta*.

Les psys qui l'avaient évalué pour le procès en avaient fait un pataquès. *Il avait gardé sur lui la lettre, dans sa poche. C'était symbolique, un geste fort. Comme la lettre d'un amant.*

Après le procès, il n'avait plus jamais vu un psy. Il avait fait les démarches pour changer de nom, aidé de son avocate. « Pourquoi celui-là, de nom ? » avait-elle demandé. Il avait dit : « Parce que. » Elle avait été payée par l'État, et Abel Bac s'était engagé dans l'armée, tout propre et neuf de sa nouvelle carte d'identité.

Il y a deux choses qu'il n'avait jamais dites à personne. La première, c'est qu'avant de mourir, Éric lui avait souri. Et que son sourire, Abel l'avait trouvé beau. La seconde, c'est que son nouveau nom, il l'avait choisi par hasard : il l'avait lu sur une pierre commémorative de déportés juifs dans un square du dix-huitième arrondissement. Abel Bac, c'était le nom d'un enfant mort.

61

Voilà mon Loup par terre,

Aux policiers de la 3ᵉ DPJ, maître Jérôme Masson a dit tout ce qu'il y avait à dire. Sans se faire prier. Chantant comme un rossignol.

Quand il fut réveillé au milieu de la nuit par trois flics visibles sur l'écran de son interphone, brassards en avant, sa première pensée fut que Mila était morte.

Ses deux enfants étaient dans leurs lits, sa femme avait été réveillée en même temps que lui par les assauts répétés de la sonnerie, il savait donc où étaient ses proches. (Il était allé vérifier une heure plus tôt, comme chaque nuit, que chacun de ses enfants respirait. Rituel immuable. Quand l'un d'eux dormait trop profondément, il le secouait jusqu'à ce que le signe de vie soit fort et clair.)

Alors cette première pensée face à l'irruption des forces de l'ordre à son domicile, dans la nuit, fut celle-là : que Mila était morte. En son for intérieur, il avait senti se déverser, brutale, une douche d'angoisse et concomitamment (aussi étonnant que cela puisse paraître) un possible soulagement. Comment pouvait-on être soulagé de la disparition d'une personne que l'on côtoyait depuis toujours ? Il était la personne la plus proche d'elle, il était son double public, il la connaissait intimement, il la protégeait. Ensemble, ils gagnaient beaucoup d'argent. Jérôme avait une vie en dehors d'elle, d'autres clients, bien sûr, mais elle n'était pas une cliente. Elle était un trésor et, oui, quelque chose qui s'apparentait à un fardeau. Si elle mourait, il pourrait enfin tout dire. Même sa femme ne savait pas qui était Mila et comment ils s'étaient tous deux mis à travailler ensemble. Il pourrait jouir des questions, des analyses et des commentaires. Jouir seul, et ne plus partager la couronne. Il pourrait composer une histoire, la peaufiner, la rendre si parfaite que lui-même y croirait dur comme fer. Il serait le narrateur et un protagoniste. Le seul protagoniste vivant.

Mila n'était pas morte, enfin pas à la connaissance des trois policiers debout dans le hall de son appartement, mais elle était activement recherchée. La première chose que Masson leur dit, car enfin il pouvait le confier, c'est qu'elle avait disparu. Il ne savait pas où elle était, il ne parvenait plus à la joindre, et c'était inquiétant. Il s'habilla pour les suivre. C'est comme s'il attendait ce moment. Pour la première fois, les performances de Mila ne s'étaient pas accordées selon le plan fomenté et, surtout, il en avait été écarté. Il était passé le jour même dans l'atelier qu'elle était censée occuper. Il ne l'y avait pas trouvée, ni de traces de vie récente. Manifestement elle ne dormait pas là, même si une tente avait été dressée au milieu de la pièce principale. Il ne savait pas où Mila vivait, et elle ne répondait plus à ses appels. Ils s'appelaient tous les jours, et non seulement elle avait coupé leur communication, mais elle lui avait menti.

Il ne l'avait pas vue depuis deux mois, depuis son arrivée à Paris, en fait. Quand il l'avait retrouvée à la gare du Nord, elle descendait de l'Eurostar, elle portait des lunettes de soleil et un tout petit sac. Toutes ses affaires seraient déménagées de Londres par ses soins à lui. Il lui avait remis les clefs de son nouvel atelier, ils avaient déjeuné ensemble dans un salon privé du Dôme, comme deux amants ; la table avait été réservée à un faux nom – ils avaient usé de nombreux pseudonymes ensemble au fil du temps, pour réserver des hôtels, des expositions, des concerts, des restaurants... Et dans sa performance berlinoise dite des *Salles obscures*, pour laquelle Mila avait entièrement graffité des toilettes de salles de cinéma, elle avait glissé dans les textes qui tapissaient les murs leurs faux noms, comme ça, cailloux d'indice. Lui seul le savait.

Au Dôme, ils avaient passé en revue les détails de sa nouvelle performance qu'elle avait appelée : *La Vita nova*. Un peu pompeux à son avis, mais il n'avait rien dit. Il n'intervenait pas dans ses choix et ses lubies. Après ce déjeuner, il n'était plus question de se voir, excepté en cas d'urgence, mais ils étaient censés se parler tous les jours. Lui gérait l'organisation avec les trois musées, avec Pinault pour le faux cambriolage, et avec certains fournisseurs de matières premières (fleuriste en gros notamment), il devait la tenir au courant. Comme d'habitude.

Avant leurs retrouvailles à Paris, il ne l'avait plus vue en face à face depuis une année environ, et en la revoyant, il l'avait trouvée très changée. D'abord, elle avait beaucoup maigri. Ses cheveux semblaient plus blonds que dans son souvenir, plus longs aussi. Mais ce n'était pas cela qui occasionnait chez Masson un malaise. C'était toute son aura à elle qu'il ne reconnaissait pas. Il avait mis du temps à qualifier l'impression qu'elle lui avait faite : elle avait eu l'air vulnérable.

Contre toute attente, il l'avait trouvée très belle. Alors que rien d'érotique n'avait subsisté entre eux depuis un flirt au lycée. Il la regarda ce jour-là, à Paris, comme une étrangère. Ou plutôt comme une amante avec qui l'on a vécu jusqu'au détachement et que l'on revoit soudain après des années de séparation. Et la séduction de l'autre éclate, douloureusement, car elle avait fini par nous échapper, diluée dans le temps. On ne se voit plus, quand on se jouxte.

Quand ils avaient pris un taxi ensemble depuis la gare du Nord pour se rendre au Dôme, Mila n'avait pas parlé, elle regardait par la fenêtre, sans ôter ses lunettes de soleil, comme une femme qui a rendez-vous avec son passé. Leur déjeuner avait été plaisant et cotonneux, Mila était douce, effacée, ailleurs. Ni dédaigneuse, ni cassante. L'antithèse de ce qu'il connaissait d'elle. La seule trace vivace était son humour, qu'elle déployait, comme à son naturel, à propos de tout, de rien.

Il aurait dû s'alerter, c'est ce qu'il se répétait dans la voiture des flics, qui roulait vite vers le commissariat.

Il aurait dû s'alerter, car au début du déjeuner elle avait ôté ses lunettes, ils étaient seuls dans le salon du Dôme, elle l'avait fixé en lui demandant :

« Jérôme, je voudrais que tu cesses de m'appeler Mila. Je voudrais que tu utilises mon vrai prénom dorénavant. »

Masson avait été cueilli. Il n'avait plus jamais appelé Mila autrement que Mila depuis le lycée. Mais il n'avait jamais oublié son prénom. Alors, digne et stable, il lui avait répondu ce midi-là, en souriant :

« Absolument. Comme tu voudras, Elsa. »

62

Mal en point,

« Ça va circulez, y a rien à voir, bande de veaux ! Allez, allez ! On rentre chez soi, hop, hop, hop, on ferme les portes, on se remet sous la couette, et pas besoin d'appeler la police ! »

La voix stridente d'Elsa avait achevé de convaincre les voisins de l'immeuble d'Abel Bac (qui pensaient à l'unisson : *crise d'hystérie*) de s'en retourner à leurs affaires sans faire de vagues, après qu'ils se furent aventurés à écouter, portes ouvertes, l'altercation qui se déroulait dans la cage d'escalier entre un homme et une femme.

Épier, quand du grabuge se fait entendre, est une action bancale qui oscille entre le voyeurisme et le courage. La curiosité malsaine (*ça se passe mal quelque part, j'ai envie d'en savoir plus*) pouvant se transformer parfois en sauvetage (*ça se passe très mal, il faudrait que j'intervienne*). Abel Bac et Camille

Pierrat auraient pu ensemble parler longuement de ce sujet tant ils avaient eu à auditionner de témoins ayant été confrontés à ce dilemme. Les témoins pouvaient se montrer actifs ou passifs (tout l'écheveau qu'il y avait à démêler dans sa tête en une seconde quand le choix se posait entre : *il faudrait que j'intervienne*, *il faut que j'intervienne*, *j'interviens*). Certains témoins se payant pour une vie la culpabilité de n'être *pas* intervenu. Camille n'était pas toujours tendre quand ils débriefaient après coup : « Ce connard entend une gonzesse qui se fait casser la tête dans l'appart d'à côté et ce gros con augmente le son de sa télé ! » Abel, lui, ne jugeait jamais. Comment savoir qui on est tant que ça ne nous est pas arrivé ? répondait-il à Camille, en substance. Car ce n'était jamais si clair dans la bouche de Bac, qui n'était pas un orateur. Et Elsa, qui était devenue Mila, aurait dit aux deux autres si elle avait participé à leur conversation : c'est le *kairos*. Elle aurait expliqué quelque chose comme : Kairos c'est le dieu grec de l'action opportune. Avant c'est trop tôt, après c'est trop tard. Il faut saisir ou agir à l'instant T. Sinon on peut traîner l'hésitation ou le manquement toute sa vie. Camille Pierrat aurait alors fait remarquer que Kairos c'était aussi le nom du portail Internet de Pôle Emploi et que l'administration française avait un putain de drôle de sens de l'humour. Et Abel n'aurait rien dit alors, parce qu'il aurait laissé ces deux femmes puissantes parler et occuper l'espace.

Mais Elsa, Camille et Abel ne prendront jamais un café tous les trois pour parler du passage à l'acte ou de son absence, et c'est un peu triste quand on y pense.

Elsa a perdu pied. Elsa a encore de la lotion anti-poux sur la tête, les cheveux dans les yeux, les yeux dans les larmes, elle est à peine vêtue, elle n'a jamais eu de chaussures en premier lieu quand elle est descendue voir Abel et Abel est parti. Comment c'est arrivé ? Elle n'a pas beaucoup de temps, et avec le bordel qu'elle a allumé à Orsay, c'est une question d'heures. Masson va être acculé, il va tout dire, il va dire enfin à tout le monde qui est Mila. Masson ne connaît pas son adresse ici, dans l'immeuble d'Abel, car pour la première fois c'est elle seule qui avait loué la minuscule chambre de bonne du dernier étage, et elle a balancé depuis hier son téléphone à la poubelle. Mais elle ne peut pas non plus s'attarder. Les flics vont accéder à ses comptes personnels et vite remonter à sa petite planque de la place Clichy.

Elle avait d'abord cherché un appartement dans le quartier, pour être proche de lui, pour l'espionner et observer ses réactions pendant qu'elle déroulerait sa performance de *La Vita nova*. Elle voulait être l'araignée qui observe la mouche se débattre dans sa toile. Mais ce n'était pas encore assez, disons, organique. Elle voulait être proche d'Abel à le toucher. Elle voulait intervenir sur sa vie. Alors un jour elle avait abordé l'une des étudiantes qui vivaient là-haut et lui avait proposé une grosse somme d'argent ainsi qu'une autre piaule, afin qu'elle déménage et lui cède la place. La jeune fille ne s'était pas fait prier et avait même laissé ses quelques vieux meubles en prime et ses tasses ébréchées.

Parfait décor.

Elsa se demande s'ils ont déjà avancé avec les bouts de corps ? Elle aimerait bien être une petite souris dans le musée et contempler son œuvre ainsi que leur désarroi. Grisant, la tourmente.

Elle entre chez Abel, dont la porte est restée grande ouverte quand elle l'a poursuivi alors qu'il la fuyait. Elle entre chez Abel et regarde tout, pour photographier dans ses sens, car elle n'y reviendra plus. Elle respire ses passages à lui dans l'air, les moindres déplacements de l'animal dans sa cage. Elle va ensuite chercher ce qu'elle a prévu pour lui, son cadeau de départ, et elle s'en retourne le déposer au milieu du salon. Elle ne redresse pas la chaise tombée au sol dans la salle de bains, n'essuie pas l'eau qui a coulé dans les stries du carrelage jusqu'au parquet de la chambre, elle dit tout bas au revoir.

Et elle dit tout haut : « J'espère que tu comprendras. »

63

sanglant et gâté.

À force de faire des détours pour ne pas rentrer chez elle, Camille Pierrat s'est perdue. Elle se sent revigorée de sa marche, elle se sent mieux à force d'emprunter des rues qu'elle ne connaît pas, au hasard. Elle pense à Abel qui marche souvent la nuit, c'est une chose qu'il lui a racontée, qu'il a maintes fois mentionnée, par petites touches anecdotiques.

Qu'il a *partagée* avec elle. Ces marches nocturnes.

Elle s'était figuré cela comme un exercice fatigant, vain, un peu comme ce qu'elle imagine du jogging et de ces fêlés qu'elle voit courir dans Paris, les corps secs comme des triques, les yeux vitreux, bravant les pots d'échappement et la tristesse froide des matins trop petits. C'est peut-être elle qui a tort. Ce n'est pas une chose qu'elle s'avoue souvent. Abel lui a confié que ce qu'il trouvait angoissant dans ses marches, c'est quand il ne parvenait pas à se perdre. Qu'il était si bon de se perdre. Ce soir, Camille comprend cela, elle qui continue de marcher, en plein égarement. Avec ce sentiment puissant qu'elle pourrait ne jamais retrouver son chemin, et les détails autour d'elle deviennent beaux : un petit monstre en mosaïque de Space Invader lui sourit, un chat arrêté sur un balcon s'est penché à son approche, un immense tag de lettres blanches en papier collé hurle un slogan contre les féminicides, une bouteille vide de mousseux posée à terre dans le goulot de laquelle a été fiché un stylo Bic, comme une fleur unique.

Chaque terrasse de noctambules qu'elle dépasse l'invite à un dernier verre ou à chiner l'aventure ; l'IGPN et sa convocation matinale paraissent alors dérisoires et concerner une autre personne qu'elle, le lieutenant Pierrat.

Elle regarde l'heure sur son téléphone, la nuit est presque passée, il est 5 h 10. Il se met à sonner, ce qui la surprend tellement qu'elle le lâche et le fait tomber au sol. Elle le récupère en vitesse, c'est peut-être Bac, mais à l'autre bout du fil, c'est un collègue de la 3e DPJ :

« Allô ?

– Pierrat ? T'as une drôle de voix.

– Non, c'est toi, là, qui m'as fait peur en m'appelant. Tu m'as fait sursauter.

– Excuse-moi, tu m'avais demandé de te prévenir si j'avais des infos sur la scène du musée d'Orsay.

– Vas-y, je t'écoute.

– On est clair que, si on te pose la question, tu ne sais RIEN.

– Bien sûr.

– OK. C'est parce que c'est toi, hein ?

– Accouche, là !

– J'ai des infos à peu près solides sur le corps. Enfin les *morceaux* de corps… Une des jambes est celle d'une femme jeune, une autre jambe d'un homme, un bras féminin d'un sujet âgé, etc. Bref, un puzzle…

– Mais y a combien de morts ?!

– En fait, rassure-toi, il semblerait qu'ils soient tous morts depuis longtemps… Enfin, les différents propriétaires de tous ces membres…

– Je ne comprends pas.

– Il y a un secret de Polichinelle à Paris, dont tu as peut-être entendu parler ? Notamment quand les légistes font des confidences… Sur la fac de médecine de Descartes…

– Non, je ne vois pas.

– Cette fac, c'est aussi un centre de don des corps pour la médecine et la science… Eh bien, c'est devenu un putain de musée des horreurs ces dernières années. Un truc inimaginable, un film d'épouvante : il y a un énorme stock de cadavres démembrés en putréfaction qui y croupit sans que personne se bouge le cul. Pas assez de frigos, pas de réel archivage des provenances des corps… Il paraît qu'il y a des salles où tu marches sur des têtes et des organes qui sont jetés au sol. C'est le labo fou des nazis.

– En plein Paris ?

– Ouais, une boucherie rue des Saints-Pères dans le sixième arrondissement. Mais ça va finir par éclater dans la presse, c'est une question de temps, il y avait déjà pas mal d'infos qui circulaient, des gens qui bossent là-bas font remonter des alertes. Enfin, revenons à notre sujet des *artistes* du musée d'Orsay…

– Les bouts de corps viennent de là ? De la fac Descartes ?

– Oui. On a eu l'info qu'il y a eu effraction la nuit précédente. Mais ils ont hésité à appeler les flics, parce que la situation était assez gênante. Ils n'avaient installé aucun système de protection, les gars sont rentrés en pétant les portes avec un simple pied-de-biche. Et, par ailleurs, le staff était incapable de dire ce qui avait été volé et même si quelque chose avait été volé tant c'est le chantier. Je devrais dire : tant c'est le charnier. En mode : "Alors, comptons les têtes voir s'il en manque une…" T'imagines ? En tout cas, les comiques : ils voulaient du morbide, un petit cadavre ? Ils n'avaient qu'à aller se servir dans les étagères de la fac de médecine ! C'est presque aussi simple qu'aller chez le boucher. Dégueulasse, tout ce truc.

– Pas *les comiques*… C'est *elle*, cette Mila. *Elle* n'avait qu'à aller se servir, cette artiste mes couilles.

– Oui. En tout cas, tous ces braves gens découpés qui avaient fait don de leurs corps, ils ne devaient pas imaginer qu'ils se retrouveraient accrochés comme des jambons à l'horloge d'un musée… Si tout ça sort dans la presse, ça va être festival. Enfin, l'info importante, c'est qu'on n'enquête plus sur un homicide. C'est déjà ça de pris. Et moi, je ne t'ai *rien* dit.

– Merci, je te revaudrai ça.

– Ouais… Et pour demain, Pierrat, ne les laisse pas t'emmerder. »

Camille, après s'être laissée tomber sur une chaise de la première brasserie, taxe une cigarette à un jeune type qui finit un verre et sa nuit blanche juste à côté. Pierrat ne fume jamais, sauf événement notable, là, c'est sorti de l'estomac, un besoin de nicotine, de détendre ses épaules, elle commande un café, perdue en translation dans le chic brouillage de cet horaire gris où couche-tard et lève-tôt se cognent et s'embrassent, et digère l'info. Maintenant, elle peut se l'avouer, elle a le droit, ça ne portera pas malheur : pendant un instant à Orsay, oui pendant un instant, elle s'est demandé au fond de sa tête, si ce corps accroché, eh bien, comment dire, il n'aurait pas d'aventure appartenu en partie à Abel. Voilà, c'est dit, c'est lâché. Avec Bac injoignable depuis vingt-quatre heures, les cinq cents messages qu'elle lui a laissés, son téléphone éteint et encore éteint, qui n'émet pas de signal, l'absence de lumière dans son appartement : elle a imaginé un très mauvais scénario.

Et sa crainte a pris le pas sur tout le reste, sur ce qu'elle a appris d'Abel. Elle s'en fout qu'il ait menti, que son passé soit plein de cadavres et de cachettes, elle ne lui en veut pas. De quel droit lui en voudrait-elle ? La seule chose dont elle avait peur, c'est qu'il disparaisse.

Abel est un trou noir, elle le savait déjà, ce qu'elle avait du mal à admettre, c'est qu'elle pensait constamment à lui. Elle lève sa petite tasse blanche comme pour porter un toast, elle pense aux gens qui ont fait don de leur corps à la médecine, c'te gâchis, et elle leur dit : « À la vôtre, les gars. »

64

Frère, dit le Renard,

Elle est arrivée chez elle, le cœur plus léger, après son espresso serré à la brasserie, le soleil se levait enfin ; elle est rentrée en ligne droite, sans faire de détour, pressée d'un coup d'aller chercher le calme, d'arrêter de se perdre, de se laver de cette nuit, de se coucher, même pour ne dormir que deux heures, mais heureuse de ces deux heures où elle pourrait ne plus penser, et recharger une énergie mise à mal pour aller affronter l'IGPN. Elle n'a même pas essayé de rappeler Bac, à quoi bon pour le moment, elle sait qu'il est vivant, qu'il a ses deux jambes et ses deux bras, quelque part, et cette pensée est une puissante consolation.

Camille compose son code, pousse la lourde porte, traverse le patio, emprunte l'escalier sur la droite, elle compte ses courbatures, dans le dos, les cuisses, les reins, les épaules, elle est essorée, premier étage, deuxième, elle commence à dénouer son écharpe, tire le zip de son anorak, elle se demande (à l'instar de ces multiples micro-pensées qui nous traversent sans cesse sans laisser de traces de connexion) si elle va se refaire un café ou se coucher tout habillée pour ne pas gaspiller de minutes de relâchement, elle est encore sous tension, une tension qu'elle aimerait pouvoir rincer, et voir se déverser dans la bonde comme les couleurs d'une teinture de mauvaise qualité dégorgent, elle tâte ses clés dans la poche, elle va les sortir et elle le voit.

... Il est là... Une forme tassée et recroquevillée sur son paillasson. Comme un paquet de linge jeté sans égards.

Coup de poing au cœur.

Abel Bac.

65

ceci nous justifie.

« Je t'ai attendu ici, Pierrat, je suis désolé, j'ai plus de téléphone, dit Abel en se redressant.

– Mais t'es drogué ou quoi ? T'as l'air défoncé.

– Non, non.

– Ça fait combien de temps que t'es sur mon paillasson ?

– Je ne sais pas exactement.

– Bon, viens, on rentre, là. T'as pas croisé mes voisins ?

– Je ne crois pas. Je me suis endormi.

– Va te passer la tête sous l'eau froide, t'as l'air de sortir d'une rave de punkach.

– Elsa, elle m'a dit que je ressemblais au tableau d'un Norvégien, Munch. Tu connais Munch, toi ?

– Ouh la. OK. Elsa ? Oui, je connais Munch. T'es sûr que t'as rien pris là ? Tu sais combien de messages je t'ai envoyés ? T'es vraiment un con. »

Camille se demande qui est Elsa, tous ses sens en alerte, car Abel a l'air d'être tout à fait ailleurs. Il est hâve, mal fringué, les yeux pulvérisés de cernes. Abel, qui est déjà venu chez Camille par le passé, se dirige vers la salle de bains pour se passer la tête sous l'eau. Il obéit donc. Et là Camille pense: Putain c'est le bordel dans la salle de bains, il doit y avoir des soutifs et des culottes sales, merde. Dans les moments critiques, ce sont souvent d'infimes détails concrets et dérisoires qui surnagent et vous sautent à la gorge. Elle ne dit rien. Abel, lui, parvient à enchaîner des gestes concrets, il ouvre l'eau et met toute la tête dessous, de l'eau glacée, qui coule dans sa nuque et ses yeux, et il revit ce moment quelques heures plus tôt avec Elsa, et les mains d'Elsa qui fouillaient sa tête. Son cœur s'emballe jusqu'au fond de son estomac. Il demande depuis la salle de bains s'il peut lui emprunter sa brosse à dents ? Camille répond oui du tac au tac, probablement qu'elle lui dirait oui à tout, même si elle se dit que c'est si intime d'un coup, Abel qui se lave la bouche avec sa brosse à dents, comme au lendemain d'une nuit passée ensemble, alors on peut bien se laver les dents avec la même brosse et partager du déodorant, que c'est même un peu excitant de revenir à ces petits gestes si privés et anodins après avoir baisé sans pudeur. Et de tout, le partage de brosse à dents est ce qui restera le plus fou.

Abel est calme, abattu, étrange, autre part. Il boit le café que Camille a servi d'office. Café, pierre angulaire de l'échange, réflexe de civilisation, antidote. Il va devoir lui parler, il va falloir qu'il accepte de s'ouvrir, mais que dire ? dire comment ? comment on raconte ? Camille attend que ça arrive, que quelque chose démarre, son collègue ne semble pas encore tout à fait présent, mais plutôt en flottaison sur son tabouret, comme un yogi expérimenté, elle fouille dans le tiroir de sa cuisine pour y dénicher un paquet de clopes, elle en allume une.

« Tu fumes ? lui demande Abel, sortant de sa torpeur pour un détail pragmatique.

– Non », dit-elle en exhalant la fumée.

Camille s'impatiente, et elle le devance : « Moi, je vais te dire ce qui s'est passé cette nuit, pendant que tu étais je ne sais où. Tu as écouté mes messages ? » Abel fait non de la tête. Alors Camille déroule : l'IGPN collée à son cul à elle à cause de lui, l'effraction au musée d'Orsay, qui n'en est pas une parce que tout était organisé par une artiste diva cintrée, les bouts de corps volés à la fac de médecine, les fleurs, les feux d'artifice, son inquiétude... Tout va trop vite, Abel ne comprend rien, alors Camille a envie de lui coller deux gifles, mais elle se calme et reprend pas à pas, elle essaye de dessiner un sens à tout ça. Ce faisant, elle ressent sa joie, qu'il soit là, en face d'elle, chez elle, qu'il soit venu, qu'il l'ait cherchée, qu'il l'ait attendue. Qu'il se soit réfugié.

Elle raconte chaque instant de sa nuit, le musée d'Orsay transformé en jungle fantasmagorique, les motifs des feux d'artifice et le bleu blanc rouge, qui se répètent avec la scène du musée de la Chasse, les canons à poussière d'or qui chargent le ciel du hall de milliers de lucioles ardentes, et même le tableau du sexe féminin de Courbet ; Abel reprend vie, il recouvre le visage d'Abel, il sort de son effroi et écoute sa partenaire avec distance, agilité, comme un flic, il redevient flic, il prend en charge tous les éléments, il se redresse sur son tabouret, il se penche vers elle. Il est là.

Il veut qu'elle lui montre les photos de la scène. Elle donne son téléphone avec lequel elle a mitraillé. « Ça ne rend pas en images, prévient-elle, mais l'effet réel est indescriptible. C'est comme si le musée était devenu un paysage, ou une étrange forêt... Enfin, je n'ai pas les bons mots.

– Les fleurs, demande Bac, ce sont des orchidées ?

– Oui. Mais elles ont été teintes, à ce que j'ai compris. Le boulot que ça a dû être, tu te rends compte ? Et pour quoi faire ? » Camille montre enfin les clichés des membres humains suspendus à l'horloge. Elle explique les informations obtenues par son pote de la 3e DPJ, les bouts de cadavres volés à la fac Descartes, mais elle ne dit pas à Abel comme elle a eu peur pour lui.

Ils reprennent ensemble depuis le début, les trois happenings, les trois musées ; Camille retrouve le goût de leurs débriefs quand ils bossaient tous les deux, l'électricité, cette émulation, leur complémentarité, il lui manque tellement.

Et elle lui parle de Mila. Cette artiste apparemment très connue qui serait l'instigatrice de toutes ces performances avec la complicité des musées. (« Et du ministère de la Culture, s'il te plaît ! » Elle a envie de rajouter *avec le fric de nos impôts* mais on n'est pas au café du commerce.) C'était un leurre, elle a théâtralisé les effractions. Ils étaient tous de mèche, même Pinault. Jusqu'à l'arrivée du cadavre dans le hall d'Orsay, et ça a déraillé.

« Tu connais Mila, toi ? C'est un pseudonyme et personne ne sait à quoi elle ressemble. Tu as entendu parler de ses œuvres avant ?

– Non, répond Abel.

– T'es sûr ? Il y avait eu un truc très médiatique à Paris, avec des faux cadavres, enfin des mannequins pendus à des bâtiments publics ? Ça ne te dit rien ?

– Non Pierrat, ça ne me dit rien. »

En fait Abel s'en souvient parfaitement et il se souvient aussi très bien de ce nom : *Mila*. Il avait lui-même vu un des corps suspendus à la tour Saint-Jacques lors d'une de ses marches nocturnes, les pompiers étaient en train de le décrocher. Il était resté tout au long de l'intervention pour les regarder travailler, fasciné. Mais il ne voulait pas le dire à Camille, il n'avait pas envie de connivence, il sentait une lame d'alerte remonter doucement mais sûrement le long de sa colonne vertébrale comme un reptile froid.

Camille sentait qu'Abel se refermait, il était là, mais il restait loin, et il y avait l'éléphant dans la pièce pour elle : Vallé. Il fallait qu'elle lui dise qu'elle savait pour son drame, qu'elle savait pourquoi il avait été suspendu. Le coup de fil anonyme sur son identité. Mais ce serait peut-être le perdre encore, au moment où elle venait de le retrouver. Alors, elle faisait durer, en donnant tous les détails possibles, en prenant soin de raffermir ce lien entre eux, pour ne pas risquer de le briser. Lui continuait de scruter les photographies prises au musée, les fleurs, les milliers de fleurs bleues, blanches et rouges. Camille pensait : vas-y Bac, parle-moi maintenant.

Le silence qui les baigne. Camille rallume une cigarette. Et regarde sur son pull et ses mains les restes de paillettes d'or incrustées, et en face d'elle le front soucieux de Bac penché sur les images, qui semble lancé dans un exercice de déchiffrage, comme s'il tentait de traduire un texte écrit dans une langue mal connue. Elle dit :

« Les collègues sont allés réveiller l'avocat de cette Mila, en fanfare tu peux me croire, et ils ne vont pas le lâcher avant qu'il ait rendu gorge. Mais ils ne savent pas où elle est, *elle*. Même son avocat ne le sait pas. La fille s'est évaporée. »

Bac lève les yeux vers Camille, il la fixe tellement fort qu'elle est prise de gêne. Par une illusion créée par l'ombre de la pièce à peine éclairée du petit jour, les yeux bleus de son collègue lui paraissent très noirs.

Et Bac lui répond : « Moi, je sais où elle est. »

66

Ce que m'ont dit des gens d'esprit :

« Comment ça, tu sais où elle est ?! s'exclame Camille.

– Il faut que j'y aille », annonce Abel.

Abel lui dit ça comme ça : *il faut que j'y aille Pierrat*. Et là Camille se met à hurler : « Ah non ! Ah certainement pas. Tu ne t'en vas pas en me laissant en plan ! » Et elle lâche les vannes : « Je sais tout ! Je sais où tu as grandi, je sais ce qui s'est passé à Vallé, je sais tout tu m'entends ?! Tu arrêtes de ne pas me répondre ! Tu arrêtes de m'ignorer, de faire comme si tes yeux passaient à travers moi ! Comme si j'étais insuffisante à arrêter ton regard ! »

Abel sursaute à peine à la mention de Vallé, sa ville natale, son cauchemar, il se lève et s'apprête à filer, alors Camille de toute sa force de flic le retient par le bras, il se dégage mais elle s'accroche. Il la pousse, elle le repousse. Ça se réglera au corps à corps, elle fait barrage. Elle met ses poings en joue. Et là Abel sourit : « Tu veux me boxer ? »

La tension redescend.

« Je sais où est Mila, je sais qui elle est. Il faut que j'y aille avant qu'elle se barre. Laisse-moi passer.

– Je viens avec toi.

– Je dois gérer ça seul. C'est *mon* histoire.

– Ce n'est pas négociable. Elle est où ? Et comment pourrais-tu savoir qui c'est ?

– Ne me prends pas pour un fou, mais je pense qu'elle est dans mon immeuble, place Clichy, je pense qu'elle habite au-dessus de chez moi.

– C'est cette Elsa, c'est ça, qui pense que t'es un Munch ? On prend ma voiture, elle est garée en bas. »

Camille conduit. En voiture, à cette heure-ci, ils seront en dix minutes dans le dix-septième. Bizarrement, elle n'a aucun doute sur ce que lui dit Abel. Elle le croit. Ils sont reliés.

Il lui raconte cette voisine qu'il n'avait jamais rencontrée avant, qui habite une chambre de bonne au dernier étage. Qu'il n'a pas arrêté de croiser par hasard, depuis une semaine, depuis qu'il a été suspendu. Et qu'il s'est mis, comment dire, à fréquenter d'une certaine manière. Il s'est ouvert à elle, elle est drôle, elle est en dehors de tout. Il raconte qu'elle a essayé de rentrer chez lui, complètement ivre, et que c'est comme ça qu'ils se sont connus. Qu'il perd la tête depuis qu'il est dans le placard, qu'il ne comprend rien à ce qui se passe, et que la folie de cette fille semblait si bienvenue, si naturelle. Il essaye de raconter à Camille, il n'a jamais autant parlé d'un trait. Camille conduit, elle regarde la route, mais elle enregistre tous ses mots, toutes ses hésitations à trouver ses mots comme des tatouages sur son corps, pour les garder. Vas-y Abel, continue à me parler, pense-t-elle, ne t'arrête pas. Et Abel raconte qu'ils sont allés ensemble à Beaubourg, qu'en y repensant c'était si curieux qu'elle l'accompagne comme ça, un inconnu, mais elle a cette force-là, décrit-il, de tout faire passer pour une évidence. Une nécessité. « Elle me racontait des histoires, et ça me faisait du bien. » C'est incompréhensible quand il y pense, comme cette fille s'est rapprochée de lui. « Elle m'a même conseillé un restaurant pour inviter une femme que j'avais rencontrée sur Tinder. » À son contact, l'absurdité se mettait à être logique. « Elle semblait me connaître, je ne peux pas te dire, Camille. C'est comme si elle m'envoûtait. »

Ça lui casse le cœur, à Camille Pierrat, ça la pourfend, mais elle se concentre sur la route. Bonne fille.

Ils sont presque arrivés, il va falloir qu'elle trouve une place pour se garer. Sinon, double file et elle met le bandeau police, rien à foutre. « Si je reprends ce qu'on s'est dit avec elle, je crois que l'autre soir elle a fait référence à mon métier, au fait que j'étais policier, mais à ce moment-là, je ne le lui avais pas encore dit. On parlait de Munch justement, et elle me disait que j'aurais pu enquêter sur lui. Mais ce n'est que plus tard qu'elle m'a demandé ce que je faisais dans la vie. C'est elle, Mila.

– C'est quoi ton rôle ? Tu serais une partie de sa *performance* ? Au même titre que le cheval à Beaubourg et tout le reste ?

– C'est elle qui m'a parlé de ça : du concept de performance. Elle m'a dit qu'elle écrivait une thèse en histoire de l'art. Elle ramenait tout à ça.

– Est-ce que tu l'avais déjà vue avant ? Réfléchis. Cette femme, elle ne t'était pas du tout familière ?

– Non. Et je me souviens bien des visages.

– Pourquoi cette artiste t'aurait, comment dire, inclus dans son travail ?

– Tout ce qu'elle a construit : tout son scénario visuel, je ne sais pas comment l'appeler, tout ça, ça raconte ce qui m'est arrivé à Vallé quand j'avais dix-huit ans. Le 14 juillet…

– C'est toi sa vraie performance. Mais sans public. »

Arrivés en bas de chez lui, Camille se gare à l'arrache. Abel Bac monte quatre à quatre, sa collègue Camille sur ses talons, on dirait Don Quichotte et Sancho Pança. Abel trace directement au dernier étage, à la chambre d'Elsa. La porte de son appartement n'est pas fermée à clef, il ouvre, la pièce est vide.

Il reste bien le fauteuil et le lit, mais tout le reste, la bimbeloterie, la vaisselle, les vêtements ont été jetés dans un carton, comme on remise des accessoires de théâtre. Les grains de poussière dansent dans le rayon de la lucarne. La fenêtre est agitée par le vent, et la vue sur Paris, d'ici, et en plein jour, est assez sidérante, pense Camille.

Abel ne dit rien, il ressort, Camille toujours derrière lui ; ils descendent deux étages plus bas. Chez lui. Camille pense : *je vais enfin entrer chez Abel Bac.*

Ils entrent tous les deux, sans échanger un mot. Sur le sol est posé un petit pot joliment enrubanné, entouré de papier transparent, avec une carte. C'est une orchidée. Abel déplie la carte, lit, et la referme.

« C'est elle qui t'a laissé ça ? Qu'est-ce qu'elle dit ? »

Abel tend la carte à Camille, qui en lisant à son tour le petit mot sent une émotion lui déchirer la gorge.

« Mais pourquoi elle t'offre une orchidée avant de partir, Abel ? Qu'est-ce que ça veut dire ? »

67

Cet animal vous a sur la mâchoire écrit

« Mais à cause de ça, Camille ! »

Abel a crié, soudain c'est un homme qu'elle ne connaît pas, il balaye de ses bras son appartement, comme s'il voulait lui montrer quelque chose.

« Ça quoi, Abel ? demande Camille doucement.

– Mais toutes mes fleurs ! Elle m'offre une orchidée pour continuer ma collection !

– De quelles fleurs est-ce que tu parles ? Quelle collection ? fait Camille, très angoissée d'un coup.

– Mais là ! Autour de nous, tu vois bien qu'il y en a partout chez moi, des orchidées ! Partout ! Là, là, là ! » crie Abel en lui désignant son appartement.

Camille sent que l'émotion qui l'étreignait à la lecture du mot de Mila quelques secondes plus tôt monte d'une octave, et une minuscule larme formée dans son œil s'échappe quand elle dit :

« Mais Abel, non, il n'y a rien dans cette pièce, je ne comprends pas… Il n'y a *rien* ! »

Et Camille de regarder autour d'elle, effrayée, essayant de voir ce que voit son ami, il y a bien des petits pots en terre disséminés, emplis d'eau, des pots de fleur sans fleur. Abel se raidit, son souffle s'accélère, il a du mal à parler, il murmure, « Mais je les vois, moi. » Et il saisit les bras de Camille, car il vacille.

Épilogue

68

Que de tout inconnu le sage se méfie.

Quand l'infirmier passe dans sa chambre pour lui donner ses médicaments, il apporte à Abel une lettre arrivée pour lui ce matin-là. Abel reçoit quelques visites depuis qu'il est entré ici, surtout de Camille, mais il ne reçoit aucun courrier. Il remercie l'infirmier. Bien sûr, il plane gentiment avec les médocs, il a perdu le compte des jours, mais il sait.

Il sait que c'est Elle qui lui écrit.

Alors il n'ouvre pas la lettre avec brusquerie. Il la contemple, allongé sur le lit de sa petite chambre de malade – il a le privilège d'avoir une chambre individuelle et même sa propre salle de bains. Il attendra le bon moment pour l'ouvrir. Il ne sait pas quand cela sera le bon moment.

Quand Abel Bac la lira, cette lettre, il découvrira qu'Elsa a du remords de l'avoir tourmenté. Elle y tente non pas de se justifier, mais de raconter son histoire à elle. Celle qui l'a menée jusqu'à lui. Elle lui avoue que c'est elle qui a passé le coup de téléphone anonyme pour le dénoncer, ce qui avait entraîné sa suspension de la police. Pour Abel, ce détail semblera remonter à une éternité. Elsa s'arrête longuement dans la lettre sur le mot « dénoncer », sur la couleur honteuse de ce mot. Sur ce premier acte à son encontre qui a permis la vague déferlante de sa performance. Elle écrit qu'il doit l'avoir deviné maintenant, que c'était elle. Mais que c'est bien qu'entre eux ne subsistent pas de non-dits.

Elle fait des blagues dans la lettre, ça lui ressemble. Elle reste caustique. Elle lui raconte aussi comment, pour fomenter cette dernière œuvre, elle s'est replongée pour la première fois de sa vie dans ses années de lycée, passant ses souvenirs de jeune fille au tamis pour y traquer ce qu'elle aurait pu faire différemment, ce qu'elle avait vu et ce qu'elle n'avait pas su voir. Elle s'est alors rendu compte qu'elle avait croisé Éric à une fête quelques années avant le 14 Juillet, qu'elle ne s'était pas souvenue de son nom, mais qu'elle avait gardé son visage en mémoire. Parce que c'est vrai qu'il était beau, non ? Qu'elle avait même été attirée par lui, enfin, les sens échauffés, c'était une soirée, la musique frappait fort, et il y avait ce jeune homme un tout petit peu différent des autres et elle lui avait parlé. Tu te rends compte, Abel, je lui ai parlé à cette fête ! Mais malgré ses efforts, elle n'avait jamais pu reconstituer dans sa mémoire ce qu'ils s'étaient dit ce soir-là.

En revanche, elle se souvenait très bien de ce qu'elle et lui, Abel Bac, s'étaient raconté la première fois qu'ils s'étaient rencontrés. C'était un an avant le 14 Juillet. Je ne me souvenais pas de ton visage, c'est drôle, mais je me rappelais bien ton prénom, celui que tu as enterré avec le bal de Vallé.

Ils avaient été convoqués le même jour et dans le même lycée pour passer l'oral du bac français. En sortant de l'épreuve, ils s'étaient trouvés tous les deux dans la cour, encore tendus mais soulagés, et spontanément ils s'étaient approchés l'un de l'autre. Tu m'avais demandé si j'avais une cigarette, mais je ne fumais pas. Et je me suis dit que c'était peut-être une excuse pour m'adresser la parole. Ça m'avait fait plaisir.

Ils avaient ri en constatant qu'ils avaient dû composer sur le même texte. Quel hasard.

T'en souviens-tu, Abel ? Cherche bien dans ta mémoire, cette fille, c'était moi.

Ils étaient tombés tous les deux sur la fable de La Fontaine, *Le Renard, le Loup et le Cheval.* Et les deux gamins qu'ils étaient avaient discuté de leurs interprétations respectives. Enjoués. Et de son dernier vers : *Que de tout inconnu le sage se méfie.*

Tu n'étais pas d'accord avec la morale de l'histoire. Abel, tu ne comprenais pas que la sagesse était de se méfier de l'inconnu. Et je t'avais rétorqué que la fable apprend qu'il faut surtout se méfier de tous, même et surtout de ceux qui nous paraissent le plus proches.

Dans cette lettre, Abel Bac découvrira les mots d'Elsa. Mais pour l'instant, c'est trop douloureux à lire.

Il laisse alors l'enveloppe sur la table de nuit de sa chambre de malade, l'abandonnant avec délicatesse, posée, juste à côté de son orchidée.

Remerciements

À Aline Zalko qui a dessiné la couverture dont je rêvais.

Je remercie Albéric de Gayardou, Laura Serkine, Émilie François, Olivier Jacquemond, Claire de Vismes, Virginie Hagelauer.

Merci à Isa, Anne, Pierre et Lélia Berest.

Merci à Manuel Carcassonne, Alice d'Andigné, Paloma Grossi, Vanessa Retureau, Charlotte Brossier, Héloïse Rachet, Maÿlis Vauterin, Thomas Guillaume, Nicolas Haddou, Raphaëlle Liebaert et toute la famille Stock qui m'entoure et me porte.

À ma Frida et celle qui arrive.

Cet ouvrage a été composé
par Soft Office(38)
et achevé d'imprimer en France
par CPI BRODARD & TAUPIN (72200 La Flèche)
pour le compte des Éditions Stock
21, rue du Montparnasse, 75006 Paris
en août 2021

PAPIER À BASE DE FIBRES CERTIFIÉES

Stock s'engage pour l'environnement en réduisant l'empreinte carbone de ses livres. Celle de cet exemplaire est de : 1 kg éq. CO_2
Rendez-vous sur www.editions-stock-durable.fr

Imprimé en France

Dépôt légal : août 2021
N° d'édition : 01 - N° d'impression : 3044296
46-51-8307/3